촌부 新무협 판타지 소설

FANTASTIC ORIENTAL HEROES

천애협로 8

촌부 新무협 판타지 소설

초판 1쇄 찍은 날 § 2017년 11월 8일
초판 1쇄 펴낸 날 § 2017년 11월 15일

지은이 § 촌부
펴낸이 § 서경석

편집책임 § 이지연
디자인 § 이혜정

펴낸곳 § 도서출판 청어람
등록번호 § 제1081-1-89호
등록일자 § 1999. 5. 31
어람번호 § 제2-2729호

주소 § 경기도 부천시 부일로 483번길 40 서경B/D 3F (우) 14640
전화 § 032-656-4452 팩스 § 032-656-4453
http://www.chungeoram.com
E-mail § chungeorambook@daum.net

© 촌부, 2011

ISBN 979-11-04-91509-3 04810
ISBN 978-89-251-2651-7 (세트)

※ 파본은 구입하신 서점에서 교환하여 드립니다.
※ 저자와 협의하여 인지를 붙이지 않습니다.
※ 이 책은 도서출판 청어람과 저작자의 계약에 의해 출판된 것이므로,
무단 전재 및 유포 · 공유를 금합니다.

천애협로

ANTASTIC ORIENTAL HEROES

촌부 新무협 판타지 소설

8 협객불망원(俠客不忘怨)

제1장	재미있는 사람	7
제2장	사천풍운(四川風雲)	43
제3장	우회(迂回)	73
제4장	선인지로(仙人指路)	99
제5장	그가 천하를 구하고자 하였으니……	127
제6장	천지교유(天地交遊)	161
제7장	연심(戀心)	189
제8장	휴식(休息)	225
제9장	독행(獨行)	249
제10장	협객불망원(俠客不忘怨)	287

第一章
재미있는 사람

1

흑수촌의 백성들을 구출하여 청해를 탈출한 진무십사협(眞武十四俠)의 첩혈행로(疊血行路)가 끝난 후로 두 달의 시간이 흘렀다.

청성천하유(青城天下幽)라!

천하에 그윽하기로는 청성을 따를 곳이 없다는 말이 있다.

향로를 뒤집어엎은 듯하여 멀찍이서 봐도 현기가 넘치는 무당(武當)이나 칼날을 거꾸로 세운 듯하여 유달리 날카로운 화산(華山)과 달리, 청성은 만인을 품어 안을 듯 넉넉하니 도문이 서기에는 이만한 산이 없다 할 정도였다.

그러나 지금 산을 오르는 늙은이에게는 그윽함이고 나발이고 상관없는 이야기였다.

그렇지 않아도 떨어진 체력에 산취(山取:고산증)까지 더해지니 호흡을 고르기도 버겁다.

늙은이가 비명처럼 외쳤다.

"헉, 허억! 이봐, 잠깐! 잠깐만!"

늙은이를 안내하던 젊은 도사가 뒤를 흘끔 돌아보았다.

"허억, 멀쩡한 걸 보니 젊음이 좋긴 좋군. 이보게, 도장. 자네야 젊고 강건하다지만 나는 아닐세. 잠시만 쉬었다 가세. 후우—"

봇짐을 멘 늙은이가 손사래를 치며 바닥에 주저앉았다.

땀에 젖은 수염이 얼굴에 들러붙자 늙은이가 신경질적으로 그것을 걷어냈다.

젊은 도사가 어두운 얼굴로 입을 열었다.

"하면 이전처럼 업어서 모시오리까?"

"등에서 내린 지 얼마나 됐다고? 됐네. 민망하기도 하거니와 산취 때문에 그렇게는 못 갈 일이야. 산취는 말이야, 적응할 시간 없이 급히 오르면 더 심각해지는 법이거든. 내가 앓아서야 환자를 어찌 보겠나."

고산(高山)이랄 것도 없는 청성이니 본래라면 산취도 없었을 것이나, 경공을 펼쳐 급히 올라온 것이 탈이 난 모양이었다.

늙은이의 말에 일리가 있다고 생각한 젊은 도사가 '그럼 일다경 정도 휴식하지요' 라고 대꾸하곤 도호를 읊조렸다.

"무량수불……."

젊은 도사의 도호가 끝나자 소로에 작은 침묵이 내려앉았다.

잠시 뒤, 호흡을 고르던 늙은이가 침묵을 깨고 한탄했다.

"허! 내가 청성이 아니라 군문(軍門)에 든 건가? 청성도 변했군. 너무 많이 변했어."

늙은이가 소로 아래의 도관을 내려다보았다. 평소라면 공과경(功課經)을 읽든가, 빗자루질을 하고 있을 도사들이 검을 움켜쥔 채로 이리저리 쏘다니고 있었다.

아무리 강호에 한발을 걸쳤다지만 도문으로 이름 높은 청성이 보일 모습은 아니다.

"흥! 육선문(六扇門)이 움직였더라면 청성이 이리될 일도 없었을 테지요."

젊은 도사가 자못 비분강개한 어조로 말했다. 혈마곡이 발호한 지 오래건만, 조정의 탐관오리들은 권력 다툼만 계속할 뿐, 군을 일으키지 않는다.

"무림맹이 멀쩡하니 손 안 대고 코를 풀어보겠다는 심산인게지. 쯧쯧, 조정에는 제대로 된 사람이 없어."

늙은이의 말은 강호인이라면 모두가 한탄하는 것이었다. 젊은 도사는 색다를 것도 없다는 듯 대수롭지 않게 고개를 끄덕였다.

하지만 늙은이가 말을 이어나가자 평정을 유지할 수가 없게 되었다.

"허! 그러고 보니 일검 진인께서 이와 비슷한 말씀을 하신 적이 있었지. 머지않아 도량이 칼을 쥐게 될 거라더니… 일이 이렇게 될 줄 알고 계셨던 건가?"

"어, 일검 사조를 뵌 적이 있습니까?"

젊은 도사가 깜짝 놀란 얼굴로 되물었다. 일검자는 청성제일고수로, 삼천존의 뒤를 이을 것이라 하여 삼후제(三後帝)라 불리는 세 명의 절대고수 중 하나인 것이다.

"오다가다 몇 번 뵙긴 했지만… 청성의 문도가 묻기엔 이상한 질문이로구먼. 그래, 자네는 같은 사문인데도 그분을 자주 못 뵈었단 말인가?"

"배분 차이도 있거니와 거처를 따로 두시는 바람에……."

젊은 도사가 붉어진 얼굴로 대답했다.

늙은이가 고개를 몇 번 끄덕였다.

"그래? 하긴, 배분이 멀긴 하겠구먼. 그래도 사람을 가려 만나는 분은 아니니 우연히라도 뵙거든 조부 대하듯 인사를 올려보게. 반가워하면 했지, 무시하진 않으실 게야."

"…예."

조그맣게 대답한 젊은 도사가 은근슬쩍 늙은이의 눈치를

보았다. 일검 사조께서 하셨다는 말씀이 뭔지 내심 궁금한 모양이었다.

늙은이가 뚱한 어조로 읊조렸다.

"그냥 물어보면 되지, 그게 뭐 큰일이라고 눈치만 보는가?"

"하면 여쭈어도 되겠습니까?"

"그때가 언제였더라?"

늙은이가 한숨을 길게 내쉬었다.

"아마 일검 진인께서 풍(風) 자 도명을 일(日) 자로 바꾸셨을 때였을 거야. 무공이 음유(陰柔)에 치우쳤으니, 양강(陽强)을 취하여 조화를 이루겠다며 도명을 바꾸셨었지."

나름대로 천리를 좇아 행한 일이기는 했지만, 일검자의 얼굴에는 근심이 가득했다.

부족한 몸이나마 청성제일이라는 소리를 듣고 있는데, 그런 자신이 강성을 띠는 것이 어찌 범상한 일이겠는가.

"일검 진인께서는 '만약 이것이 천명이라면, 청성 역시 강성을 띠고 살기를 일으킬 때가 올 걸세. 청성이 살기를 일으킬 때는 적을 맞이했을 때뿐이니 내가 어찌 근심을 멈출 수 있겠는가?' 라고 말씀하셨었지."

"아아!"

젊은 도사가 작게 감탄을 터뜨렸다.

'도에 가까운 자는 행동 하나에도 범상한 것이 없다' 더니 과연 그 말이 틀리지 않다. 일검 사조께서는 도명을 바꾸는 사소한 일에서조차 천리를 따지고 본 것이다.

게다가 실제로 그 말대로 이루어지기까지 하지 않았는가.

'그런데…….'

연신 감탄을 터뜨리던 젊은 도사가 늙은이를 돌아보았다.

'곽호태(廓浩台)라 했던가? 겉보기에는 그냥 떠돌이 의원 같은데… 일검 사조님의 일화를 아무렇지도 않게 꺼내는 것으로 보아 그분과 제법 친분이 있는 모양이다.'

진무십사협의 첩혈행로가 끝난 후, 젊은 도사는 사문으로부터 한 가지 밀명을 받았다. 사천을 수색해 곽호태라는 의원을 찾아 데려오라는 것이었다.

처음 밀명을 받았을 때는 대단한 명의를 초빙해 오는 줄 알았는데, 정작 사문에서도 그에 대해선 아는 바가 없는 것 같았다.

명을 전달한 스승조차도 '웬 듣도 보도 못 한 의원을 데려오라는 건지' 라며 한탄할 정도였으니 말이다.

당금 강호에서 '그' 가 차지하는 비중이 얼마나 큰데 고작 떠돌이 의원이라니…….

이 또한 기이하다면 기이한 일이라 할 수 있었다.

'어쩌면 이름이 알려지지 않은 명의일지도 모르겠다. 사문에서 직접 지목한 것도 그렇거니와, 일검 사조님도 아무나 만

날 수 있는 분이 아니니.'

늙은이, 아니, 곽호태는 젊은 도사의 마음을 한눈에 읽어냈다.

"하하하! 일검 진인과 친분이 있다니 그제야 보는 눈이 달라지는구먼. 암, 명리(名利)를 초월하기란 이토록 어렵지."

"아니, 그게 아니오라……."

"자, 가세. 이만하면 쉴 만큼 쉬었어."

젊은 도사가 황급히 변명하려 했지만, 곽호태는 자리에서 일어나 성큼성큼 걸음을 옮길 뿐이었다. 젊은 도사가 부끄러움에 붉어진 얼굴로 그 뒤를 쫓았다.

그렇게 반 시진가량 산을 오르자 마침내 삼청궁(三淸宮)이 보이기 시작했다.

삼청궁은 도교의 가장 높은 궁으로, 말하자면 젊은 도사는 문파의 중지로 곽호태를 안내하는 셈이었다.

개중 옥청궁(玉淸宮)에 이르자, 젊은 도사가 도동을 불러 '의약당주께 백선이 도착했다 고하라' 고 전했다. 그리고는 곽호태를 돌아보며 정중한 얼굴로 읍하여 보인다.

"여기서 잠시만 기다리시면 의약당주께서 나오실… 헉?"

"예상보다 빨리 왔구나, 곽가야. 좀 더 걸릴 줄 알았는데."

그때, 옥청궁에는 전혀 어울리지 않는 촌로(村老)가 모습을 드러냈다.

구멍 난 옷을 대충 누빈 것도 그렇고, 잔털이 잔뜩 삐져나온 머리카락도 그렇고 영락없는 시골 농사꾼의 모습이었다.

하지만 젊은 도사는 그를 보자마자 몸을 부르르 떨 뿐이었다.

이 촌로야말로 검의 극의에 이르렀다는 신인(神人), 검천존인 것이다.

"헉! 처, 청성의 이 대 제자 백선이 삼가 검천존, 경여월 노선배를 배알합니다."

검천존이 희미하게 웃으며 고개를 주억거렸다.

"자네가 곽가를 데려온 도사인가? 고생했네, 고생했어. 볏짚에서 바늘 찾기였을 텐데 용케도 해냈군."

"아니, 아닙니다! 고생이라니요, 감당키 힘듭니다."

젊은 도사가 황급히 손사래를 쳤다.

검천존이 곽호태에게로 시선을 돌렸다.

"곽가 네놈이 제때 도착한 걸 보면 그놈 명줄도 여기서 끝은 아닌 모양이다. 마침 네가 사천에 있었기에 망정이지, 아니었으면 큰일 날 뻔했어."

"헉!"

일검 사조뿐만이 아니라 검천존 노선배와도 교분이 있었단 말인가?

젊은 도사가 믿을 수 없다는 듯 곽호태를 돌아보았다.

곽호태가 어깨를 으쓱해 보였다.

"단 노형이 무거운 엉덩이를 떼어 사천으로 향하고 있다는 소문을 들었습니다. 뭔가 피 흐를 일이 많을 것 같아서 저도 움직였지요. 오랜만입니다, 경 노형(老兄)."

검천존을 노형이라 칭하는 것을 본 젊은 도사가 눈을 질끈 감았다. 강호에는 기인이사가 모래알처럼 많다더니, 떠돌이 의원이 삼천존과 인연이 있을 줄을 누가 짐작했으랴.

'백선자야, 백선자야, 너는 아직 멀었구나. 외모로 사람을 판단하는 버릇을 고치라는 말을 수십 번도 넘게 들었는데 너는 하나도 고치지 못했어.'

젊은 도사, 백선자가 거무죽죽한 얼굴로 그렇게 생각할 때였다.

"이만 들어가자꾸나. 안에 청성의 장교가 기다리고 있으니."

검천존이 뒷짐을 지며 몸을 돌렸다. 곽호태는 여기까지 자신을 안내해 준 백선자에게 묵례를 해보이고는 검천존의 뒤를 좇았다.

옥청궁의 안에는 짙은 약향이 배어 있었다.

"반혼단(返魂丹)을 탕으로 썼군. 허! 약향이 제법 괜찮아. 이만하면 영약이라 해도 모자람이 없는데… 이거, 환자 신분이 보통이 아닌 모양입니다?"

"너와도 안면이 있다고 알고 있다. 단천화, 그 친구에게 호되게 당한 걸 네가 구해주었다면서?"

과거, 곽호태는 도천존의 삼 초식을 받아내느라 몸이 만신창이가 되어버린 한 청년을 치료한 적이 있다. 옛 기억을 떠올린 곽호태가 안타까운 얼굴로 중얼거렸다.

"천애검협 진소량……."

"그래, 그놈이다."

옥청궁의 세 번째 방에 다다른 검천존이 느릿하게 문을 열었다.

방 안에는 금관(金冠)에 금포(錦袍)를 두른 노도사 한 명과 피 묻은 백의를 입은 중년 도인 한 명이 자리해 있었다.

"오셨군요, 검천존 노선배."

"그래. 곽가 놈을 데려왔어."

검천존이 일어나지 말라는 듯 손사래를 치고는 중앙에 있는 침상으로 걸어갔다.

뒤늦게 곽호태를 발견한 금포 노도사가 눈썹을 꿈틀거렸다.

"귀하께서 곽 의원이신 모양이로군. 빈도의 도명은 일선(日善)이라 하오. 부족하나마 청성의 장교(掌敎)를 맡고 있소이다."

"아, 그렇군요."

곽호태가 가볍게 묵례를 해보이고는 혹시나 하는 얼굴로 검천존을 돌아보았다.

검천존이 무심한 얼굴로 중앙의 침상을 내려다보며 말했다.

"너에 관해선 굳이 말하지 않았다."

"아, 그럼 됐군. 나는 산동 사람으로, 그냥 곽가라고 부르시면 될 겁니다."

구파일방 중 하나인 청성의 장문인을 무슨 저잣거리 상인 대하듯 하는 곽호태였다.

하지만 일선 진인은 그의 무례를 탓하지 않았다. 몰골이 허름하면 어떻고 예의를 갖추지 않으면 어떤가? 지금 중요한 건 그의 의술이 뛰어난가, 아닌가일 뿐이다.

일선 진인이 옆에 서 있는 백의 도인을 가리켰다.

"이쪽은 본문의 의약당을 맡고 있는 사람으로, 도명은 일령이라 하오. 앞으로 곽 의원을 도울 것이외다."

"…반갑소이다, 곽 의원."

의약당주가 의구심 섞인 표정으로 곽호태에게 고개를 꾸벅 숙여 보였다.

곽호태는 이번에도 대충 대답했다.

"아, 예. 반갑구려. 실례가 안 된다면, 우선 환자부터 봐도 되겠소?"

"…그러시구려."

일선 진인과 의약당주가 옆으로 물러났다.

바랑을 풀어 내려놓은 곽호태가 침상으로 걸어갔다.

침상에는 파리한 얼굴의 청년이 누워 있었다. 어딜 그리 많이 다친 건지, 전신에 붕대를 감고 있는 청년을 바라보던 곽호태가 묵직하게 읊조렸다.

"다시 보기를 바랐지만 이런 식은 아니었어, 이 친구야."

침상에는 소량이 누워 있었다.

묵묵히 소량을 내려다보던 곽호태가 근처에 놓인 대접에 손을 담가 흙먼지를 씻어냈다. 그리고는 가볍게 호흡을 고른 후, 대뜸 소량의 맥문을 쥐었다.

곽호태는 한동안 그 상태로 움직이지 않았다.

그렇게 일다경이 지났을 때였다.

"이건 죽은 사람이잖습니까, 경 노형."

소량의 맥문에서 손을 뗀 곽호태가 오만상을 찌푸리며 고개를 돌렸다.

검천존 대신, 의약당주가 울적한 얼굴로 대답했다.

"문진(聞診:환자의 냄새를 맡거나 소리를 듣는 것)도 해보시고, 절진(切診)도 마저 해보시구려. 내상도 내상이지만 외상도 어지간한 게 아니야."

"알고 있소. 사지가 멀쩡한 데가 없더군. 혈맥이 너덜너덜해져 있질 않나, 뼈가 몇 군데나 부러져 있질 않나……. 오른쪽 손목은 아예 가루가 되어 있는 것 같던데?"

곽호태가 소량의 손목에 감긴 붕대를 슬쩍 들춰 보며 말했다.

"쯧! 외상만 봐도 이건 죽은 사람이야."

의약당주의 눈에 그제야 이채가 떠올랐다.

망문문절(望聞問切)이라 하였는데, 망진(望診:눈으로 보는 것)으로 환자의 상세를 맞히면 신의(神醫)라 할 만하고, 맥진(脈診)으로 환자의 상세를 맞히면 명의(名醫)라 할 수 있으며, 망문문절 모두를 펼쳐야 상세를 맞힐 수 있으면 범의(凡醫)라 할 수 있다.

지금 곽호태는 맥진만으로 외상까지 짚어내는 신기를 펼쳐낸 셈이었다.

의약당주가 작게 감탄을 토해냈다.

"검천존 노선배께서 왜 그대를 찾았는지 이제야 알겠구려!"

"내상은 더 심하군. 진원지기를 적잖이 소모한 데다 단전이 깨어져 있고, 수승화강(水昇火降)이라 했는데, 이건 뭐, 화기가 머리끝까지 치솟아 이기(二氣)가 분리되기 직전이야. 나는 천애검협이 어떻게 살아 있는지조차 알지 못하겠소. 이미 죽었어야 하는데 어떻게……."

곽호태는 의약당주의 감탄에 대꾸하는 대신, 소랑의 상세를 조목조목 읊조렸다.

검천존이 곽호태의 말을 끊으며 말했다.

"양신이 태동한 까닭이겠지."

"뭐요?"

곽호태의 고개가 홱 돌아갔다.

곽호태의 반문을 끝으로 방 안에 서늘한 침묵이 감돌았다.

곽호태와 의약당주는 물론, 일선 진인까지도 믿을 수 없다는 듯 검천존을 바라볼 뿐, 함부로 입을 열지 못했던 것이다.

잠시 뒤, 의약당주가 침묵을 깨고 거친 목소리로 외쳤다.

"말도 안 됩니다, 검천존 노선배! 양신이 태동하다니요? 그게 실존하는 경지라는 것은 알고 있지만, 고작 서른도 안 된 청년이 어찌 그런 경지에 오를 수 있단 말입니까?"

의약당주가 당장에라도 삿대질을 할 것처럼 몸을 부르르 떨었다.

"침착하게, 사제."

조용히 서 있던 일선 진인이 허둥대는 의약당주의 팔을 잡았다.

의약당주가 '말이 안 되지 않습니까, 장문 사형!' 이라고 외치자 일선 진인이 쓴웃음을 지었다.

"강호에는 알려져 있지 않지만, 일검 사형도 비슷한 경지에 올라 있네. 무림맹에서 천애검협이 일검 사형과 동수를 이루었다는 것을 생각해 보면… 영 믿지 못할 일은 아니야."

일선 진인의 말에 의약당주의 표정이 멍하니 변해갔다.

한편, 곽호태는 여전히 검천존만을 바라보고 있었다.

"이 상황에 농을 하시는 것은 아닐 테고… 아시지 않습니까, 경 노형? 저는 삼천존 모두를 진맥해 본 바가 있습니다.

이 청년의 근골은 삼천존과 달라요."

"다르지."

검천존이 동의하듯 고개를 끄덕였다.

곽호태가 오만상을 찌푸리며 되물었다.

"양신이 태어났으면 환골탈태 역시 했어야 하는 것 아닙니까?"

"허!"

의약당주가 크게 탄식을 내뱉으며 천장을 올려다보았다. 양신이 태동하고, 환골탈태가 이루어지고… 전설 같은 이야기가 아무렇지도 않게 들려오는 것이다.

그러나 검천존의 표정은 태연하기만 했다.

"했겠지. 진맥을 해놓고도 근골이 바뀐 것을 몰랐더냐?"

"뭔가 이상하다고 생각은 했지요! 하지만 환골탈태를 했다면 근골이 왜 이렇게 불완전하단… 아!"

곽호태가 말을 하다 말고 표정을 딱딱하게 굳혔다. 그리고는 천천히, 아주 천천히 소량을 내려다본다.

"환골탈태하는 와중에 싸운 거로군?"

곽호태의 추측은 몹시 정확한 것이었다.

양신이 태동하던 날, 소량은 자신을 숨겨준 백성들이 한 명, 한 명씩 죽어가는 소리를 들었다.

금줄을 치고 안돈해도 모자랄 판에 서글픈 울부짖음과 단

말마의 비명을 들었으니 어찌하겠는가?
소량은 청정을 잃었고, 결국에는 살기를 품고 말았다.
그 결과는 참으로 기이한 것이었다.
양신은 어찌어찌 탄생했으나, 진행되던 환골탈태가 그만 정지되어 버리고 만 것이다.
소량은 그런 불완전한 몸 상태로 도마존과 맞서 싸웠다.
"이런, 멍청한……."
곽호태가 안타까운 얼굴로 눈을 질끈 감을 때였다. 조용히 서 있던 검천존이 뜬금없는 소리를 중얼거렸다.
"그 녀석 말이야, 계집아이 하나를 품에 안고 혼절해 있더구나."
곽호태가 흘끔 검천존을 돌아보았다.
"투기가 남아 있었는지 정신을 차리자마자 나에게 검을 날리고 그랬더랬지. 아마 나를 적으로 착각한 모양이야. 그리고는 나한테 살려달라고 빌더구나."
"당연한 일이지요. 이만한 상처, 이만한 내상을 입었는데 어찌 몸부림을 치지 않을 수 있겠습니까? 살려달라고 비는 것쯤이야 당연한 일입니다."
검천존이 그게 아니라는 듯 고개를 저었다.
"자신을 살려달라 한 것이 아니었어."
"예?"

곽호태가 말문이 막힌 표정을 지었다.

"품에 안고 있던 계집아이를 살려달라고 한 것이었어. 그래, 눈물이 고인 얼굴로 계집아이를 내게 내밀었었지……."

검천존의 말이 끝나자 장내에 또다시 침묵이 내려앉았다. 이전과 달리 이번의 침묵은 누구도 쉬이 깰 수가 없었다.

곽호태가 지친 듯 몸을 굽혀 소량이 누운 침상을 짚었다.

'협객, 협객이라고?'

그간 수많은 소문을 들었음에도, 아니, 아이 하나를 살리고자 도천존에게 맞서는 것을 직접 보았음에도 믿을 수가 없었다.

백성을 제 몸과 같이 여기고, 그를 위해서 국법을 도외시하고 검을 뽑는 협객이 있다고? 조정에 대한 반역을 감수하고, 세불리(勢不利)함을 따지지 않고 뛰어드는 협객이 있다고?

말도 안 된다. 춘추(春秋) 시절 미담에서나 나올 법한 일이다.

그러나 곽호태의 입은 다른 말을 주워섬기고 있었다.

"양신이 태동하고 환골탈태가 이루어진다는 전설 같은 말이 사실이라면, 죽은 자가 살아오는 일도 가능하겠지요. 해봅시다. 한번 해보지요."

검천존에게 말을 하면서도 곽호태는 여전히 소량만을 바라보고 있었다.

문득 곽호태의 눈에 기이한 광채가 어렸다.

"이보게, 우리 헤어지던 날 기억나나? 나는 다시 만났을 때도 자네가 재미있는 사람이기를 바랐었지. 내 바람대로 되었구먼. 자네는 하나도 변하지 않았네."

곽호태가 희미하게 웃으며 읊조렸다.

"자네는 여전히 참 재미있는 사람이야."

2

도가에는 삼년유포(三年乳布)라는 말이 있다.

본래 갓 태어난 양신은 갓난아기와 같다.

아기가 장성할 때까지 부모는 여기서 다칠까, 저기서 다칠까 노심초사할 수밖에 없는 법, 삼 년간 젖먹이 기르듯 해야 한다는 말이 괜히 나온 것이 아닌 것이다.

그러나 소량은 양신을 젖먹이 기르듯 하기는커녕, 호랑이 앞에 던져주고 말았다.

양신이 태동하던 순간에 살기를 머금은 것으로도 모자라, 감당할 수 없는 적과 생사결까지 벌였던 것이다.

일이 그리되었는데 양신이 멀쩡할 리 있으랴?

혼몽(昏懜) 속에서 소량은 아이의 울음소리를 들었다.

"으앙, 으아앙!"

무릎을 꿇은 채 혼절해 있던 소량이 조금씩 정신을 차렸다.

눈에 뭐가 낀 건지 온 세상이 흐릿하게 보였다. 소량은 반쯤 감긴 눈으로 주위를 한 차례 둘러보았다.

앙상하게 마른 나뭇가지들이 늦가을 바람에 몸을 부르르 떨고 있었다.

폭풍이라도 친 건지, 사방의 나뭇가지들이 이리저리 부러진 것이 보였다.

마지막으로 마인들의 시신까지 발견한 소량이 불현듯 기침을 토해냈다.

"쿨럭, 쿨럭! 커허억!"

기침이 채 멎지도 않았는데 소량의 입에서 피가 반 되나 쏟아져 내렸다.

끔찍한 고통 덕분에 정신을 온전히 차린 소량이 이를 악물었다.

'여기는 어디지? 여기는…….'

소량의 기억이 과거를 되짚었다.

흑수촌의 백성들을 구출하는 길은 몹시도 험난했다. 수많은 마인이 흑수촌의 백성들을 추적한 까닭에 현무당원들은 목숨을 바쳐 길을 뚫어야 했다.

혈마곡의 마인들 중에는 음마존이라는 마두도 있었다. 삼천존과도 비견할 만한 경지의 마인, 아니, 내공으로만 치자면 삼천존보다도 더욱 뛰어난 마인이었다.

마지막 순간, 음마존은 종리혜를 보호하며 싸우는 소량을 두고 황급히 자리를 비웠다. 일단의 마인에게 '천애검협과 계집아이를 죽이라' 는 명령을 남기고 말이다.

'여기는 음마존과 싸우던 곳이로구나.'

소량이 긴장한 듯 침을 꿀꺽 삼켰다.

사실, 지금 소량이 주저앉아 있는 곳은 현실이 아니었다. 현실의 소량은 옥청궁의 침상에 누워 있었으니까 말이다.

지금 소량이 보는 것은 그야말로 환상이라 할 수 있었다.

하지만 소량은 그 사실을 알지 못했다.

'마인들은 어디에 있는 거지?'

혈마곡의 마두들이 모두 시신이 되어 있는 것을 보면, 영문은 모르겠지만 살아남긴 살아남은 모양이다.

소량이 뒤늦게 자신의 품을 내려다보았다.

"으앙, 으아앙!"

"아혜(兒惠)."

소량의 품에 안긴 계집아이가 서럽게 울음을 터뜨렸다. 흑수촌에서 목숨을 잃었던 종리윤의 막내딸, 종리혜였다.

목덜미를 통해 그녀로서는 죽었다 깨어나도 감당할 수 없는 경력이 파고든 데다, 어깨에 크나큰 검상까지 입은 탓에 종리혜의 표정은 창백하기 짝이 없었다.

"아혜, 괜찮으냐? 괜찮아?"

소량은 떨리는 손으로 종리혜의 어깨를 어루만졌다. 한천을 삶은 것처럼 물컹하게 덩어리진 핏덩이가 손에 잡혔다.

소량의 손길 탓에 더욱 큰 통증을 느낀 종리혜가 비명을 질렀다.

"아파, 아파아!"

"잠시만 자거라. 자고 일어나면 다 나아 있을 거야."

소량이 종리혜의 혼혈을 짚으며 말했다.

혼혈이 짚였음에도 종리혜는 잠들지 않았다. 당황한 소량이 지혈이라도 할 요량으로 견정(肩井), 견정(肩貞), 견요(肩髎)의 순서대로 혈을 짚었지만 피 역시 멎지 않는다.

"도대체 왜……."

소량이 이해할 수 없다는 듯 얼굴을 굳혔다. 소량의 손길 때문에 통증만 심해진 종리혜가 몸을 버둥거렸다.

"하지 마! 아파아, 으아앙!"

"내가 잘못했구나. 조금만 참아라. 내 의원에게 데려다줄게."

소량이 종리혜를 품에 꽉 안으며 긴장한 듯 침을 꿀꺽 삼켰다.

언제 혈마곡의 마인들이 찾아올지 모르니 최대한 빨리 이곳을 벗어나야 했다.

'지금 당장 떠나야 한다.'

소량이 오른손으로 바닥에 떨어져 있던 운현자의 송문고검을 주워 들었다. 아마 오른쪽 손목의 뼈가 박살이 났다는 것을 잊고 있었던 모양이었다.

"크으윽!"

검을 쥐자마자 다시 떨어뜨린 소량이 신음을 토해냈다.

소량은 이를 질끈 깨물고는 왼손으로 검 대신 나뭇가지를 집어 들었다. 그리고 다리 사이에 나뭇가지를 고정시키고, 오른쪽 손목을 댄 다음 찢어진 옷자락으로 묶었다.

오른쪽 팔뚝으로 종리혜를 품에 안은 소량이 좌수로 검을 쥐어 들었다. 그리고 자리에서 일어나는데, 기침이 절로 새어 나오더니 또다시 피가 반 되가량 쏟아진다.

"커허억, 쿨럭!"

심지어 걸음을 내딛는 것조차 쉽지 않았다. 다리로 향하는 혈맥은 물론, 발등의 뼈까지 으스러진 탓이었다.

소량이 쏟은 피를 보고 겁을 집어먹은 종리혜가 더욱 크게 울음을 터뜨렸다.

아이의 두려움을 느낀 소량이 끔찍한 고통을 애써 참으며 미소를 지어 보였다.

"놀라지 마라. 별일 아니니… 가자, 내 의원에게 데려다 줄게."

소량은 웃음을 잃지 않으려 애썼다.

내가 얼굴을 일그러뜨리면 불안해진 아이가 울 것이고, 그러면 혈마곡의 마인들이 그 소리를 듣고 찾아올 터였다.

발등의 뼈가 으스러져 제대로 걸을 수가 없으므로 소량은 절뚝거리며 걸음을 옮겼다.

그렇게 소량은 반 시진가량 텅 빈 숲을 걸었다. 걸으면 걸을수록 시야가 흐려지고 정신이 희미해졌다. 소량은 몇 번이나 고개를 저으며 정신을 차리려 애썼다.

흐끅흐끅거리며 울음을 참던 종리혜가 겁먹은 듯 소량을 바라보았다.

"오빠, 또 피 나."

"응? 뭐라고?"

소량이 풀린 동공으로 종리혜를 내려다보았다.

"조금 다쳐서 그래. 아혜는 안 아프니? 괜찮아?"

제가 다친 것은 아무렇지도 않다는 듯 대답한 소량이 오히려 종리혜를 걱정했다.

종리혜의 어깨를 물끄러미 지켜보던 소량이 약간이나마 안심한 듯 미소를 지었다.

"그래도 피가 많이 멎었구나."

소량의 말에 종리혜가 '혜아는 팔이 없어진 것 같아' 라고 대답했다. 팔이 마비된 것은 결코 좋은 의미가 아닌데, 어쨌든 종리혜는 통증이 사라진 것이 좋은 모양이었다.

"혜아는 언니가 보고 싶어. 안전한 곳에 가면 언니가 빙당호로를 사준다고 했거든."

"하하하… 그거 좋겠구나. 나도 어릴 땐 빙당호로를 참 좋아했었단다. 아마 누가 흘린 걸 주워 먹었던 것 같은데……."

"바닥에 흘린 건 지지라 먹으면 안 돼."

"그래, 그건 지지지… 컥, 커억!"

소량은 피가 쏟아지려는 것을 애써 참아냈다. 여기서 진혈(眞血)을 더 쏟아냈다가는 즉사를 면치 못하리라.

하지만 다리가 풀리는 것만은 막지 못했다.

소량이 무릎을 털썩 꿇으며 쓰러졌다.

"오, 오빠!"

"괜찮, 괜찮다. 다시 일어나면 돼."

소량이 억지로 미소를 지어 보였다.

"오빠는 그렇게 아프면서 왜 혜아를 구해주는 거야?"

그 순간, 종리혜가 이해할 수가 없다는 표정으로 물었다.

소량이 풀려 버린 다리에 억지로 힘을 실으며 자리에서 일어났다.

한바탕 크게 비틀거리긴 했지만, 다행히 넘어지지는 않았다.

정신이 없어서일까?

소량은 본래대로라면 절대로 종리혜에게 들려주지 않았을 말을 꺼내고 말았다.

"네 아버지가, 종리 형이 날 숨겨주려다 돌아가셨거든."

"하지만 오빠도 우리 아빠를 구해주기 위해 싸웠잖아."

사리 분별을 제대로 하지 못하는 아이의 입에서 나오기에는 너무 정확한 말이었다.

그러나 소량은 그 변화를 의식하지 못했다. 갑자기 주변의 풍경이 다르게 느껴진 탓이었다.

'이게 무슨…….'

앙상하게 말라 있었던 나뭇가지들이 어느새 풍성한 잎을 매달고 있다. 근처에 물가라고는 없었는데 어디선가 졸졸졸 물이 흐르는 소리가 들려왔다.

소량은 오른쪽에서 푸르른 시냇물이 흘러가는 것을 발견하고는 멍하니 눈을 끔뻑였다.

바뀐 것은 풍경뿐만이 아니었다.

"소량 오빠, 나는 왜 아빠랑 엄마가 없어?"

"어?"

소량이 품에 안긴 아이를 내려다보았다.

소량의 품에 안겨 있는 사람은 종리혜가 아니었다. 종리혜의 얼굴은 어느새 여동생, 영화의 것으로 바뀌어 있었다.

그것도 다 자란 모습이 아닌, 일곱 살 적의 모습으로 말이다.

소량은 지독한 혼란을 느꼈다.

종리혜는 어디로 가고 영화가 품에 안겨 있는 걸까? 아니, 여기는 어디지? 나는 지금 어디로 가고 있는 거지?

이해할 수 없다는 듯 영화를 바라보던 소량이 아랫입술을 질끈 깨물었다.

'아니, 곧 혈마곡의 마인들이 올 것이다. 빨리 떠나야 해.'

아직 위기가 사라지지 않은 지금이다.

전신이 만신창이가 되어버린 지금, 혈마곡의 마인을 만나면 자신은 물론이고 영화까지 목숨을 잃는다.

소랑은 영화를 더욱 꽉 안고서 떼어지지 않는 걸음을 한 걸음, 한 걸음씩 떼었다.

한 가지 변화가 있다면, 이제 어디로 가야 할지 알게 되었다는 점일 것이다.

"집에 가자, 영화야. 집으로 가자."

집으로 가자.

어린 시절 키를 재었던 그곳으로. 승조와 태승이 바둑을 두고 신이 난 유선이 까르르 뛰노는 그곳으로.

먼 길을 걸었으니 침상에 누워 낮잠을 청하자.

"소량 오빠, 피가 많이 나."

소량의 상태를 본 영화가 울먹였다.

소량은 영화의 목소리가 종달새 지저귀는 소리 같다고 생각했다. 그 목소리가 반가워 소량은 환하게 미소를 지었다.

"잠깐 쉬면 금방 나을 거다. 저기 냇가가 있구나. 목마르지? 물을 마시고 가자. 아주 시원할 거야."

울먹이는 영화를 안은 소량이 비틀비틀 냇가로 향했다. 오른쪽 손목의 뼈가 박살이 났으므로 소량은 팔 대신 허리를 굽혀 영화를 냇가에 내려주었다.

냇가로 다가간 영화가 조막만 한 손을 곱게 모아 물을 한 움큼 떠 마셨다.

소량은 물끄러미 그 모습을 바라보다가, 문득 산딸기가 잔뜩 자란 덤불을 발견하곤 비틀거리며 그리로 걸어갔다.

소량이 힘없이 산딸기를 떼어내며 말했다.

"산딸기가 아주 달아 보인다, 영화야. 분명히 떫은 맛 하나 없이 달콤할 거야."

일부러 기운차게 말했지만 소용없었다.

영화가 다시금 소량을 바라보며 울먹였다.

"오빠, 안 아파? 피가 많이 나."

"걱정 마라. 금방… 금방 나을 거야……."

소량은 불현듯 땅이 덮쳐오는 듯한 기분을 느꼈다. 실제로는 자신의 몸이 균형을 잡지 못하고 쓰러지고 있는 것일 테다.

쿵!

소량이 진흙 구덩이에 얼굴을 처박은 채 쓰러졌다. 팔로 땅을 짚고 일어나려 했지만 힘이 들어가질 않았다.

소량은 머리를 땅에 박은 채로 꿈틀거렸다.

"오빠! 오빠아!"

영화가 엉엉 울며 소량에게로 달려왔다.

"으아앙! 오빠는 안 괜찮으면서 만날 걱정 말라고만 하고!"

영화가 아예 바닥에 주저앉아 통곡했다.

소량이 억지로나마 팔을 들어 영화의 머리를 쓰다듬어 주려 했다.

그렇게 진흙에 파묻힌 얼굴로 영화를 보다 보니 문득 깨달아지는 것이 있었다.

영화의 옷차림은 그때와 똑같았다.

소량의 얼굴이 슬픔으로 일그러졌다.

"미안해, 영화야."

"으앙, 으아앙!"

소량에게는 동생들에게도, 할머니에게도 말하지 않은 비밀이 하나 있었다.

영화를 처음 만났을 때의 일이었다.

처음에는 모른 척을 하려 했지만, 나 없으면 굶어 죽을 것 같아서 영화를 데려왔다. 겨울날이면 영화를 꼭 껴안고 온기를 나누었고, 먹을 것이 생기면 항상 반씩 나누어 먹었다.

그러던 어느 날, 지독한 흉년이 들었다.

흉년 인심이 어찌나 잔혹한지, 이삭이라도 주워 먹을 때면 매가 날아오기 일쑤였다. 상통에 있는 객잔의 쓰레기에도 먹을거리가 남아 있질 않았다.

그때, 우연찮게 식은 밥 한 덩이를 얻었다. 한 명이 먹기에도 너무나 모자란 양이었다.

너무 배가 고파서, 소량은 밥을 얻자마자 절룩거리며 모산으로 도망쳤다.

영화도 길거리에서 사는 법을 배웠으니 이제 잘살 수 있을 것이다. 예쁘니까 데려가겠다는 사람이 있을지도 모른다. 그러면 밥도 마음껏 먹을 수 있을 테고 옷도 구멍 나지 않은 것을 입을 수 있을 것이다.

소량은 그렇게 스스로를 설득하며 모산의 냇가로 달려갔다.

소량은 냇가에 도착하자마자 허겁지겁 식은 밥을 입에 쑤셔 넣었다. 한 입을 먹고, 목이 메어 냇가에 고개를 처박고 물을 마셨다. 한 입을 더 먹고, 또 한 입을…….

"흑, 흐흑."

두 입도 먹지 못했는데 울음이 비어져 나왔다. 소량은 식은 밥 한 덩이에 얼굴을 묻고 어깨를 들썩이며 흐느꼈다.

영화를 버리고 도망쳤다. 저를 오빠라고 부르면서 쫓아오던 아이를, 무슨 일이 생길 때면 겁에 질려 자신을 올려다보던 말간 눈을 내팽개치고 도망쳤다.

소량은 소매로 눈물을 슥슥 닦고는 다시 하통의 저잣거리로 달려갔다.

그곳에 영화가 있었다.

어디로 가야 할지 몰랐던 영화는 버려진 자리에 그대로 서서 하염없이 울음을 터뜨리고 있었다. 연신 '오빠, 오빠' 만을 외치며, 그렇게 사람들이 오가는 저잣거리에 서서 울고 있었다.

"미안해, 영화야……."

소량은 진흙에 얼굴을 파묻은 채 울고 있는 영화를 바라보았다. 복장부터 생김새까지, 정확히 그때의 영화였다.

소량이 눈물이 핑 고인 얼굴로 영화의 볼을 어루만졌다.

"오빠가… 오빠가 미안해."

"으아앙!"

울부짖는 영화의 뒤로 검은 그림자가 보였다. 무려 서른 명이나 되는 마인(魔人)이었다.

알고 보면 그것은 실존하는 마인이 아니라 일종의 사기(邪氣)라 할 수 있었지만, 안타깝게도 소량은 그 사실을 알지 못했다.

"이, 이리 와, 영화야. 숨어야 해."

마인들이 다가오자 소량이 쓰러진 채로나마 영화를 끌어안았다. 겁에 질린 영화의 울음소리가 한층 더 커졌다.

양신이 운다.

도대체 어디서 이런 힘이 난 걸까!

"끅, 끄르륵!"

침상에 누워 있던 소량의 몸이 활처럼 휘어졌다. 멀쩡한 사람처럼, 아니, 멀쩡한 사람보다 더욱 거센 힘으로 몸을 뒤트는 것이다.

근처의 의자에 앉아 졸고 있던 곽호태가 대경하여 자리에서 일어났다.

"제기랄, 발작이다!"

"뭣? 발작이라니!"

맞은편의 의자에 앉아 곽호태와 똑같은 모습으로 졸고 있던 의약당주가 벌떡 자리에서 일어났다.

곽호태가 연신 몸을 뒤트는 소량을 덮쳐누르며 외쳤다.

"경 노형! 경 노형! 이보시오, 의약당주! 몸부터 누르시오! 이렇게 몸부림치면 그나마 안정되어 가던 혈맥까지 찢어지게 돼! 젠장, 경 노형!"

"알겠소이다, 곽 의원!"

의약당주가 재빨리 소량에게 다가와 몸부림치는 그의 육신을 짓눌렀다.

잠시나마 자유로워진 곽호태가 한 손으로 소량의 맥문을 쥐고는, 다른 손으로 그의 목울대를 움켜쥐었다. 몸부림치는 환자를 두고 진맥을 하는 것이다.

"하나, 둘… 열넷, 열다섯, 서른하나? 아냐, 서른! 서른이다!"

"그게 무슨 소리요?"

"혈맥 중에 사기(邪氣)가 깃든 곳! 젠장, 경 노형! 어디 있소!"

의약당주의 질문에 빠르게 대답한 곽호태가 재차 검천존

을 불렀다.

도대체 언제 온 것일까!

소리도 없이 불쑥 나타난 검천존이 소량의 단전에 손을 가져갔다.

곽호태가 검천존을 흘끗 돌아보며 외쳤다.

"경 노형! 일단 팔맥(八脈)부터… 제길, 내공의 운용이라면 경 노형이 더 잘 아실 테니 그냥 알아서 하시오!"

곽호태가 늙은이답지 않은 빠른 몸놀림으로 침상 옆으로 달려가 침통을 꺼내 들었다.

침통에서 금으로 만든 대침(大針) 여덟 개와 중침(中針) 아홉 개, 세침(細針) 열두 개를 꺼낸 곽호태가 작게 심호흡을 하더니, 중침을 들어 소량의 태창혈(太倉穴)에 푹 꽂았다.

의약당주가 눈을 부릅뜨며 중얼거렸다.

"새, 생사금침(生死金針)?"

"그분께 얻은 것이긴 하오!"

곽호태의 손이 용조수를 펼치듯 빠르게 움직였다. 그냥 맨살에 침을 푹푹 꽂는 것 같은데 시침 자리 중 대혈(大穴) 아닌 곳이 없고, 깊이 또한 깊지 않은 곳이 없다.

의약당주가 버럭 고함을 질렀다.

"미친 거요? 침착하게 하시오, 침착하게! 손이 너무 빠르지 않소!"

"그럴 시간 없어!"

이제는 숫제 반말로 외치는 곽호태였다.

의약당주는 아예 쳐다보지도 않고 계속 침을 꽂아나가던 곽호태가 마지막 대침을 들고는 머뭇거렸다.

"제길, 이건 자신 없는데."

"그게 무슨 소리냐?"

소량의 단전에 손을 얹은 채 가만히 서 있던 검천존이 곽호태에게 질문했다. 소량을 짓누르던 의약당주 역시 의아한 시선으로 곽호태를 바라보았다.

"이걸 시침하면 천애검협의 생사를 가늠할 수 없습니다, 경 노형."

검천존이 대답 대신 눈썹을 꿈틀거렸다.

곽호태가 침을 꿀꺽 삼키며 말했다.

"이대로 두면 사흘 내로 귀천할 것이고, 시침을 하면… 저도 잘 모르겠습니다. 살 수도 있고, 죽을 수도 있겠지요. 하지만 생존의 기틀만은 마련할 수 있게 됩니다. 결정하십시오. 사흘이라도 더 살리리까, 아니면 목숨을 건 도박을 해보시겠습니까?"

"생사가 운에 달렸단 말이냐?"

"그렇습니다. 지금 시침하는 것은 곧 염라대왕과 내기를 하는 셈이지요. 판돈은 천애검협의 목숨이고."

곽호태의 말이 끝나자 장내에 묵직한 침묵이 감돌았다. 천애검협은 마침내 생사의 갈림길에 선 것이다.

잠시 뒤, 검천존이 고개를 끄덕였다.

"돌팔이 같으니. 해라."

곽호태는 그게 진심이냐는 질문 따위는 하지 않았다. 그저 마음을 다스리려는 듯 눈을 지그시 감고 호흡을 고를 뿐이었다.

곽호태의 귓가에 검천존의 목소리가 들려왔다.

"나의 마음이 바르면 천지도 바르게 되고[吾之心正卽天地之心亦正], 나의 기운이 순하면 천지의 기운도 순하게 된다[吾之氣順卽天地之氣亦順]고 했다. 천지의 기운이 마음에 달렸다는데 하물며 육신이야 말할 것이 있겠느냐? 마음을 다스려라, 이 녀석아. 그래야 산다."

검천존의 말은 참으로 기이했다. 어찌 보면 곽호태에게 하는 말 같기도 하고, 어찌 보면 소량에게 하는 말 같기도 한 것이다.

잠시 뒤, 곽호태가 감고 있던 눈을 번쩍 떴다.

그와 동시에 손이 번개처럼 움직인다.

다름 아닌 소량의 백회혈(百會穴:정수리의 숨구멍)로 말이다.

第二章
사천풍운(四川風雲)

1

달빛 아래 제비가 날았다.

유난히 낮게 나는 것이 아마 내일은 비가 오려는 모양이었다.

옥청궁 앞에 서 있던 제갈영영은 제비를 보다 말고 눈을 지그시 감았다.

제비라면 제갈영영의 손에도 있었다.

'손때가 많이 묻었어요, 진 대협. 아니, 나를 누이라 부르겠다고 했으니 이제 진 가가(哥哥)라고 불러야겠지요?'

제갈영영은 고개를 숙여 손에 들린 제비를 내려다보았다. 마치 어린아이처럼 제비의 날개를 만지작거리던 제갈영영이 지난 추억을 꺼내어 들었다.

소랑을 처음 만나던 날, 함께 거닐던 무림맹의 작은 호수. 청해로 가던 길에 나누었던 대화, 나란히 앉아 함께 키득거리던 흑수촌의 어느 조방…….

도대체 언제부터였을까.

'아마 처음부터였겠지.'

제갈영영이 미소를 지으며 고개를 숙였다.

그녀의 옆에서 긴 한숨 소리가 들려왔다.

"후우우—"

고개를 돌려 보니, 잔뜩 지친 곽호태가 휘청거리며 옥청궁을 나서는 것이 보였다.

그렇지 않아도 폭삭 늙어 있던 곽호태의 몰골은 이제 죽기 일보 직전의 노인처럼 변해 있었다.

일순간 기력과 심력을 몽땅 쏟아버린 탓이었다.

"…살았나요?"

제갈영영의 목소리가 파르르 떨려 나왔다.

차마 눈을 마주하고 들을 담력이 없어서, 제갈영영은 곽호태와 시선을 마주하지 못했다.

곽호태가 지친 얼굴로 대답했다.

"살았지. 운이 좋았네."

"하아—"

내내 숨을 참고 있었던 제갈영영은 길게 한숨을 토해냈다. 긴장 탓에 잔뜩 움츠려 들었던 제갈영영의 어깨가 스르르 풀렸다.

곽호태가 소매에서 연두(煙斗:곰방대)를 꺼내어 불을 당겼다.

"제갈세가의 여식이라 들었는데, 내가 잘못 들은 건가? 양갓집 규수가 밤이슬 맞는 게 평범한 일은 아닌데."

"생사신의(生死神醫)도 밤을 새고 있는데요, 뭐."

곽호태가 연기를 한껏 빨아들여 뱉고는 수염을 긁적거렸다.

"생사신의는 무슨? 나는 우연찮게 그분의 유품을 전해 받은 돌팔이일 뿐이야."

"그럼 당대 생사신의라고 불러 드릴까요?"

"……."

곽호태가 입을 꾹 다물었다. 제갈세가의 여식은 자신이 생사신의라고 확신하고 있는 것이 분명했다. 아무런 근거가 없다면 절대로 이렇게 단정적으로 말하지 못한다.

"왜 그렇게 생각하는지 물어도 되겠나?"

"지혜는 없어도 지식은 열심히 쌓았거든요."

"그거 좋겠군. 난 지혜도 지식도 없거든. 괜찮다면 풀어서 설명해 주겠나?"

곽호태가 어깨를 으쓱하고는 다시 연두를 물었다. 제갈영영이 제비를 만지작거리며 중얼거렸다.

"어떤 강호낭중이 쓴 기록을 읽었어요. 생사신의는 침구약(針灸藥), 모든 면에서 자신만의 특징을 가지고 있다고 하더군요. 그 특징이 곽 의원님과 같아요. 제가 알기로 생사신의는 제자에게 자신의 병환을 맡겼다가 죽음을 맞았고, 도천존께서 그의 임종을 지켰다고……."

"…그만."

곽호태가 연두를 꽉 움켜쥐며 말했다.

"또 누가 알고 있나?"

"청성파의 장문 진인은 확신하고 있을 거예요. 만약 귀혼금침대법(歸魂金針大法)을 펼쳤다면 거기에 의약당주님까지 포함해야 되겠지요. 귀혼금침대법을 펼치셨나요?"

"펼쳤지. 구법(灸法)까지 더했어."

"고마워요, 곽 의원님."

제갈영영이 머리를 꾸벅 숙여 보였다. 연두를 거둔 곽호태가 수염 볕을 벅벅 긁었다.

"이보게, 제갈 소저. 이 일은 비밀로……."

"다른 별호를 지어두었어요, 신수활의(神手活醫)라고. 일부러 거창하게 지었죠. 그렇게 소개하시면 당분간은 귀찮은 일이 없으실 거예요. 아! 청성의 장문 진인이야 입이 무거우니 상관없겠지만, 의약당주님의 입은 직접 막으셔야 할 거예요."

곽호태가 고개를 두어 번 끄덕였다.

만약 자신이 생사신의의 제자라는 것이 밝혀지면 여러모로 피곤하게 된다.

명문대파에서부터 강호낭인까지, 수도 없이 많은 사람들이 찾아올 것이 분명했다.

제갈영영은 '신수활의라는 별호로 그간의 행적을 만들어 두었으니 세간의 이목을 피하기에는 충분할 것' 이라고 부연했다.

"영특한 소저로군. 신세를 졌어."

곽호태가 연두를 탁탁 털어 재를 떨어내고는 다시 소매에 그것을 집어넣었다.

"한데 천애검협과는 어떤 관계인가? 정인(情人)인가?"

제갈영영이 꿀 먹은 벙어리처럼 입을 다물었다.

제갈영영의 안색을 본 곽호태는 더 이상 질문하지 않기로 했다. 그는 잠시의 휴식을 만끽하듯이 어깨를 한 차례 풀었다.

장내에 아스라이 침묵이 내려앉았다.

침묵을 깬 것은 제갈영영이었다.

"바보 같은 사람이에요, 그 사람."

"으음?"

"마치 불빛 같지요. 밤을 밝게 밝혀주지만, 스스로를 모두 태우면 꺼져 버리는 불빛."

제갈영영이 옥청궁의 원자를 가로질러 청성파의 도관을 내려다보았다. 곽호태가 동의한다는 듯 고개를 주억거렸다.

"그래, 그런 사람인 것 같더군."

"불빛이 꺼지기 전에 새벽이 올까요?"

제갈영영이 문득 질문을 던졌다. 얼핏 듣기에는 별것 아닌 것 같지만, 조금만 더 생각해 보면 너무나 묵직하게 들리는 말이었다.

천애검협이 죽기 전에 혈마곡의 난이 끝날까? 아니, 협객이 죽기 전에 세상이 바뀔까.

곽호태가 씁쓸한 미소를 지으며 읊조렸다.

"그러기를 희망하네."

그때, 산마루 끄트머리에 있는 청성파의 도관에 불빛이 피어올랐다.

불빛은 번지고 번져 마침내는 청성파의 중앙에 있는 배사전(拜師殿)까지 다다랐다.

누군가가 고함을 지르며 달음박질쳤고, 고함을 들은 도사들은 황급히 도관의 횃불과 등불에 불을 붙였다.

그 모습에서 무언가를 짐작한 제갈영영이 뜬금없는 소리를 중얼거렸다.

"…열네 명이 검을 들었어요."

"진무십사협에 대한 소문이라면 이미 들었네."

"그중 열한 명이 죽었죠."

제갈영영이 눈을 질끈 감고 몸을 부르르 떨었다.

혈마곡의 마인들이 당장 나타날지도 모른다는 공포감, 무공을 익히지 못한 탓에 느리기 짝이 없는 백성들의 걸음, 겁에 질린 아이의 울음소리, 원망하는 소리.

모든 것이 아직도 생생했다.

그곳에 그들이 있었다.

백성들에게 호탕하게 웃어 보이던 흑의창협, 갓난아기를 둔 어린 부부에게 먹을거리를 건네주던 임종호, 책임감에 하루도 편히 잠을 이루지 못했던 운현자…….

제갈영영이 감고 있던 눈을 천천히 떴다. 소녀에서 여인이 되어버린 것처럼, 그녀는 점점 무인이 되어가고 있었다.

"하지만 아직 끝난 게 아니에요."

제갈영영의 말이 끝나기 무섭게, 옥청궁에 고함 소리가 들려왔다.

산마루 끄트머리에서 시작된 소란이 마침내 삼청궁에까지 다다른 것이다.

곽호태가 미간을 찌푸리며 되물었다.

"그게 무슨 소리야? 끝이 아니라니?"

"마차를 준비해 두었어요. 침상이 설치된 마차지요. 흔들림을 최대한 줄여보려고 했지만 완벽하진 않아요. 부디 이송

중에도 잘 부탁드려요."

말을 마친 제갈영영이 옥청궁으로 걸음을 옮겼다.

"아니, 이게 무슨 일인지는 알려줘야지! 지금 무슨 일이 벌어지고 있는 건가? 청성은 갑자기 왜 이러는 게야?"

곽호태가 예의조차 잊고 제갈영영의 어깨를 잡아챘다. 제갈영영이 어두운 낯빛으로 중얼거렸다.

"혈마곡은 혈란의 시작으로 천애검협의 죽음과 배교자들의 처단을 내세웠지요. 하지만 그들은 천애검협을 죽이지도, 배교자들을 처단하지도 못했어요. 말하자면 선봉(先鋒)이 꺾인 셈이니, 그들은 뒤늦게라도 일을 바로 고치려 할 거예요."

곽호태의 눈이 휘둥그레 커졌다.

"검천존 노선배께서 계시긴 하지만 모든 이의 생명을 담보할 수는 없어요. 무림맹의 본대와 합류해야 합니다. 때문에 저는 그동안 청성파의 모두가 후퇴할 수 있도록 준비를 해왔어요. 그리고……."

제갈영영이 옥청궁으로 달려 올라오는 어느 도사를 물끄러미 내려다보았다.

"마침내 그때가 왔군요."

"혈마곡이 다시 청해를 넘었습니다!"

젊은 도사 하나가 다급히 외쳤다.

또다시 혈사(血事)가 시작된 것이다.

2

제갈영영이 곽호태와 대화를 나눌 무렵이었다.

혈마곡에는 기이한 방이 하나 있다.

창을 조절하여 오직 중앙에만 빛이 닿도록 설계된 방이었는데, 방의 중앙에는 사천(四川) 전도(全圖)가 놓여 있었다.

혈마곡의 귀곡자(鬼谷子)가 사천 전도를 바라보다 말고 키득키득 웃음을 터뜨렸다.

"어떻게 생각해? 청성은 본산을 버릴까, 아니면 본산을 지키려 할까?"

털북숭이 꼽추 노인이 세상에 이렇게 재미있는 일이 없다는 듯 옆자리의 청년을 바라보았다.

"재미있지 않아? 이건 바둑 같은 거야. 혹시 바둑 좋아해? 응, 아마 좋아하겠지?"

꼽추 노인의 옆에는 휘황찬란한 비단옷을 둘러 입은 영준한 청년이 앉아 있었다.

청년은 의자에 몸을 파묻은 채 서류 뭉치를 읽을 뿐, 꼽추 노인의 말에 대답하지 않았다.

"이게 왜 바둑과 같은지 알아? 상대방의 수를 읽어야 하거든."

꼽추 노인이 대답은 기대하지도 않았다는 듯 사천 전도로 시선을 돌렸다.

"혈마곡은 청성에 가야 해. 좋은 수는 아니지만 어쩔 수 없지, 우리는 흑수촌과 천애검협을 놓쳤으니까. 내가 돌을 놓았으니 이제 청성파가 놓을 차례야. 수는 두 개뿐이지. 본산을 지키거나, 지키지 않거나."

꼽추 노인의 눈에 기광이 번쩍였다.

"상대의 수를 알아맞히려면 그가 어떤 사람인지 알아야 해. 재미있지 않아? 바둑의 진짜 본질은 신묘한 수에 있는 게 아니라 상대가 어떤 사람인지 알아내는 데 있는 거야."

청년에게서는 여전히 대답이 없었다.

꼽추 노인이 클클, 웃음을 터뜨렸다.

"청성파는 본산을 버릴 거야. 대제자의 죽음을 보았으니 뭔가 배운 게 있겠지. 아마 껍데기만 청성산에 남겨두고 주력은 뒤로 물리려 들 거야."

꼽추 노인이 사천 전도가 놓인 커다란 탁자에 몸을 기댔다.

허리가 굽은 탓에 팔이 닿지 않아서, 꼽추 노인은 아예 탁자 위로 몸을 올려야 했다.

꼽추 노인이 '혈(血)' 자가 적힌 작은 깃발을 청성산에서 밀어냈다.

"그러니까 나는 청성산보다 후퇴하는 주력을 칠 거야."

꼽추 노인이 그렇게 말할 때였다.

영준한 청년이 어깨를 으쓱하며 되물었다.

"어이, 영감. 영감은 사천에서 삼 할의 이문을 남길 수 있는 품목이 뭔지 알아? 지금 내가 보고 있는 서류가 그건데, 모르겠으면 보고 맞춰도 좋아."

"응? 난 몰라, 돈은 너무 어려워."

꼽추 노인이 스승에게 꾸지람을 받은 제자처럼 시무룩해졌다.

영준한 청년이 네 개의 손가락밖에 없는 손으로 서류를 바닥에 내팽개쳤다.

"그거 봐, 영감. 각자 분야가 있는 거라고. 내가 천하를 경영한다고 하면 동네 개도 날 비웃을걸? 하지만 내가 상계를 경영한다고 하면 아무도 날 비웃지 못해. 그러니 각자 자신 있는 분야에 집중합시다, 알아듣지도 못할 소리 지껄이지 마시고."

돈으로 혈마곡과 싸운다는 금협(金俠), 진승조다운 말이었다.

신양상단의 돈을 풀어 혈마곡의 자금줄을 끊어버린 승조는 그로부터 며칠 뒤 혈마곡의 방문을 받았다.

목숨을 잃기 직전, 승조는 기다렸다는 듯 '돈을 돌려줄 테니 형제들의 목숨을 살려달라' 며 협상을 청했다.

물론 그것은 진짜 협상이 아니었다. 혈마곡의 자금줄인 운리방과 대진상단은 알고 보면 곁가지에 불과하다. 승조는 진짜 몸통을 알아내기 위해 혈마곡에 잠입한 것이다.

당장 자금이 필요했던 귀곡자는 승조의 속셈을 알면서도 그를 받아들였다.

그리고 승조에게서 상계의 일을 훔쳐 배우면서 끊임없이 그를 도발하곤 했다.

승조가 진짜 몸통의 이름을 알아내면, 혈마곡은 모든 자금을 잃는다.

진짜 몸통을 알아내기 전에 목적을 들키면, 승조가 목숨을 잃는다. 귀곡자가 상계의 일을 모두 배워 승조가 꼬아놓은 자금의 흐름을 알아채도 마찬가지다.

그러므로 지금의 신경전은 그냥 신경전이 아니었다. 혈마곡의 제일지자(第一智者)인 귀곡자와 상계의 흐름을 움켜쥐었다는 금협이 벌이는 생사투였다.

패배하는 자는 모든 것을 잃는다.

"하지만 여기엔 네 형의 목숨이 달려 있잖아."

꼽추 노인이 날카로운 공격을 날렸다.

승조의 몸이 한 차례 움찔했다. 애써 평정을 가장하고는 있었지만, 형의 목숨 앞에서도 그럴 수는 없었던 것이다.

승조의 흔들림을 알아차린 꼽추 노인이 비열한 미소를 지었다.

"너는 대단해. 응, 정말 대단해. 우리 쪽에도 상인은 많지만, 너처럼 돈을 잘 움직이지는 못했어. 어쩌면 우리의 가장 큰 적은 천애검협이 아니라 금협, 바로 너였을지도 몰라. 응, 돈이 없으면 아무것도 할 수가 없으니까."

승조가 물끄러미 꼽추 노인을 바라보았다.

"게다가 담도 커. 협박하고 고문해서 돈을 돌려받으려 했는데 오히려 협상을 제안할 줄이야. 돈을 줄 테니 형제들을 살려달라고? 협상의 담보로 자신을 맡기겠다고? 푸하하!"

꼽추 노인이 갑자기 웃음을 터뜨렸다. 웃음은 나타났던 것만큼이나 빠르게 사라졌다.

"하지만 무슨 일을 꾸미든 넌 죽을 거야. 너도, 네 형도 죽음을 피하진 못해."

마침내 승조의 눈에 살기가 떠올랐다.

"망할 놈의 영감이 말은 허벌나게 많네. 확 조사 버릴까 보다."

할머니가 자주 쓰던 광동 사투리를 섞었기 때문에 꼽추 노인은 승조의 말을 알아듣지 못했다. 승조가 당장에라도 꼽추 노인을 죽여 버릴 것처럼 이를 드러내며 말했다.

"내가 일을 꾸미긴 뭘 꾸며? 지금도 영감네 애들 밥 먹이려고 돈 벌고 있잖아. 떠벌떠벌 안 떠들어도 열심히 하고 있으니까 그 입 닫아. 뒤집어 버리기 전에."

승조의 말이 끝나자 방 안에 무거운 침묵이 감돌았다.

잠시 뒤, 꼽추 노인이 다시 지도로 고개를 돌렸다.

"아까 어디까지 했었지? 아, 그래. 청성파가 본산을 버릴 거라고 했었지. 그럼 문제는 퇴로가 어디인가 하는 점이야. 틀림없이 퇴로를 분산시키려 들겠지만, 조금만 머리를 쓰면 어디로 후퇴할지 알 수 있지. 여기야. 여기로 도망을 칠 거야."

꼽추 노인이 낑낑대며 탁자 위에 올라가 혈 자가 그려진 깃발을 청성산과 대읍(大邑) 사이에 있는 산야에 밀어 넣었다.

"여기서 천애검협이 죽으면 좋겠지만, 너에겐 다행스럽게도 그런 일이 벌어지지는 않을 거야. 삼천존이 있으니 한 번의 위기는 피하겠지. 그러니 두 번째 공격을 준비해야 해."

꼽추 노인이 무언가를 곰곰이 생각했다.

"첫 번째 공격을 받으면 틀림없이 방향을 바꿀 테니까… 다음은 여기! 이쪽으로 도망칠 게 분명해."

꼽추 노인이 이번엔 쌍류현(雙流懸) 쪽을 가리켰다.

"하지만 여기서도 천애검협은 죽지 않을 거야. 정도무림에는 저력이 있거든. 아마 그다음이 마지막이겠지. 여기, 명산(名山)으로 가는 길이 마지막이 될 거야."

꼽추 노인이 마지막으로 명산 쪽에 작은 깃발을 옮겼다.

"여기까지 몰리면 청성파는 더 이상 천애검협을 보호할 여력이 없어. 여기서 끝인 거지. 어떻게 생각해? 네 형이 죽는 거야. 이히히, 울 거야? 눈물 흘릴 거야?"

승조는 태연한 얼굴로 새로운 서류를 꺼내 들었다.

"너무 재미있다!"

꼽추 노인이 킬킬 웃음을 터뜨릴 때였다.

누군가가 문을 툭툭 두드렸다.

"들어와. 응, 들어와."

귀곡자의 말이 끝나자 문이 스르르 열리더니, 혈마곡의 마인 하나가 다가와 무어라 귓속말을 했다.

꼽추 노인이 환하게 미소를 지었다.

"청성파가 본산을 비울 준비를 한다고? 이히히, 내가 맞혔어! 신난다! 내가 맞혔어!"

승조의 안색이 새하얗게 변해갔다. 귀곡자는 앉은 자리에서 청성파의 움직임을 정확하게 읽어낸 것이다.

상대가 무슨 행동을 할지 모르는 불확실성 속에서 확실성을 찾아내었으니, 귀곡자의 계책은 가히 귀계(鬼計)라 할 만했다.

"이봐, 금협. 지금이라도 숨기고 있는 게 뭔지 말하지 않을래? 그럼 네 형을 며칠이라도 더 연명하게 해줄 수 있는데."

"……."

귀곡자가 장난기 가득한 얼굴로 질문했지만, 승조는 대답하지 않았다.

끊어지기 직전의 실처럼 팽팽한 긴장감이 장내를 감쌌다.

그렇게 얼마가 지났을까.

“좋아. 나머지 보고는 나가서 듣지.”

꼽추 노인이 싸늘하게 웃으며 방을 나섰다.

방문이 닫히자 사방이 고요해졌다.

“하, 하아아—”

승조가 그제야 긴 한숨을 내쉬었다.

마치 한참을 참았다가 겨우 호흡을 내쉬는 사람처럼 말이다.

승조는 서류를 꽉 움켜쥐고는 거기에 얼굴을 파묻었다.

‘형님을 믿어야 해. 형님을 믿어야 한다.’

승조의 얼굴은 공포에 짓눌려 있었다.

하마터면 자신이 아는 모든 것을 말할 테니 형님을 살려달라고, 잘못했다고, 원하는 건 뭐든지 해주겠다고 빌 뻔했다.

승조의 눈에 불현듯 눈물이 고였다.

‘형님, 살아 있는 거지요? 빈사 상태로 죽어가는 것이 아니라 멀쩡히 살아 있는 거지요?’

승조는 유영평야에서 보았던 소량의 모습을 떠올렸다.

어린 자신에게 먹을 것을 나눠주고 물로 배를 채우러 가던 어린 소년의 모습을. 몸이 걸레 조각처럼 변해 있으면서도 햇살처럼 따뜻하게 웃던 형의 모습을.

함께 웃고 떠들던 어린 시절의 추억이 그 뒤를 이었다.

"형님……."

서류에 얼굴을 파묻은 승조가 속삭였다.

무슨 일이 있어도 입가를 비틀며 냉소하던 승조였다. 스스로의 의지로 혈마곡에 잠입했고, 어떤 일이 있어도 계획한 바를 이루리라 결심한 그였다.

하지만 지난 한 달간 겪은 정신적 고통은 이루 말할 수 없는 것이었다.

승조의 정신은 조금씩 마모되고 있었다.

'죄송… 죄송합니다, 형님. 저를 용서하지 마세요. 죄송합니다…….'

형의 죽음을 논하는 자 앞에서 아무렇지도 않게 앉아 있다는 게 믿어지지가 않았다. 아무리 속임수라지만 그들을 위해 돈을 버는 스스로를 도저히 용서할 수가 없었다.

승조가 서류에 얼굴을 묻은 채 흐느꼈다.

"크흐흑, 흑."

당장에라도 자결하고 싶은 자괴감이 머릿속을 지배했다.

승조의 흐느낌은 한참이 지나서도 사라지지 않았다.

귀곡자의 예측은 섬뜩하리만치 정확한 것이었다. 그의 예상대로 청성파는 본산을 버리기로 결심했던 것이다.

물론 그 결심을 공식적으로 공표한 것은 아니었다.

'누천년 역사를 가진 본산을 버리고서 어찌 선조들을 뵙는단 말인가?' 라는 말이 사방에서 튀어나왔고, '인명이 먼저 아니오! 무위를 쫓는다는 사람들이 그래, 건물 몇 개를 포기 못하시오?' 라는 반박이 그 뒤를 이은 탓이었다.

청성파의 장문인, 일선 진인은 겉으로나마 중도를 취하기로 했다.

그는 문도들을 반으로 나누어 절반은 천애검협, 흑수촌의 백성들과 함께 후퇴하도록 했고, 나머지 절반은 본산을 지키도록 했다.

하지만 속내를 알고 보면, 그것은 본산을 버리는 것이나 다름없었다.

일현자(日玄子)가 노기 어린 얼굴로 속삭였다.

"장문 사형, 이게 뭐 하는 짓이오?"

일선 진인은 일현자를 돌아보지 않았다.

그의 시선은 수레에 짐을 싣는 제자들과 불안한 얼굴로 주위를 둘러보는 흑수촌의 백성들에게 향해 있었다.

피난 행렬의 후미에 있는 커다란 흑색 마차에는 곽호태와 의약당주가 서서 천애검협 진소량을 그 안에 밀어 넣고 있었다.

'알고 보면 첩혈행로는 아직 끝나지 않은 것을…….'

일선 진인이 눈을 질끈 감았다.

그저 잠시 쉴 틈을 얻었을 뿐, 다시 피로 피를 씻는 길이 시작된 것이다.

다시 눈을 뜬 일선 진인이 조사전으로 걸음을 옮겼다. 일현자가 그 뒤를 좇으며 억눌린 목소리로 말했다.

"도경(道經)과 비급을 빼놓은 건 이해할 수 있소. 하지만 인선만은 이해할 수 없소이다. 서로 다른 절기를 익힌 장로들만, 재주가 뛰어난 제자들만 내보낸다니요!"

"청성파의 장교는 만에 하나의 일까지 생각해야 하는 자리일세. 청성파가 곤륜처럼 멸문지화를 입으면 어찌하겠나? 명맥이라도 이어야 하지 않겠나."

피난 행렬을 스쳐 지나가던 일선 진인이 허리를 굽혀 떨어진 봇짐을 주워 들었다.

수레에 짐을 싣던 흑수촌의 백성, 곽삼이 황망한 얼굴로 고맙다고 인사를 했다.

"고맙긴 무얼……."

흔들리는 시선으로 곽삼의 모습을 바라보던 일선 진인이 차마 더 보지 못하겠다는 듯 몸을 돌렸다.

뒤에서 일현자가 잇소리를 내며 말했다.

"알고 있소. 무슨 뜻인지 알고 있단 말이오! 나 역시 본산을 비우는 데 찬성하는 사람이오!"

"하면 어찌 그리 묻는가?"

"어찌하여 일부를 본산에 남긴단 말입니까! 데려가려면 다

데려가야지요! 본산을 지키자고 주장하는 자들이 있기는 하지만, 그 정도 반발은 장문 사형께서 막아낼 수 있지 않습니까!"

장문인의 권위로 명령한다면, 청성파의 제자들은 따를 수밖에 없다.

일선 진인이 성큼성큼 걸어가며 말했다.

"그래, 자네 말이 옳네. 그럴 수도 있겠지."

"그럼 이게 무슨 짓입니까!"

일현자가 일선 진인의 어깨를 홱 잡아챘다. 이는 장문인의 권위를 무시하는 대죄(大罪)로, 배분이 같다 해도 기사멸조(欺師蔑祖)의 죄를 범한 것이나 다름없다.

"장문 사형은 지금 생명의 경중을 가리고 있는 거요! 재능 없는 사람들, 필요 없는 사람들은 여기서 죽어라, 재능 있는 사람들만 살려서 보내겠다! 이게 도대체 뭐 하는 짓입니까! 모두를 데려가면 모두가 살 수 있……."

일선 진인의 눈에서 귀화가 피어올랐다.

"자네 말이 옳아, 자네 말이 옳다고! 그래, 나는 생명의 경중을 가리고 있네! 도문에 들어놓고도 도(道)를 구하기는커녕, 세상에 다시없을 대죄를 짓고 있다고!"

자괴감, 절망감, 분노가 뒤섞인 시선은 감히 일현자가 감당할 것이 아니었다.

일선 진인이 으르렁대듯 말을 이어나갔다.

"딱 하나, 자네가 틀린 것이 있네."

"무, 무엇입니까?"

"절반이 남아 있는 이유는 본산을 지키기 위해서가 아니야. 그들이 여기에 남는 이유는……."

일선 진인이 눈을 질끈 감았다.

"목숨으로 피난하는 이들의 시간을 벌어주기 위해서일세."

일현자가 허망한 얼굴로 어깨를 늘어뜨렸다.

장문 사형은 여전히 제자들을 사지로 몰고 있었지만, 더 이상 그것을 탓할 수가 없었다.

일선 진인이 차갑게 중얼거렸다.

"나도 본산에 남을 걸세. 장교가 되어서 문하에 든 제자들조차 보호해 주지 못하였으니… 최소한 같이 죽기라도 해줘야지. 무량수불."

일선 진인이 다시금 몸을 홱 돌렸다.

일현자는 더 이상 그 뒤를 쫓지 못했다.

사제를 등지고 걸어가 조사전에 당도한 일선 진인이 문을 벌컥 열어젖혔다.

불현듯 일선 진인의 입에서 긴 한숨이 새어 나왔다.

"허어—"

조사전 안에는 그의 둘째 제자, 운송자가 무릎을 꿇고 앉아 있었다.

일선 진인이 눈을 질끈 감았다.

이럴 줄 알았으면 제자의 위패를 조사전에 모시지 않을 것을 그랬다.

의인의 죽음이랍시고 반대를 무릅쓰고 조사전에 봉했는데…….

"예서 무얼 하는 게냐, 운송."

스승이 불렀으나 운송자는 돌아보지 않았다. 무어라 말하려는 듯 입술을 달싹이던 일선 진인이 힘없이 맨바닥에 앉더니, 이내 운현자의 위패를 바라보았다.

위패의 앞에는 술병이 하나 놓여 있었다.

"허! 조사전에 술을 가지고 들어와? 기사멸조의 죄를 아무렇지도 않게 저지르는구나."

일선 진인이 장난스럽게 말을 건넸다.

운송자가 작은 목소리로 대답했다.

"죄송합니다, 사부님. 사형과 술 한잔 나눠본 적이 없어서… 사형은 자로 잰 듯 반듯하여 강호행 중에도 술을 허락하지 않았었지요."

"그 녀석이 원래 좀 고지식하지."

일선 진인이 술병을 들어 입가로 가져갔다.

운송자가 몇 마디 말을 이어나갔다.

"본산에서 한창 수련할 당시, 몰래 술을 한잔해 본 적이 있습니다. 호기심이었지요. 처음 맛보는 술은 쓰고 홧홧했습니다. 그래도 뭔가 강호를 주유하는 영웅이 된 것 같아 재미있고 즐거웠습니다. 신이 나서 천마종웅가(天馬從雄歌) 같은 가락이라도 뽑아보려 했는데, 하필 그때 사형에게 술을 마신 것을 들켰지요."

"심하게 혼내더냐?"

"나도 그랬다고 한마디 하고 가시더군요."

"하하하! 그래, 그랬더랬지. 네가 입문하고 삼 년이 지나서인가? 그 녀석이 술을 먹다 들킨 적이 있단다. 워낙에 반듯한 놈이라 뭔 일인가 했는데, 주위에서 '너는 규율만 찾고 속이 좁으니 사내답지 못하다, 너무 반듯하여 제자들의 마음이라고는 하나도 모른다'고 약을 올렸던 모양이야. 그렇게 술을 먹다가 그만 나에게 들키고 말았지."

"많이 혼내셨습니까?"

"혼내긴 무얼? 그냥 넘어갔지. 아, 한마디는 해주었던 것 같다."

일선 진인이 그리운 얼굴로 중얼거렸다.

내내 사형의 위패만 바라보던 운송자가 처음으로 일선 진인에게 시선을 돌렸다.

"뭐라 하셨습니까?"

"나도 그랬다."

일선 진인이 피식 웃었다.

운송자의 얼굴에도 미소가 떠올랐다.

하지만 웃음은 그리 길게 이어지지 않았다.

"…천애검협이 밉습니다."

운송자가 어깨를 무너뜨리며 말했다.

"안다."

일선 진인은 제자의 눈에 이슬이 고인 것을 보았다. 그것을 닦아주고 싶었지만, 생명의 경중을 가리는 대죄를 지은 입장인지라 그리할 수가 없었다.

자신의 손은 죄인의 손이었다.

"천애검협을 만나지 않았더라면, 끝까지 흑수촌의 백성들을 모른 척했더라면 사형은 살 수 있었을 텐데. 그것이 옳지 못하다고 해도 모두가 살아 있었을 텐데. 흑의창협 신 도우도, 현무당원 임 도우도 지금쯤 살아서 웃고 있었을 텐데."

"안다."

"아니, 사부님은 모르십니다. 알 수가 없지요. 저는 그를 원망할 수조차 없습니다. 천애검협이 무슨 생각으로 그리했는지 이제는 알기 때문입니다. 그가 고마우면서도 미운 이 심정은 누구도 알지 못할……."

"아니야, 운송아. 안다, 나도 알아."

일선 진인이 서글픈 얼굴로 중얼거렸다.

"…나도 그렇단다."

"흑, 흐흑."

운송자가 양손으로 얼굴을 덮었다.

남의 이목이 있다면 억지로라도 눈물을 참았을 테지만, 사부님의 앞이라 그런지 감정을 다스릴 수가 없었다.

그렇게 영원과도 같은 찰나가 흘렀다.

일다경이 지난 것 같기도 했고, 사흘이 지난 것 같기도 한 시간이었다.

잠시 뒤, 일선 진인이 한 가지 물건을 내밀며 말했다.

"늦겠다. 이제 가야 할 시간이야."

"…예?"

겨우 눈물을 거둔 운송자가 의아한 얼굴로 일선 진인의 손을 내려다보았다.

그 위에는 청성파 장교의 신물, 자반죽간(紫斑竹簡)이 놓여 있었다.

"스승님, 이건!"

"일현에게 건네주어라. 그놈 성정이 워낙 유해서 걱정이긴 하다만, 마땅한 놈이 없으니 어쩔 수 없지. 일현에게는 제자가 없으니 그다음에는 네가 받아라. 과거였다면 염두에 두지도 않았을 것이나, 지난 첩혈행로에서 너는 자격을 보였다."

"저는 떠날 수 없습니다! 이곳에 남아서……."

"장문인의 명이다."

"저는 못 갑니다! 여기까지 와서! 본산을 버리고! 사부님을 버리고!"

운송자가 다급한 어조로 외쳤다.

일선 진인이 노호성을 터뜨렸다.

"장문인의 명이다!"

"……."

운송자의 얼굴이 일그러졌다.

운송자가 연신 '제발' 이라고 중얼거리며 스승을 바라보았지만, 일선 진인의 시선은 바위와 같아 움직이지 않았다.

잠시 뒤, 운송자가 흐느끼며 자반죽간을 집어 들고 자리에서 일어났다.

일선 진인은 뒷짐을 진 채 운송자가 조사전을 떠나기를 기다렸다.

몇 번이나 머뭇대는지, 운송자가 조사전을 떠나는 데는 한참의 시간이 흘렀다.

운송자가 사라지자 일선 진인이 운현자의 위패를 돌아보았다.

"운현아, 이놈아……."

일선 진인이 허망하게 중얼거렸다.

그로부터 두 시진 뒤.

마침내 피난 행렬이 청성산을 출발했다.

귀곡자가 예상한 대로, 그들의 행로는 정확히 대읍을 향하고 있었다.

第三章

우회(迂回)

1

시간을 거슬러, 곽호태가 청성산에 갓 도착했을 무렵이었다.

진무십사협에 대한 소문은 사천에만 퍼져 나간 것이 아니었다.

조정의 파발보다 빠르기야 하겠냐만, 진무십사협의 소문은 들불처럼 번지고 번져 호광성(湖廣省)에까지 이른 참이었다.

강호의 협의지사들은 진무십사협에 대한 이야기를 떠들며 찬탄을 토해냈다.

혈마곡의 난(亂)이 본격적으로 시작되었음을 주제로 우려 섞인 한탄을 하기도 했다.

서성현(舒城縣)의 운해무관(雲海武館)에도 소문은 전해졌다.

운해추룡(雲海追龍) 막현우(莫賢寓)는 그길로 짐을 싸기 시작했다.

"금분세수랍시고 온 동네에 잔치를 벌여놓고 다시 강호로 나가게 되었으니, 동도들을 볼 낯이 없구먼. 쯧! 아는 사람이라도 만나면 참 민망하겠어."

운해추룡이 길게 한탄을 토해냈다.

사 년 전, 운해추룡 막현우는 금분세수를 벌여 강호에서 떠나겠다 선언했다.

원한 있는 자도 없고 빚진 자도 없었으니, 나름대로 은원의 고리를 끊어냈다고 보아도 좋을 터였다.

그러나 지금과 같은 상황에서 금분세수 따위는 중요한 문제가 아니었다.

"밤을 도와 걸으면 이 늙은 몸으로도 제때 도착할 수 있겠지."

"아버님, 지금이라도 마음을 돌리시지요."

운해무관의 현 관주이자, 막현우의 아들인 막운지가 걱정스럽게 말했다. 아버님의 비분강개한 심정은 이해하지만, 효심을 생각하면 도저히 보내 드릴 수가 없다.

"강호를 떠나겠다 하지 않으셨습니까. 아니, 그게 아니어도 연세를 생각하셔야 합니다. 무림맹이 움직인다 하니 크게 염려치 않으셔도 될 것입니다. 차라리 아버님 대신 제가……."

"이 녀석 봐라? 네가 감히 나를 빚쟁이로 만들려고 하느냐?"

"아버님이 빚진 것이 어디 있다고 그러십니까."

"있지. 암, 있고말고."

막현우가 고집스럽게 중얼거렸다.

"금분세수를 하던 날, 천애검협에게 빚을 졌지."

"아버님, 그건……."

막운지가 난감한 얼굴로 머뭇거렸다.

"젊은 시절, 혈기로 강호에 나섰지. 수많은 사람들을 만났고, 수많은 은원을 쌓았다. 협객이 되겠노라, 세상을 더 나은 곳으로 바꾸겠노라… 젊은 치기에 그렇게 생각했었지."

막현우가 그리운 듯 허공을 바라보았다.

"하지만 늙어가더구나. 몸은 물론이거니와 마음도 늙어가더구나. 권력의 눈을 두려워해야 하고, 체면을 생각해야 하고, 식솔을 건사해야 했지. 나는 많은 것들을 보았음에도 눈을 감았단다. 세상사가 다 그렇다고, 어쩔 수가 없다고……."

막운지는 아버지의 말을 이해하지 못했다. 다만 무언가 알 것도 같아서 그저 조용히 듣고 있을 뿐이었다.

"나는 세상을 외면했는데, 천애검협은 그러지 않았어."

막현우가 눈을 지그시 감았다.

문득 다섯 달 전에 만난 어린아이를 구하고자 도천존의 삼초식을 받아내던 젊은 청년이 떠올랐다.

그가 강호에서 펼친 여러 가지 이야기들은 세상과 타협한 막현우를 부끄럽게 했다.

"나는 그렇게 빚을 진 게야. 그럼 갚아야지. 암, 갚아야지. 내 큰일은 해줄 수가 없으니, 그를 노리고 오는 잡놈들이라도 대신 막아주어야 하지 않겠느냐?"

막현우가 껄껄 웃고는 창을 챙겼다.

젊은 시절 강호로 나가던 그때처럼, 바랑 하나 걸머지면 그걸로 끝이었다.

제자들은 무림맹의 본대와 함께 출행한다 하니 홀가분하게 묵은 빚을 갚으러 가면 그만인 것이다.

"아버님, 하지만……."

"이보게, 막가! 아직 준비가 덜 끝났나? 벌써 짐 싸서 나와 있을 줄 알았는데, 쯧! 하여간 이 친구는 젊을 때부터 엉덩이가 무거워서 탈이야."

막운지의 말이 끝나기도 전에 우렁찬 목소리가 울려 퍼졌다.

막현우가 본당(本堂)의 문을 걷어차고 밖으로 나갔다.

"안 그래도 준비 끝났다, 장가야!"

밖으로 나서니 시비가 어찌할 바를 모르고 서 있는 것이 보였다.

그 옆에는 소호검객(小毫劍客) 장진유(張鎭柳)가 호호탕탕하게 웃으며 서 있었다.

막현우의 금분세수에 참석했던 소호검객 역시 묵은 빚을 갚기 위해 나섰던 것이다.

"늦었네, 이 친구야. 오래 기다렸어."

"어이쿠, 이거 미안하네. 아들놈이 자꾸 걱정을 해대서 말이야. 이만 출발하세! 그리고… 으음? 이거 청진 도장 아니신가!"

껄껄 웃음을 터뜨리던 막현우가 의아한 듯 소호검객의 옆을 돌아보았다.

소호검객의 옆에는 무당파의 장로 한 명이 서 있었다.

"길이 같다기에 동행을 청하러 왔소. 면구스러운 일이지만 주머니가 텅텅 비어 말을 구할 돈이 없더구려."

"길이 같다고? 하하하! 그래, 청진 도장께서도 그 친구를 만나러 가시오?"

청진 도장이 희미하게 웃음을 지으며 고개를 끄덕였다.

비록 무공은 고강하지 못하지만, 역마살이 낀 탓에 본산에 엉덩이를 붙이지 못하고 천하를 떠돌던 청진 도장이었다.

무림맹에 들렀다가 남직례로 탁발을 온 청진 도장은 천애검협에 대한 소식을 듣자마자 그길로 사천행을 결정했던 것이다.

청진 도장이 어깨를 으쓱하며 말했다.

"내 예전에 태행마도라는 자를 만난 적이 있지요. 도천존 노선배의 비급을 훔친 대도(大盜) 말이오. 그때의 일로 천애검협과 적지 않은 인연을 쌓았다오."

청진 도장은 비급쟁탈전을 막기 위해 사건에 뛰어들었고, 천애검협을 만났다.

실망감 가득한 얼굴로 '욕심에 눈이 멀어 스스로의 목숨조차도 하찮게 보는구나! 당신들이 무인인가? 당신들이 강호인가!' 라고 일갈하던 젊고 영준한 청년을.

"잔소리를 그렇게 들었으니 이제 복수할 때 아니겠소? 얼른 가서 '젊은 놈이 참 말 많다, 넌 가서 정양이나 해라' 라고 잔소리를 해주려 하오."

"하하하! 그거 좋구려. 어서 갑시다."

막현우가 껄껄 웃으며 걸음을 옮기자, 소호검객과 청진도장이 그 뒤를 좇았다.

어차피 제자들은 무림맹의 본대와 함께 출행하기로 하였으므로 말은 세 필만 꺼내면 되었다. 젊은 시절처럼 말에 올라탄 세 명의 고수는 호호탕탕하게 길을 나섰다.

하지만 곧 말을 한 필 더 꺼낼 일이 생겼다. 운해무관의 앞에서 실랑이를 벌이는 청년을 만난 탓이었다.

청년이 무릎을 꿇은 채 머리를 조아렸다.

"도와주십시오, 부디 도와주십시오! 천애검협에게 목숨 빚을 졌으니 갚아야 하오! 도움을 얻을 수만 있다면 내 간장(肝腸)이라도 내드리리다!"

막현우와 소호검객, 청진 도장이 헛웃음을 지으며 서로를 돌아보았다.

막현우가 대표로 물었다.

"이보게, 소형제. 내 운해무관 사람이긴 한데… 도대체 뭘 도와달라는 건가? 천애검협에게 빚을 졌다는 말은 또 뭐고?"

"운해추룡 막 대협!"

문지기와 실랑이를 벌이던 젊은 청년 한 명이 대뜸 달려와 오체투지했다.

"말 한 필만! 말 한 필만 빌려주십시오! 내 가진 돈이 없어 마시장은 구경도 하지 못했습니다. 내 팔을 잘라달라면 잘라 드리겠고, 간을 내놓으라면 내놓겠소."

"허, 이 사람 참. 뭐가 그리 급한가?"

"내 예전, 도천존 단 대협의 비급에 눈이 멀어 천애검협을 욕하고 핍박한 일이 있습니다. 그 자리에서 죽어 마땅하나, 천애검협은 오히려 저를 공격한 나를 구해주었지요. 마침내 천애검협이 도천존의 비급마저 탐하지 않고 떠나니, 그를 오해한 나만 덩그러니 남더이다. 목숨 빚을 진 애송이 말입니다. 저는 은혜를 갚아야 합니다. 말 한 필만……."

"그래, 그랬군. 같이 가세! 말? 꺼내주지, 암! 꺼내주고말고!"

막현우가 크게 웃음을 터뜨렸다.

막현우는 몰랐지만, 나전현(羅田縣)에서도 그와 비슷한 일이 벌어지고 있었다.

소림의 각원 대사는 등에 묵직한 봇짐을 맨 채로 나전현의 관도를 걷고 있었다. 그 옆에는 무당파의 청허 진인이 서 있었는데, 그 역시 등에 봇짐을 매기는 마찬가지였다.

서른 남짓한 소림과 무당의 제자들이 그들의 뒤를 좇았다.

각원 대사가 허허롭게 중얼거렸다.

"허 참, 무겁진 않은데 등이 배기니 영 불편하구먼."

"맞는 말일세. 젊을 때 생각이 다 나네, 풍진강호에서 노숙도 많이 했었는데. 지금 느끼는 기분이 딱 그래. 영락없이 돌밭에서 노숙하는 기분이야."

청허 진인이 낄낄 웃으며 말했다.

무림맹에 머물던 두 명의 노기인(老奇人)은 시간이 생기면 늘 나전현을 찾곤 했다.

단혼신도 곽채선에게 정기를 빼앗긴 채 죽어버린 아이들의 넋을 위로하고, 생존한 아이들을 달래기 위함이었다.

단혼신도 곽채선을 벤 사람은 다름 아닌 천애검협이었다. 일의 전모를 파악하고 아이들을 구해낸 이 역시 천애검협이었다.

그는 백성들의 편에 서서 단혼신도의 죄를 발고했다.

부끄러운 일이나, 각원 대사와 청허 진인는 그 광경을 지켜만 보고 있었다.

그들이 나전현을 자주 찾는 이유는 어쩌면 죄책감 때문일지도 몰랐다.

나전현에서 진무십사협에 대한 소문을 들은 각원 대사와 청허 진인은 그길로 청성파로 향했다. 단혼신도 곽채선에게 아들, 장윤을 잃은 장삼이 울먹이며 그를 붙잡았다.

"이걸… 이걸 부탁합니다. 저 멀리 고려에서 온 삼(蔘)입니다요. 내 천금을 들여 구한 건데, 이거 하나면 죽은 사람도 일어난다 하더이다. 진 대협에게 꼭 좀 전해주십시오. 꼭 전해주셔야 합니다, 대사님."

고려삼(高麗蔘)이라면 부르는 것이 값인데, 돈이 어디서 났을까.

염소희라는 아낙은 머리카락 없는 민머리로 작은 하수오를 한 조각 내밀었다.

별 볼 일 없는 것이지만 그녀가 구할 수 있는 가장 좋은 약초였다.

"큰돈을 주고 마련한 약초예요. 듣기로는 죽은 사람도 한 번은

살릴 수 있다고 합니다. 한번 봐주세요. 이게 은공께 잘 들을지……."

머리카락을 팔아 구한 약초였지만, 그것은 진짜 하수오가 아니었다. 순진한 여인을 속이는 것은 그렇게도 쉬웠던 것이다.

각원 대사는 가짜라 지적하는 대신, '내 반드시 전하리다'라며 그것을 받아 들었다.

건네받은 약초 중에는 어린아이가 직접 캐온 맥문동 뿌리도 있었다.

동무들이 죽어가는 것을 보면서 감정을 잃어버린 소년이었다. 눈물 한 방울, 웃음 한 조각 없던 아이는 천애검협이 길을 떠나는 날 처음으로 울음을 터뜨렸었다.

약초를 캐느라 고사리 같은 손이 피투성이가 된 것을 본 각원 대사는 약초랄 것도 없는 맥문동을 흔쾌히 받아 들었다.

각원 대사가 불호를 터뜨리며 상념을 지웠다.

"그나마 무겁지 않아서 다행이지. 무거웠으면 우리 둘 다 낭패를 봤을 걸세. 아미타불."

"무거웠으면 두고 가려고?"

"허허, 그러기야 했으려고."

각원 대사가 껄껄 웃으며 걸음을 옮길 때였다.

두 대의 마차가 관도를 따라 흙먼지를 내뿜으며 달려왔다. 각원 대사와 청허 진인, 소림과 무당의 제자들은 길옆으로 물러나 마차가 지나갈 수 있도록 배려해 주었다.

각원 대사를 스쳐 지나간 마차가 황급히 말을 멈춰 세웠다.

곧 마차에서 몇 사람이 허겁지겁 뛰어내리더니, 각원 대사의 앞에 가서 공손히 시립했다.

"혹시 소림의 각원 대사가 아니신지요? 엇, 이런! 청허 진인까지."

"소매를 보면 남궁세가에서 나오신 모양인데……."

청허 진인이 눈을 가늘게 뜨며 말했다.

남궁세가의 무인이 정중하게 장읍했다.

"후배는 남궁세가의 외당 제자로, 이름은 남궁곽(南宮郭)이라 합니다. 각원 대사님과 청허 진인, 그리고 소림과 무당의 문도들을 뵙습니다."

"노중에 만나 과례라니, 빈승이 다 민망하구려. 어서 고개를 드시오. 한데 남궁 시주는 어디를 이리 급히 가시는 게요? 무림맹의 본대와 함께 출행하셔야 하는 것 아니오?"

각원 대사가 의아한 듯 눈을 끔뻑였다.

"물론 남궁세가는 무림맹과 함께 출행할 것입니다. 다만 외당의 제자들 중 몇몇이 천애검협을 호위하게 위해 갈라져 나온 것뿐이지요. 일종의 별동대라고 보시면 될 것입니다."

“남궁세가도 천애검협에게 구은을 입은 적이 있던가? 아! 그러고 보니…….”

“예, 참담하게도 혈마곡의 마인들이 신검지가(神劍之家)를 습격한 일이 있었지요. 이 남궁 모도 그때 천애검협에게 목숨을 구명받은 바가 있습니다.”

처음에는 천애검협을 부랑배로 착각했던 남궁곽이었다. 잔혈마도 이곽과 일전을 겨룬 탓에 천애검협은 피투성이가 된 채 남궁세가에 당도했던 것이다.

천애검협은 그 상태에서 남궁곽의 목숨을 구했다.

“아미타불. 선재로다, 선재야.”

연신 불호를 터뜨리던 각원 대사가 가슴팍을 흘끔 내려다보았다. 제자들과 함께 움직이는 것이 마땅하겠지만, 그에게 있는 귀물을 생각하면 속도를 낼 필요가 있었다.

‘최대한 빨리 당도해야 하니… 제자들과 떨어져도 어쩔 수 없지.’

각원 대사가 은근한 얼굴로 질문을 던졌다.

“하면 마차에 자리가 좀 남겠소?”

마차에 자리는 많이 남았다.

아니, 남궁세가의 마차에 자리가 없었어도 괜찮았을 것이다.

청해로 가는 마차는 그 한 대가 아니었으니 말이다.

2

아이가 울었다.

그 울음소리가 어찌나 크던지, 정신을 차리지 않고는 배기지 못할 정도였다.

진흙 바닥에 아무렇게나 엎어져 있던 소량이 힘겹게 눈을 떴다. 그의 앞에는 영화가 주저앉아 엉엉 울음을 터뜨리고 있었다.

소량은 정신을 차리자마자 영화를 품에 끌어안았다.

"영화야! 괜찮으냐? 혈마곡은, 마인들은!"

진흙에 반쯤 묻힌 얼굴을 빼낸 소량이 겁에 질린 얼굴로 주위를 둘러보았다.

영화가 소량의 등을 부둥켜안으며 훌쩍였다.

"오빠, 아프지 마. 아프지 마아."

"쿨럭, 쿨럭! 마인들은… 아니, 됐다. 무탈하면 됐어."

소량이 밭은기침을 토해내고는 힘겹게 자리에서 일어났다.

다리가 후들거렸지만, 소량은 영화를 품에 안은 채 무사히 일어설 수 있었다.

알고 보면 그것은 몹시 기이한 일이라 할 수 있었다. 이전에는 엎어져 제대로 일어나지도 못했는데, 지금은 최소한 몸을 일으키는 것만은 해낼 수 있었던 것이다.

마치 보이지 않는 누군가가 몸을 치료해 준 듯했다.

소랑이 주변을 경계하며 중얼거렸다.

“가자. 아까 그놈들이 언제 다시 올지 몰라.”

“내려줘, 오빠. 오빠 힘들잖아. 어서 내려줘!”

“여기만 벗어나면, 그때 내려줄게. 그때… 크윽!”

하지만 소랑은 아직 완전히 치료된 것이 아니었다. 전신에서 끔찍한 통증이 몰려오는 것과 동시에 오른쪽 손목이 으스러지는 듯한 기분이 들었다. 잠시나마 맑았던 시야도 백태가 낀 듯 흐려졌다.

소랑은 이를 질끈 악물고는 고통을 참아냈다.

“형아, 내려줘! 형아는 아프잖아! 나도 걸을 수 있다니까! 나 다 컸어! 나도 다 컸다고!”

품속의 목소리가 영화의 것에서 승조의 것으로 바뀌었다.

시선을 내려 보니, 영화가 아니라 여섯 살 난 거지 소년이 안겨 있는 것이 보였다.

영화의 모습이 승조로 바뀐 것이 의아하긴 했지만, 소랑은 얼른 생각을 거두었다.

도망쳐야 한다.

집으로, 집으로 가야 한다.

“내려줘! 내려달라고! 형아는 바보야! 멍청이야!”

소랑의 힘없는 팔과 달리 승조의 발버둥은 거셌다. 소랑은 별수 없이 승조를 내려주는 수밖에 없었다. 아니, 내린 게 아니라 떨어뜨렸다고 말하는 게 옳으리라.

"이 녀석! 형 말을 안 들을 셈이냐?"

소량은 엄한 표정을 지으며 외쳤다. 고작 소리만 지르는 데도 현기증이 일어났다.

소량이 잔소리를 할까 봐 두려웠는지, 승조가 재빨리 소량의 손을 맞잡았다.

소량은 잠깐 갈등하다가, '잠시만이라면 직접 걷게 해도 괜찮겠다' 라고 생각했다.

승조가 소량의 손을 잡아당겼다.

"가자, 형아. 여기는 위험한 것 같아."

"큭! 쿨럭, 쿨럭!"

기침과 함께 또다시 피가 터져 나왔다.

다만 다행인 것은, 반 되 넘게 쏟아내던 이전과 달리 피가 한 움큼밖에 나오지 않는다는 점이었다.

소량이 승조의 손을 잡은 채 비틀거렸다.

"거봐, 아프잖아! 괜찮아? 형아, 형아!"

승조가 울상을 지으며 소량을 부축하려 들었다. 소량은 일그러지는 표정을 억지로 다스리며, 그때까지도 놓지 않았던 운현자의 송문고검을 지팡이 삼아 짚었다.

"나는 신경 쓸 것 없다. 어서 피해야……."

소량이 그렇게 말할 때였다. 환두대도(環頭大刀) 한 자루가 빛살처럼 날아왔다.

소량이 아니라 승조를 노린 일격이었다.

내공이라고는 한 줌도 없었지만, 소량은 망설임 없이 승조의 앞을 막아갔다.

"승조야!"

서걱!

종잇장 베어지는 소리와 함께 소량의 어깨에서 끔찍한 통증이 일어났다.

흘끗 시선을 내려 보니 어깨에 깊숙한 고랑이 파여 있는 것이 보인다.

"내 뒤로 물러나라, 진승조!"

소량이 엄준하게 외치고는 앞을 노려보았다. 이름 모를 마인 한 명이 환두대도를 들고 오만하게 소량을 내려다보고 있었다.

그 모습이 마치 태산처럼 거대하게 느껴져 절로 겁이 났다.

소량은 바닥에 떨어뜨렸던 운현자의 송문고검을 주워 마인을 겨누었다. 팔에 힘이 실리지 않아 검이 자꾸 아래로 향했다.

"진승조! 뒤로 오라지 않든!"

"형아! 내가, 내가 싸울게!"

"시끄럽다!"

소랑이 승조의 어깨를 잡아채 등 뒤로 숨겼다. 어디서 그런 힘이 났는지, 승조를 잡아채는 손속만은 빠르기 짝이 없었다.

소랑이 오행검의 기수식을 취하며 말했다.

"물러나시오. 물러난다면 쫓지 않겠소."

환두대도를 든 마인의 기세는 섬뜩하리만치 거셌다.

몸이 멀쩡하다면 모를까, 지금 상태로는 도저히 감당할 수 없는 적이었다.

하지만 소랑은 포기하지 않았다.

단혼신도 곽채선을 만났을 때에도, 유영평야에서 수많은 마인들과 대적했을 때에도, 흑수촌을 지킬 때에도 소랑은 한 번도 포기한 적이 없었다.

소랑은 의지로써 몸을 바로 세웠다.

"물러나라 하지 않았던가!"

마인이 환두대도를 크게 휘두르는 것과 동시에, 소랑의 검에서 오행검이 펼쳐졌다.

덜컹거리는 마차에 앉아 있던 의약당주가 의아한 듯 곽호태를 바라보았다. 무슨 일인지는 모르겠지만, 천애검협의 맥을 짚은 곽호태가 연신 기성을 터뜨리고 있었다.

"아무리 사기가 깃든 곳이 한 군데라지만… 하! 혼자서 회복을 하려 들어? 벌써?"

곽호태가 믿을 수 없다는 듯 헛웃음을 토해냈다.

말도 안 되는 일이지만, 상황만 보자면 마치 천애검협이 의식을 차리고 스스로 진기도인을 하는 듯했다. 혼절해도 진즉에 혼절한 상태이니 그럴 리가 없는데 말이다.

'만약 그게 아니라면…….'

스스로의 의념으로써 진기도인을 하는 게 아니라면, 이는 곧 천애검협의 신체가 스스로를 치유하고 있다는 뜻이다. 정확히 말하자면 그가 익힌 무공, 일선공(一仙功)이 말이다.

마부석에 앉아 있던 제갈영영이 조그마한 창문을 열고 마차 내부를 들여다보았다.

"진 가가에게 문제라도 생겼나요?"

"문제라니? 이건 오히려 좋은 징조일세."

곽호태가 재차 헛웃음을 터뜨렸다.

"알다시피 천애검협의 혈맥에는 사기가 깃들어 있네. 필사적으로 막고 있긴 하지만, 한 군데라도 사기가 준동하면 목숨을 잃기 십상이지. 지금 닥친 상황이 바로 그렇다네. 해서 구법을 쓰려 했는데… 때맞춰 천애검협의 내기가 스스로 움직이는군. 허, 참!"

말을 마친 곽호태가 구법을 펼치는 대신 침을 놓기 시작했다.

이유는 모르겠지만, 환자의 신체가 스스로를 구하고자 한다면 일은 한결 쉬워진다. 아무리 침구약을 퍼부어도 반응이 없던 이전과 달리, 이제는 그것을 받아들일 수 있는 것이다.

의약당주가 이해할 수 없다는 듯 질문했다.

"사기와 생기(生氣)를 논하는 것이야 그렇다 치고, 환자의 내기가 스스로 움직이고 있음은 어찌 아셨소? 내 보기에는 그냥 혼절해 있는 것으로만 보이는데."

"맥을 짚었지."

곽호태가 별일 아니라는 듯 대답했다.

"허! 맥만으로도 그걸 다 알 수 있단 말이오?"

의약당주의 눈이 휘둥그레 커졌다.

'생사신의의 진전을 이은 것이 분명하다' 고 생각하고는 있지만, 아무리 그래도 진맥만으로 내기의 이동을 알아내다니 말도 안 되지 않은가!

동시에 갑갑한 마음도 들었다. 평생 의술에 몸을 담아놓고도 환자의 상세조차 제대로 모르니 갑갑할 수밖에 없다.

"…정말 다행이로군요."

작은 창문 너머에서 소량을 바라보던 제갈영영이 안도한 듯 중얼거렸다.

곽호태가 고개를 두어 번 끄덕였다.

"다행이라는 말로도 부족하지. 지금까지의 나타난 것 중 가장 긍정적인 신호일세."

"그렇다면 의식을 차리는 것도 기대해 볼 수 있… 어?"

제갈영영이 의아한 탄성을 내뱉는 것과 동시에 마차가 멈추었다. 선두에서부터 행렬이 정지하더니, 그 흐름이 마침내는 마차에까지 다다른 것이다.

"왜 이동을 멈춘 거지?"

제갈영영이 마부석에서 일어나며 중얼거렸다. 잠시의 시간이 지나자, 굳이 질문을 던질 필요도 없게 되었다.

"사, 살기(殺氣)?"

제갈영영이 다급히 좌우를 돌아보았다.

우측에는 깎아지른 듯한 만장단애(萬丈斷崖)가, 좌측에는 야트막한 언덕이 자리해 있었다. 살기의 진원지는 바로 좌측의 야트막한 언덕이었다.

제갈영영은 살기의 주인이 누구인지도 짐작할 수 있었다.

'혈마곡… 말도 안 돼! 벌써 청성을 무너뜨리고 우리를 추적했단 말이야? 천하의 청성파가 사흘도 버티지 못했다고?'

제갈영영이 믿을 수 없다는 듯 눈을 부릅떴다.

그녀의 두뇌가 빠르게 회전했다.

'아니, 청성을 멸문시켰다고 해도 이렇게 빨리 우리를 추적할 수는 없어. 청성파를 칠 만한 대병력이 이동하는 데에는 그만한 시간이 걸리게 마련이니까.'

제갈영영이 그렇게 생각할 때였다.

야트막한 언덕 너머에서 백오십은 족히 넘을 듯한 마인들이 모습을 드러냈다.

햇살을 받아 번쩍이는 병장기의 모습이 그야말로 기세등등했다.

"…추살하라!"

잠시 뒤, 마인들 틈에서 싸늘한 명령이 터져 나왔다.

제갈영영은 몰랐지만 그들은 혈마곡의 혈풍귀(血風鬼)들로, 귀곡자가 준비한 첫 번째 파도[一波]라 할 수 있었다.

곧이어 제갈영영의 뒤쪽에서도 살기가 느껴졌다. 제갈영영은 그제야 상황을 온전히 짐작할 수 있었다.

"청성을 치지 않고 우회했군."

천하의 구파일방 중 하나인 청성이 벌써 멸문당했을 리가 없다. 이는 곧 청성을 치지 않았다는 뜻, 혈마곡의 누군가가 청성파와 제갈영영이 준비한 계책을 읽어냈다는 뜻이다.

"혈마곡에 지자가 있었어."

제갈영영이 갑자기 몸을 홱 돌리더니 일행의 앞쪽, 즉 청성파의 제자들이 있는 곳을 바라보며 외쳤다.

"전진! 전진해요! 소수로서 다수를 상대하려면 좁은 길을 택해야 합니다! 지금 당장 전진해야 몇 명이라도 살아!"

청성파의 수뇌부도 제갈영영과 같은 생각을 했는지, 행렬이 다급하게 움직이기 시작했다.

제갈영영은 다시 한 번 고함을 질렀다.

"대읍으로 가는 길목에서 갈림길이 나올 거예요! 그때 일행을 둘로 나눠요! 한쪽은 흑수촌의 백성들을 보호하여 대읍으로, 한쪽은 천애검협을 보호하여 쌍류현 쪽으로!"

제갈영영은 아직 희망을 가지고 있었다.

청성파의 제자들이 있으니 흑수촌을 탈출할 때처럼 절망적인 것만은 아니다. 적이 포위망을 완성하기 전에 뚫을 수만 있으면 생존 가능성은 높아진다.

"그래야 추적을 둘로 나눌 수 있어요! 추적을 둘로 나누면… 칫!"

챙강!

목청껏 외치던 제갈영영이 작은 비수 두 자루를 꺼내어 날아오는 화살을 쳐냈다.

어느새 마인들이 지척에 다가와 있었던 것이다.

이제 십여 장밖에 남지 않았으니, 눈 깜짝할 순간에 적들이 들이닥칠 터였다.

"진 가가……."

제갈영영이 창백한 얼굴로 중얼거렸다.

그때, 빠르게 쇄도하던 마인들이 불현듯 걸음을 멈추었다. 거미줄에 걸린 벌레처럼 몸을 파르르 떨던 마인들이 뒤를 흘끔 돌아보았다.

"으음?"

콰콰콰쾅—!

굉음과 함께 갑자기 대지가 진동했다. 마치 하늘에서 누군가가 손을 내뻗어 땅을 짓누른 것 같았다.

마인들 중 가장 선두에 있던 자들이 개구리처럼 엎어지는 것과 동시에 사방에서 비명이 터져 나왔다.

"크으윽!"

그러나 비명이 터져 나온 시간은 너무나도 짧았다. 엎어진 마인들이 순식간에 모든 움직임을 멈추었던 것이다.

단 일 수!

단 일 수만에 무려 칠십여 명의 마인이 목숨을 잃은 것이다.

뒤이어 야트막한 언덕에서 웃음소리가 터져 나왔다.

"으하하! 지난 오십 년 간 마졸들을 모아두더니, 거 개미 떼처럼 많기도 하구나!"

언덕 위에는 장난꾸러기 노인이 나타나 창으로 어깨를 툭툭 치고 있었다.

제갈영영은 그가 누구인지 어렵지 않게 짐작할 수 있었다.

"처, 천괴(天怪) 창천존(槍天尊)!"

제갈영영이 감탄처럼 외칠 때였다.

콰아앙—!

이번엔 만장단애 위에서 굉음이 울려 퍼졌다. 고개를 돌려 보니 만장단애 위에서 한 줄기 용이 앞으로 쏘아지는 것이 보인다.

바다를 건너듯 흉포하게 앞으로 나가던 용이 곧이어 비를 불렀다.

용이 다스리는 비, 태룡치우(太龍治雨)였다.

"도천존(刀天尊) 단천화(段舜和)!"

제갈영영이 환호성을 터뜨렸다.

第四章

선인지로(仙人指路)

1

만장단애에 홀로 선 도천존이 유리알처럼 투명한 눈으로 절벽 아래를 바라보았다.

그의 등 뒤에는 서른 남짓한 혈마곡의 마인들이 사지가 갈기갈기 찢겨진 채로 널브러져 있었다.

휘이잉—

차가운 바람이 도천존의 흑색 장포를 휘감고 지나가는 순간이었다.

물끄러미 서 있던 도천존이 절벽 아래의 허공으로 한 걸음을 내디뎠다.

허공답보(許空踏步)라!

놀랍게도 도천존의 신형은 절벽 아래로 추락하지 않았다.

그저 하늘에서 내려오는 신장(神將)처럼 허공을 딛고 뚜벅뚜벅 걸음을 옮길 뿐이다. 마치 허공에 계단이 있어 그것을 하나, 하나 밟고 내려가는 듯했다.

"제법 재주가 있는 놈이 여섯 놈쯤 있는 것 같은데."

도천존이 미간을 찌푸리며 중얼거렸다.

곧 그의 귓가에 한 줄기 전음성이 들려왔다.

[예전에 보았던 무슨 마존인가 하는 놈들 같아. 재주가 좋은 놈들이니 시간 좀 잡아먹겠는데… 귀찮은 일을 질색하는 자네에게 딱 맞는 놈들이로구먼그래!]

창천존의 전음성에는 웃음이 깃들어 있었다.

성큼성큼 허공을 밟아가던 도천존이 차가운 얼굴로 읊조렸다.

"왼쪽, 오른쪽?"

[왼쪽.]

"그럼 내가 오른쪽으로 가지. 가는 길에 제자를 만나고 가야겠군."

말이 끝나기가 무섭게 도천존의 신형이 스르르 사라졌다.

도천존의 신형이 나타난 곳은 소량이 누워 있는 마차의 지붕이었다. 마차의 지붕에 다리를 척 걸치고 앉아 느긋하게 바람을 쐬던 검천존이 도천존을 흘끔 올려다보았다.

여기저기 기운 마의에, 때 묻은 수염을 한 촌로(村老)와 용호도를 들고 흑색 장포를 둘러 입은 냉막한 인상의 무인은 얼핏 보기엔 전혀 어울리지 않는 조합처럼 보였다.

검천존이 피식 웃으며 말했다.

"이야, 자네가 그 무거운 엉덩이를 다 떼고 움직일 줄이야."

"혈마에게는 빚이 있으니까."

"어차피 움직일 거면 이 사람아, 일찍 좀 움직이지 그랬나. 딱 간당간당할 때 나타나니, 쯧!"

"셋째를 맹(盟)으로 보내는 바람에 늦었네."

원래 창천존과 도천존은 각각 진유선, 연호진과 동행하고 있었지만, 혈마곡의 대군(大軍) 앞에서도 그럴 수는 없었다.

창천존과 도천존은 신객(信客)인 왕안석에게 진유선과 연호진을 맡겨 무림맹에 합류하도록 했다.

도착이 늦어진 것은 바로 그런 이유에서였다.

"살겠나?"

도천존이 지붕 아래를 흘끔 내려다보며 말했다. 검천존이 낄낄 웃음을 터뜨렸다.

"헐헐, 그래도 걱정이 되기는 하는 모양이지?"

검천존의 농담에도 도천존의 표정은 조금도 변하지 않았다.

검천존이 희미한 미소를 지었다.

"살겠지, 아마."

"…허약한 녀석 같으니."

도천존이 처음으로 감정을 드러냈다.

그것은 못마땅함이었다.

"으하하하!"

검천존이 무릎까지 쳐가며 대소를 터뜨렸다. 한참 동안이나 그렇게 웃던 검천존이 조금씩 웃음을 거두더니, 평소와 다를 것 없는 어조로 대수롭지 않게 질문을 던졌다.

"그래, 얼마면 되겠나?"

"두 시진."

도천존은 그것으로 모든 인사를 마쳤다는 듯 마차에서 벗어났다.

검천존은 그것이 '두 시진 후에 합류하겠다'라는 뜻임을 바로 깨달을 수 있었다. 혈마가 직접 나오지 않는 한, 두 시진 안에 이 포위망은 사라지리라.

하지만 검천존의 안색은 결코 밝지 않았다.

"너무 길구먼."

천하의 도천존과 창천존이 나서는 데도 두 시진이나 걸린다니, 뉘 있어 그 말을 믿을 수 있겠는가!

"쯧!"

과거 유영평야에서 상대했던 검마존이라는 작자를 떠올린

검천존이 혀를 한 번 차고는 제갈영영을 돌아보았다.

도천존의 기세에 휘말린 탓에 제갈영영의 얼굴은 창백하게 질려 있었다.

"속도를 좀 더 높여야겠다, 아이야."

"예? 그게 무슨 말씀이신가요?"

경외감 섞인 눈으로 도천존의 빈자리를 바라보던 제갈영영이 의아한 얼굴로 지붕을 올려다보았다.

삼천존이 나타났으니 이제 안심이라고 생각했는데, 검천존의 말은 정반대였던 것이다.

"아무래도 시간이 조금 걸리겠구나. 그동안 이놈, 저놈 다 달려들 테니 속도를 좀 더 높여야겠다. 일행을 둘로 나누는 것도 계획대로 진행하렴."

말을 마친 검천존이 지붕 아래를 내려다보았다.

'아무래도 내가 너를 돌볼 수 있는 건 여기까지인 모양이다. 아니, 생각해 보면 지금까지도 인연이 너무 길었지. 허! 신선지로를 꿈꾸는 주제에 새로운 집착을 쌓았으니…….'

아들에 대한 미련조차 끊어내고 천애에 오르려 했던 검천존이다. 모든 것을 잊고 다만 관조하고자 하였거늘, 설마하니 새로운 미련이 생길 줄은 몰랐다.

검천존은 소량에 대한 미련까지도 끊어내고자 했다.

"생사가 여일(如一)한데 어찌 한쪽만 좇겠는가? 이만하면

할 수 있는 건 다 한 셈이니 이제 천명을 따를 수밖에……."

검천존이 눈을 지그시 감으며 읊조렸다.

한편, 제갈영영은 긴장한 눈으로 행렬을 바라보고 있었다.

'삼천존 중 두 명으로도 안전을 보장할 수 없단 말이야?'

무신(武神)이라 말해도 좋을 두 명의 고수가 나섰는데도 시간이 걸린다고 말한 이유가 무엇이겠는가?

삼천존만 한 무인이 이곳에 있기 때문…….

'그때의 그 음마존 같은 고수가 있는 거야. 그것도 한두 명이 아닌, 다수가.'

제갈영영이 아랫입술을 질끈 깨물었다.

"이보시오, 제갈 소저!"

피난 행렬의 앞쪽에 있던 운송자가 안도한 얼굴로 뛰어왔다. 도천존과 창천존의 무공을 보고 '더 이상의 위험은 없을 것이다' 라고 생각한 운송자였다.

"삼천존께서 오셨으니 이제는 염려할 일이 없을 것이오, 제갈 소저! 본문의 어르신들께서는 일행을 둘로 나누기보다는 이대로 나아가자고 하시……."

"아니, 둘로 나눠야 해요."

제갈영영이 고개를 절레절레 저었다.

처음에는 의아해하던 운송자였지만, '도천존과 창천존께서 나섰는데도 두 시진의 시간이 걸릴 듯하다' 라는 말을 듣자마자 곧바로 그녀의 말에 수긍했다.

그 역시 지난 첩혈행로에서 음마존을 보았던 것이다.

"혈마곡의 목표는 두 개예요. 흑수촌의 백성들과 천애검협. 그 둘을 분리시켜야 합니다."

그 둘을 쪼개면, 적의 포위망도 쪼개진다.

제갈영영이 차분한 얼굴로 중얼거렸다.

"그저 시간이 걸릴 뿐, 도천존과 창천존께서 패배할 일은 없을 거예요. 두 시진만 버티면 됩니다. 두 시진만 버티면 혈마곡은 더 이상 우리를 쫓지 못해요."

운송자가 생각에 잠긴 얼굴로 행렬을 바라보았다.

"하면 본문이 흑수촌의 백성들을 맡겠소. 천애검협을 호위할 인원이 부족할 테니 일현 사숙께 고하여 본문의 제자들을 보내 드리리다. 사 할… 아니, 삼 할을 보내지요."

천애검협의 곁에는 검천존이 있으니, 청성파의 주력은 흑수촌을 보호하겠다는 뜻이었다.

그렇게 말하는 운송자의 얼굴은 자괴감으로 깃들어 있었다.

"미안하오. 마음 같아서는 더 보내고 싶소만……."

"아니, 미안해하실 것 없어요. 검천존께서 계시니 삼 할이면 양측 모두가 공평하게 전력을 나눈 것이나 다름없지요. 청성의 후의에 감사를 전합니다. 후일 꼭 보답하지요."

"…미안하오."

운송자가 '부디 무사하시오' 라고 중얼거리고는 몸을 돌렸다.

일다경이 지나자, 피난 행렬에 변화가 생기기 시작했다. 제갈영영은 일행의 선두가 갈라져 나가는 것을 본 뒤에야 자리에 주저앉았다.

뒤늦게 두려움이 밀려와 오른손이 덜덜 떨려왔다. 그녀는 떨림을 감추려는 듯 왼손으로 오른손을 덮고는 흘끗 뒤를 돌아보았다.

마차 안에는 시신처럼 창백한 진소량, 진 가가가 누워 있었다.

그녀는 침을 꿀꺽 삼킴으로써 두려움을 떨쳐냈다.

'반드시 해내야 해.'

제갈영영이 다시 앞쪽으로 고개를 돌렸다.

"후미는 좌측으로! 쌍류현 방향으로 우회합니다."

제갈영영의 목소리는 냉정하기 짝이 없었다.

2

소량이 풀린 동공으로 옆구리를 내려다보았다. 그의 옆구리에는 환두대도의 도극이 이 촌가량 박혀 있었다.

소량은 환두대도의 도신을 잡고 힘껏 밀어내었다.

"컥, 쿨럭, 쿨럭!"

뒤로 두어 걸음을 물러난 소량이 상처를 한 차례 어루만졌다. 깊이 박힌 것은 아니었지만, 도신의 너비가 워낙에 넓다 보니 상처가 제법 크다.

불길 같은 통증이 밀려드는 것을 느낀 소량이 신음을 길게 토해냈다.

마인은 물끄러미 소량을 바라볼 뿐, 다른 행동을 보이지 않았다. 득의양양한 표정도, 으레 있을 법한 긴장감도 없는 무심한 얼굴이 더욱 섬뜩하게 느껴진다.

그때, 어린아이의 새된 목소리가 들려왔다.

"그만해!"

무심히 서 있던 마인이 몸을 뒤로 돌렸다. 등 뒤로 돌멩이가 자꾸 날아와 부딪힌 탓이었다.

"우리 형아한테 그러지 마! 그러지 말라고!"

"지, 진승조! 도망쳐, 도망쳐라!"

마인을 상대하기 위해 잠시 승조의 곁에서 떨어졌던 소량이 절룩거리며 동생에게로 걸어갔다. 오행검의 초식을 펼쳐 마인의 등을 공격했지만, 소량은 마인의 호신강기를 뚫지 못했다.

"어, 어어."

마인에게 열심히 돌을 던지던 승조가 겁먹은 얼굴로 움직임을 멈추었다. 마인이 자신에게로 뚜벅뚜벅 걸어온 탓이었다.

"으어어……."

겁에 질린 승조가 바닥에 쿵 주저앉더니 주춤주춤 뒤로 기어갔다.

소량이 절룩거리는 걸음으로나마 황급히 승조에게로 달려들었다.

불안하고 초조해서 미쳐 버릴 것 같았다. 가슴에 화가 치밀어 견딜 수가 없다.

왜 하필이면 이때 몸이 망가져 버린 것일까. 승조를 구해야 하는데, 왜 힘이라곤 하나도 들어가지 않는 걸까.

어떻게든 해야 하는데…….

눈물이 핑 고인 얼굴로 달려가던 소량이 바닥에 넘어졌다.

어떻게든 일어나 보려 했지만 사지육신이 말을 듣지 않았다.

그렇게 쓰러지고 보니 문득 모산의 냇가가 보였다.

냇가가 커지기라도 한 걸까?

가느다란 물줄기였던 이전과 달리, 제법 물길의 폭이 넓어져 있었다. 이쯤 되면 냇가라기보다는 하천(河川)이라 해야 하리라.

하천의 한가운데에서는 능소를 닮은 누군가가 일렁이는 수면을 밟고서 한바탕 춤을 추고 있었다. 한 자루 검을 들고 덩실덩실 춤을 추는데 그 속도가 기이할 정도로 느리다.

소량의 눈이 멍하니 변해갔다.

'하선(河仙)?'

마침 춤사위를 마무리하는 중이었는지, 정체 모를 누군가가 검으로는 하늘을, 다른 손으로는 검결지(劍訣指)를 맺으며 움직임을 멈추었다.

소량은 그 춤사위가 너무나도 익숙하고 친숙하다고 생각했다. 검결지를 따라 한 것은 그러한 이유에서였을 것이다.

서걱!

마인이 승조의 머리를 두 쪽 내기 직전이었다. 마인의 목에서 섬뜩한 소리가 들려왔다.

잠시 경직된 채로 몸을 부르르 떨던 마인의 몸이 뒤로 넘어갔다. 뒤이어 목이 툭 떨어져 바닥에 데구루루 굴러갔다.

"컥, 커헉!"

검결지를 맺어 허공에 작은 선을 그었던 소량이 몸을 새우처럼 말았다. 자신이 감당할 수 없는 힘을 쓴 탓에 전신의 근육과 혈맥이 비명을 질러댔다.

승조가 엉엉 울며 소량에게로 달려왔다.

"형아, 형아!"

소량은 몸을 새우처럼 만 채 힘겹게 승조의 눈을 바라보았다. 괜찮으냐고, 다친 데 없느냐고 묻고 싶은데 입이 벌어지질 않는다.

소량은 한참이 지나서야 입을 열 수 있었다.

"승조야, 다친 데는……."

"나는 괜찮아! 다친 건 형아잖아! 옆구리에서 피가 나!"

"정말로… 다친 데 없……."

소량은 피가 철철 흘러나오는 손으로 승조의 얼굴을 쓸어 만졌다. 그렇게 잠시 살펴보니, 적어도 육안으로 보기에는 다친 곳이 없는 듯하다.

그제야 안심한 소량이 눈을 질끈 감고 고통을 참아냈다.

그렇게 얼마나 지났을까.

"후, 후우!"

일다경이 지나자 통증이 조금이나마 가셨다. 소량은 천천히 자리에서 일어나며 불안한 듯 주위를 흘끔거렸다. 아직 다른 마인은 보이지 않지만, 언제 다시 그들이 찾아올지 모른다.

"가자, 빨리 피해야 해."

소량이 힘없는 손길로 승조의 손을 움켜쥐었다. 마음 같아서는 승조를 품에 안고 경공을 펼치고 싶은데 그럴 만한 체력이 따라주지 않는다. 정신을 잃지 않은 것만도 다행이라 할 수 있었다.

소량은 호흡을 고르며 걸음을 옮겼다.

그렇게 반각 넘게 걸었을 무렵이었다.

승조가 걱정스러운 얼굴로 질문을 던졌다.

"형아, 형아. 이제 괜찮아?"

"응……."

대답할 기력이 없었던 고로, 소량은 힘없이 한 마디만 중얼거릴 뿐이었다.

두려움을 떨쳐내려는지 승조가 뜬금없는 이야기를 꺼냈다.

"형아, 형아. 나는 크면 재상이 될 거야."

"상인이 아니라?"

소량이 피곤을 애써 감추며, 귀엽다는 듯 옆에 선 승조를 내려다보았다.

그곳에 승조는 없었다.

이번엔 태승이 소량의 손을 잡고 반갑다는 듯 지저귀고 있었다.

"응, 나는 재상이 될 거야. 나중에는 서원에도 들어갈 거야."

소량은 의식적이라기보다는 무의식적으로 고개를 끄덕였다.

몇 번이나, 몇 번이나 고개를 끄덕인다.

"서원… 그래, 서원. 그렇지 않아도 그것 때문에 돈을 모아뒀다. 이 일만 끝나면 꼭 서원에 보내주마. 지금은 상황이 어렵지만, 머지않아 다시 학문을 할 수 있을 거다."

겁이 났다.

사정이 이러한데 서원은 무슨 서원이냐고, 그까짓 꿈 따위는 얼마든지 포기할 수 있다고 말할까 두려웠다.

소랑은 태승이 꿈을 간직하길 바랐다. 자신이 하고 싶은 일을 마음껏 할 수 있기를 바랐다. 태승이 행복하길 바랐다.

"으응, 알았어."

다행히 태승은 얌전히 고개를 끄덕일 뿐, 별다른 말을 꺼내지 않았다. 그리고는 화제를 바꾸려는지 이런저런 이야기들을 주워섬기기 시작했다.

벌써부터 군자(君子)가 된 양 '사서삼경(四書三經)의 시경(詩經)은 참 좋지만, 현실에서는 쓸모가 없다' 느니, '나는 맹자(孟子)가 제일 마음에 든다' 느니 하는 이야기를 꺼낸다.

그 모습이 대견해 소랑은 미소를 지었다.

"태승이는 왜 재상이 되고 싶으냐?"

소랑이 질문하자, 잘 걸어가던 태승이 부끄러운지 몸을 배배 꼬기 시작했다.

제자리에서 껑충 뛰어보기도 하고, 모른 척 시선을 돌리기도 하는 것이 못내 쑥스러운 모양이다.

소랑이 '말해주지 않을 테냐?' 라고 묻자, 태승이 소랑의 눈치를 슬슬 보기 시작했다. 이내 붉어진 얼굴을 한 태승이 다 기어들어 가는 목소리로 중얼거렸다.

"나는 재상이 될 거야. 꼭 재상이 돼서……."

태승의 표정이 단숨에 시무룩해졌다.

"형아 때린 나무꾼 아저씨들을 혼내줄 거야."

소랑이 문득 걸음을 멈추었다. 갑자기 가슴에서 무언가 울컥 올라와 견딜 수가 없었다.

그래, 태승의 마음을 안다. 제 생각하기로는 하늘 같던 형이 무너지는 모습이 슬픔으로 다가왔으리라. 무엇이든 할 수 있을 것 같은 어른이 되면 꼭 혼내주겠다 다짐했으리라.

그 마음이 서글프고 또 안쓰러웠다.

"태승아, 형은 아무렇지도 않다. 그때 일은 벌써 다 잊어버렸는걸."

"……."

문득 소랑을 올려다보았던 태승이 더 이상 견디질 못하겠는지, 울컥하는 표정으로 이를 앙 다물었다.

"형아, 많이 힘들어 보여. 이제 쉬자."

소랑은 지친 얼굴로 고개를 저었다.

"형은 괜찮다. 신경 쓸 것 없어."

"아냐. 이제는 그만해도 돼, 형아."

걸음을 멈춘 태승이 소랑을 바라보았다. 태승의 입에서 전혀 모르는 낯선 꼬마의 목소리가 나왔다.

"이제는 쉬어도 돼."

그 순간, 마치 태승의 주위에서 수많은 마인이 나타나기 시작했다.

열, 스물, 서른…….

족히 백여 명이 넘는 마인이었다.

그와 동시에, 흐르는 강물 위에서 능소를 닮은 누군가가 다시 춤을 추기 시작했다. 무욕(無慾)하여 바라는 바가 없고, 집착하여 얽매이는 바가 없는 이의 춤이었다.

급작스러운 것만큼이나 빠른 변화였다.

소량은 지독한 혼란을 느꼈다.

태승의 목소리가 그런 소량의 정신을 일깨웠다.

"그동안 많이 힘들었지?"

소량이 천천히 태승에게로 시선을 돌렸다.

태승이 소량의 손을 놓고 천천히 뒷걸음질 쳤다.

"아파도 쉬지 않았고, 슬퍼도 꾹 참았어. 다쳐도 치료할 시간 없이 계속 달리기만 했고, 자신보다 남을 먼저 보고자 했지. 눈물이 날 만큼 힘들었지만 한 번도 포기하지 않았어. 고생 많았어, 형아. 이제는… 이제는 쉬어도 돼."

도대체 어째서일까?

소량은 자신의 죽음이 곧 태승의 죽음이라는 것을 알 수 있었다. 별다른 이유도, 근거도 없는 생각이었지만 소량은 그것을 확신할 수 있었다.

곧 태승의 모습이 혈마곡의 마인들 틈으로 사라졌다.

"편히 쉬어도 돼."

마지막으로 태승의 중얼거림이 새어 나왔다.

소량은 저도 모르게 눈을 지그시 감았다.

'그래, 형도 쉬고 싶구나.'

무창의 모옥으로 돌아가고 싶었다. 그리운 냄새가 나는 침상에 누워 할머니가 밥을 하는 소리를 들으며 낮잠을 자고 싶었다.

그간 있었던 일은 꿈인 양 잊어버리고, 놀아달라 조르는 유선을 간질이다가 품에 꽉 안고 웃음을 터뜨리고 싶었다.

'네 말대로 이렇게 잠들어도 좋겠지.'

소량이 천천히 눈을 떴다. 피곤과 고통으로 인해 풀려 있던 동공이 명확하게 자리를 잡고, 기이한 신광을 내뿜기 시작했다.

'하지만 아직은 아니야.'

아직 소량은 포기하지 않았다.

소량이 천천히 태허일기공의 구절을 읊조렸다. 능소를 닮은 하선이 태허일기공의 음률(音律)에 따라 춤을 추었다.

소량은 검을 들고 혈마곡의 마두들을 겨누었다.

"잠시만 기다려, 태승아."

모습조차 보이지 않지만, 아니, 이제는 아이가 태승인지 아닌지조차 확신할 수 없지만 소량의 음성에는 흔들림이 없었다.

"…곧 간다."

소량이 스스로에게 다짐하듯 중얼거렸다.

의약당주의 표정은 어둡게 가라앉아 있었다.

비록 도천존과 창천존을 만나 위기에서 벗어나긴 했지만, 혈마곡의 습격이 또 언제 있을지 모르는데 어찌 편할 수 있겠는가?

절로 신경이 곤두서고 공연한 걱정이 앞선다.

하지만 곽호태의 안색은 희망으로 가득 차 있었다.

심지어 소량의 상세가 악화되어 가는 데도 그랬다. 사기가 치밀어 무려 백여 군데의 혈맥을 범한 상황인데도 곽호태의 표정에는 변함이 없다.

아니, 심지어 웃음마저 새어 나오기 시작했다.

"하하하……."

곽호태의 웃음은 점점 더 커지고 커져, 마침내는 광소로 변해갔다.

"으하하하! 이건, 이건……."

"도대체 어찌하여 웃는 게요?"

의약당주가 이해할 수 없다는 듯 물었다.

곽호태가 의약당주를 바라보았다.

의약당주는 곽호태의 눈동자 속에서 환희를 발견할 수 있었다.

"이건 우리 스승님도 못 봤을 거요. 아니, 고금(古今)을 통틀어 이걸 직접 본 의원은 없을 거야."

"고금을 통틀어 본 적이 없다니?"

의약당주의 표정에 혼란과 의아함이 어렸다.

곽호태가 희미한 미소를 지었다.

"환골탈태올시다."

"뭐요?"

"천애검협의 근골이 뒤바뀌고 있단 말이오."

아무리 환골탈태라는 경지가 실존한다지만 그것을 겪은 이가 얼마나 되겠는가? 또 그 과정을 직접 지켜본 사람은 누가 있겠는가!

의약당주의 등골에 소름이 오싹 돋아 올랐다.

곽호태가 소량에게로 시선을 돌렸다.

"전에 중단되었던 환골탈태가 다시 진행되고 있소. 하! 조금 전에는 믿지 못했는데 이제는 믿을 수밖에 없군. 이 친구, 그동안 자신의 의지로써 양신을 보호하고 있었던 거야."

혈마곡의 위협을 앞둔 상황에서도 의원이라는 본질은 사라지지 않았다.

마차가 달리는 와중에서도 곽호태는 오직 소량에게만 집중하고 있었다. 도인인 동시에 의원이었던 의약당주 역시 마찬가지였다.

마부석에 앉은 제갈영영이 다급히 질문을 던졌다.

"환골탈태가 진행되면 어떻게 되나요, 곽 의원님? 목숨을 구명할 수 있게 되나요?"

"아니, 그건 아니야. 그저 살 수 있는 가능성이 일 할로 늘었다는 것뿐일세."

"고작 일 할?"

환골탈태가 진행되고 있는 데도 고작 일 할의 가능성밖에 없단 말인가?

작은 창문을 쥔 제갈영영의 손이 하얗게 질려갔다.

곽호태가 구법을 펼치며 대답했다.

"정신도, 육체도 너무 많이 망가진 상태야. 삼년유포는 개뿔, 정양해서 양신을 키우는 데 몰두해도 모자랄 판에 생사를 도외시하고 싸웠으니 정신이 망가진 셈이고, 환골탈태가 진행되던 과정에서 극심한 상처를 입었으니 육신이 망가졌지."

"하지만 환골탈태를 겪는다면……."

제갈영영이 반문하자 곽호태가 고개를 살짝 저었다.

"인간의 신체가 개변하는 데 아무런 충격도 없을 것 같나? 짐작컨대 보통이 아닌 충격이 올 거야. 천애검협이 그 충격을 버틸 수 있을지는 나도 모르겠군. 게다가 사기가 너무 많은 혈맥을 범했어. 일종의 주화입마인데… 이걸 이겨내지 못하면 끝이지."

하지만 곽호태의 입가에는 여전히 미소가 걸려 있었다.

의약당주가 바로 그 점을 지적했다.

"살길이 일 할밖에 되지 않는데 어찌하여 웃음이 떠나질 않는단 말이오?"

"으하하! 예전에는 일 할도 안 됐거든!"

곽호태가 껄껄 웃음을 터뜨렸다.

"그동안은 목숨 줄만 겨우 붙여놨을 뿐이었소. 생사를 가늠하자면 백 중 백 죽는 거였지. 하지만 이제는 일 할의 가능성이 있소. 청성산에서 있었던 발작을 기억하시오? 한 번! 그와 같은 고비가 한 번 더 올 거요. 그걸 넘으면 사는 거고, 아니면……."

쐐애액!

곽호태의 말이 끝나기도 전에 마차 밖에서 무언가가 쏘아지는 소리가 들려왔다.

의약당주와 곽호태가 의아한 듯 마차 천장을 올려다보았다.

콰아앙!

"제기랄!"

"무량수불!"

갑자기 굉음이 일더니 마차가 미친 듯이 흔들렸다. 천장에서 파편이 우수수 떨어지자 곽호태와 의약당주가 재빨리 소량의 몸을 덮어 그것을 막아내었다.

그와 동시에 어디선가 거센 바람이 쏟아져 들어왔다. 고개를 들어보니 마차의 천장 대신, 동이 튼 지 얼마 되지 않아 아직 어스름한 하늘이 보인다.

마차의 천장이 날아가 버린 것이다.

"…죽는 거지."

곽호태가 더듬더듬 이전에 하던 말을 맺었다.

어쩌면 그건 소량이 아니라, 자신들에게 하는 말일지도 몰랐다. 마차의 천장이 날아간 탓에 사방이 훤히 보였는데, 오른쪽에 혈마곡의 마인들 이백여 명이 나타나 있었던 것이다.

그들이야말로 귀곡자가 준비한 두 번째 파도[二波]라 할 수 있었다.

"내 차례군."

그때, 마차의 뒤에서 나지막한 목소리가 들려왔다.

다름 아닌 검천존의 목소리였다.

검천존은 시골 노인네처럼 허리를 쾅쾅 두드리며 마차의 오른쪽으로 걸음을 옮겼다. 물경 이백 명의 마인이 우르르 몰려드는 데도 산책을 나온 듯 태연하기만 하다.

"천애검협이 이쪽에 있다!"

"가장 후미에 있는 마차! 그쪽으로!"

이백 명의 마인이 저마다 고함을 질러댔다. 천장이 날아가 버린 마차 안에서 천애검협 진소량을 발견한 것이다.

"쯧!"

검천존이 불쾌하다는 듯 혀를 크게 찼다.

그 순간, 시간이 정지했다.

피난 행렬을 제외한 모든 것이 움직임을 멈추었다. 바람에 흔들리던 나뭇가지가 움직임을 멈추었고, 하늘을 날아가던 새가 종적을 감추었다.

"천애검협을 추살… 커헉?"

"크으윽!"

그와 동시에 각양각색의 비명 소리가 들려왔다. 마차를 향해 덤벼들던 마인들 역시 움직임을 멈추기는 마찬가지였던 것이다.

검천존이 끄응 소리를 내며 허리를 굽히더니, 바닥에서 두 자 약간 안 되는 나뭇가지 하나를 주워 들었다. 손가락으로 나뭇가지를 훑어 주변에 난 이파리들을 떼어낸 검천존이 그것으로 슬며시 허공을 베어나갔다.

서걱, 서걱!

그것은 마치 꿈속의 풍경 같았다.

농부가 벼를 베어내듯, 검천존의 나뭇가지 앞에 있던 자들의 몸이 두 동강 나기 시작한 것이다. 무릎을 꿇고 있던 자들은 목이 날아갔고, 곧게 서 있던 자들은 허리가 두 동강 났다.

비명조차 없었기에 더욱 비현실적인 풍경이었다.

하지만 검천존의 나뭇가지는 끝까지 허공을 베지 못했다. 갑자기 나뭇가지가 무언가에 걸린 듯 정지한 것이다.

"헐! 제법이로구먼?"

검천존이 희미하게 웃으며 중얼거릴 때였다.

이번에는 등 뒤에서 바람이 한 줄기 불어왔다.

검천존의 눈동자에 한 가닥 광채가 깃들었다.

"…뒤에도 한 놈이 있었구나."

그 순간, 정지했던 시간이 다시 흘러가기 시작했다.

콰아아앙!

검천존이 움직인 나뭇가지의 궤적을 좇아 굉음이 울려 퍼지기 시작했다.

지진으로 인해 땅이 갈라진 양 바닥에 기나긴 협곡이 생겨나더니, 마인들의 시신이 폭풍에 휩싸인 듯 오 장 너머로 날아가 버렸다.

검천존은 나뭇가지를 늘어뜨린 채 우측을 돌아보았다.

그곳에는 흑의무복을 입은 중년인이 서 있었다.

"고작해야 잡졸이나 보낼 줄 알았는데, 총력전인 모양이로군?"

"삼천존을 제거할 수 있는 기회가 많은 것은 아니지."

검천존의 질문에 중년인이 어깨를 으쓱해 보였다.

"저번에도 그렇고, 이번에도 그렇고… 죄다 말이 짧은 놈들뿐이로구나."

검천존이 한탄을 토해내며 고개를 절레절레 젓더니, 시선조차 돌리지 않고 제갈영영을 불렀다.

"아이야, 먼저 가거라."

"검천존 노선배!"

새하얗게 질린 얼굴로 전장을 바라보던 제갈영영이 깜짝 놀라 외쳤다.

천애검협을 보호하기 위해 남은 청성파의 문도들은 고작 해야 삼 할, 검천존이 없다면 소량의 목숨은 장담할 수 없다.

"한 시진, 아니, 나도 두 시진이로군. 두 시진이면 끝이야. 그동안만 버티면 될 게다."

"내 생각과 같군. 결과는 다르겠지만."

흑의무복의 중년인이 무심한 어조로 읊조렸다. 그 역시 두 시진 안에 결판이 날 것이라고 본 것이다.

제갈영영이 아랫입술을 깃씹으며 눈을 질끈 감았다.

"…출발하겠습니다."

제갈영영의 머릿속은 그야말로 팽팽 돌고 있었다.

범인들은 신묘하고 기발한 계책을 내놓는 자가 뛰어난 지자라고 착각하지만, 알고 보면 그것은 쉬운 일이라 할 수 있다. 진짜 어려운 것은 상대의 움직임을 읽어내는 것이다. 상대의 움직임을 미리 읽어낼 수만 있다면 가장 간단한 계책으로도 상대를 제압할 수 있다.

그런 의미에서 보면 혈마곡에 있는 자는 그야말로 뛰어난 지자라고 할 수 있었다. 그는 혈사가 시작되기도 전에 제갈영영과 청성파가 어떻게 움직일지 모조리 읽어냈던 것이다.

'그자는 우리가 쌍류현 쪽으로 피할 것을 알고 있었어. 그렇다면 다음의 방향도 읽어냈다고 봐야겠지. 명산! 내가 그자라면 명산행로(名山行路)를 짚었을 거야.'

더 무서운 것은 퇴로가 명산행로 하나밖에 남지 않았다는 점이었다.

'그렇다면 그것을 이용해야겠지.'

제갈영영의 눈이 반짝 빛났다.

"명산으로 방향을 잡으세요. 대신, 이 자리를 벗어나면 그 즉시 속도를 늦추겠습니다."

"예? 빨리 도망쳐도 모자랄 판에……."

"호랑이 굴에는 천천히 들어가는 게 나아요. 아무리 기다려도 먹이가 오지 않으면 직접 찾으러 나설 테니까."

무슨 뜻인지는 모르겠지만 마부는 일단 고개를 끄덕였다.

곧이어 마차가 다시 움직이기 시작했다.

第五章

그가 천하를
구하고자 하였으니……

1

검으로 크게 원을 그린 소량이 앞으로 뛰어들었다. 자신의 쇄골을 노리고 도가 날아들고 있는 데도 말이다.

피하기는커녕 도의 궤적으로 파고드는 셈이니, 무학을 아는 이가 보았다면 멍청하다 욕을 하고 말았으리라.

운검건취(運劍乾脆)라!

일촉즉발의 순간, 소량의 검이 도면에 맞닿더니 슬며시 도의 궤적을 틀었다.

그다음에는 왼발을 축으로 회전한다.

중정원만(中正圓滿)이라 했던가?

한 바퀴 회전이 끝나자 마인의 품 안에 파고든 형세가 되었다. 남궁세가의 대부인이자 사사로이는 소량의 고모가 되는 진운혜가 가르쳐 주었던 창궁무애검의 초식이었다.

마인이 다급히 도병으로 소량의 검을 막아갔다.

챙강!

검이 막히는 순간, 소량이 팔꿈치로 마인의 가슴을 가격했다. 이번엔 오행권 중 첩신고타의 수법이 펼쳐진 것이다.

마인은 비명도 지르지 못하고 절명했다.

소량이 검을 패검하듯 허리춤으로 가져갔다.

우웅—

몸이 멀쩡했을 때와는 비교도 할 수 없을 만큼 조그마한 기운이었지만, 어쨌든 내기가 몰려들기 시작했다. 소량이 패검했던 검을 내뻗자 허공에 한 마리 용이 나타났다.

태룡과해라!

두 명의 마인이 단숨에 뒤로 튕겨져 나갔다. 심장 어림을 크게 베었으니 그들 역시 죽음을 면치 못했을 터였다.

하지만 소량은 더 이상 공세를 이어나가지 못했다.

생각해 보면 단전이 깨어진 상태에서 내공을 일으킨 것 자체가 기적 아니겠는가?

그렇지 않아도 손상되어 있던 혈맥이 다시 한 차례 요동치기 시작했다.

"커헉, 쿨럭!"

소량이 허리를 굽힌 채 연신 기침을 토해냈다.

마인들은 그 순간을 놓치지 않았다.

"큭!"

살수(殺手)인 걸까?

단도를 든 마인 하나가 소량의 등을 노리고 쏘아졌다. 허리를 비틀어 피해보았지만, 단도는 이미 한 치가량 박혔다 빠진 후였다.

정면에서는 창을 든 마인이 덤벼들고 있었다.

챙—

소량이 검으로 그것을 막아내는 순간, 창이 갑자기 궤적을 틀었다. 이번엔 가슴 근육이 갈라진다. 그 틈을 노린 살수가 다시 대드는 바람에 허벅지 뒤쪽에도 긴 검상이 생겼다.

"컥, 크윽!"

창이 회수된 틈을 타 검을 역수로 쥐고 뒤로 찌른 소량이 무릎을 털썩 꿇었다.

뒤에서 살수가 같이 쓰러지는 것이 느껴졌다.

창을 든 마인은 그런 소량을 조롱하듯 두어 걸음 뒤로 물러났다.

"태승아! 진태승!"

소량이 창을 든 마인을 노려보며 외쳤다.

마인들의 틈에서 태승 대신, 유선의 목소리가 들려왔다.

"큰오빠."

"진유선? 유선이냐?"

소량이 억지로나마 자리에서 일어나며 말했다.

"유선아, 그쪽은 위험하니 이쪽으로 와라! 빨리!"

"…오빠가 바라는 세상은 오지 않아."

"뭐?"

엉거주춤 일어났던 소량이 움직임을 멈추었다.

마인들 틈에서 서글픈 목소리가 들려왔다.

"무림맹에서 오빠는 모용세가를 만나 한바탕 일전을 겨루었지. 명예를 위해서 살인까지 불사하려던 자들과 싸웠어. 하지만 세상엔 그런 사람들이 너무 많지. 모용세가는 그저 그중 하나였을 뿐이야."

"유선아, 그게 무슨……."

"오빠는 결국 그들에게서 사과를 받아냈지만 세상은 조금도 바뀌지 않아. 여전히 그대로지. 그래서 오빠가 화를 참지 못했어. 반선 어르신께 중용을 배웠지만, 오빠는 도천존 단노선배처럼……."

"진유선!"

"…실망했던 거야."

유선이 서글픈 어조로 읊조렸다.

소량은 문득 검천존과 함께 여행하던 기억을 떠올렸다.
그러자 가슴 한구석이 무너지는 기분이 들었다.

"도천존은 이상을 꿈꾸었지. 부조리가 없는 세상이 오기를 바랐어. 하여 스스로를 태워 악을 징치하였건만 세상은 조금도 바뀌지 않았네. 쯧쯧, 가련한 친구. 알고 보면 세상에 대의란 없는 것을. 그는 부조리만을 본 끝에 인간에 대한 희망을 잃어버리고 말았어."

검천존, 아니, 반선 어르신은 항상 중용을 말했다.
그 말을 좇겠다고 생각했는데, 그저 사랑하겠노라 다짐했는데… 모용세가의 소가주를 만났을 때는 어떠했던가.

"부조리에 분노하였으니 이제부터 그것만 보일 것이다. 일개 무인의 몸으로 세상 모두를 바꿀 수 없으니 너는 끝없이 그들을 징치하다 절망하겠지. 편협해지겠지. 그것이 아귀와 다를 바가 무엇이란 말이냐?"

가슴에 싸늘한 얼음이 들어앉은 것 같았다.
소량은 상념을 거두려는 듯 고개를 절레절레 저었다.
'아니, 지금은 이런 생각을 할 때가 아니다.'

수많은 마인과 대적하고 있는 지금이다.

일단은 이 자리를 피하는 것이 급선무였다.

소랑이 유선의 말을 못 들은 척 외쳤다.

"진유선! 이쪽으로 오라니까! 오라버니 말을 안 들을 셈이냐?"

쐐애액—

유선의 대답 대신 창이 날아왔다.

그 속도가 어찌나 쾌속한지, 단전이 깨어진 지금으로서는 피할 수가 없었다.

소랑이 이를 질끈 악물었다.

'살을 주고 뼈를 친다!'

소랑은 오히려 창 앞으로 덤벼들었다. 창이 옆구리 살을 가르며 지나가는 순간, 소랑은 역수로 쥔 검을 높이 들어 창을 든 마인의 심장에 꽂았다.

창을 든 마인이 입을 굳게 다문 채 쓰러졌다.

"오빠는 조금도 보답받지 못했어. 아니, 원래 보답을 받을 수도 없었지."

마인들 틈에 가려 보이지 않던 유선이 마침내 모습을 드러냈다. 유선은 말괄량이 같던 평소와 달리 슬픈 시선으로 소랑을 바라보고 있었다.

옆구리의 통증에 비틀거리던 소랑이 읊조렸다.

"그건 보답을 바라고… 쿨럭! 한 일이 아니었다, 진유선."

"아니, 오빠는 보답을 바랐어."

유선의 말이 끝나기가 무섭게 사방에서 검이 날아왔다.

소량은 창피함조차 잊고 나려타곤을 펼쳐 앞으로 굴러갔다.

"…협객이 필요 없는 세상이 되기를 바랐지."

"뭐라고?"

한쪽 무릎을 꿇으며 멈춰 선 소량이 눈을 부릅뜰 때였다.

누군가의 검이 소량의 왼팔을 노리고 쏘아졌다.

서둘러 뒤로 물러나려 했지만, 검을 피하지는 못했다.

서걱!

소량의 왼팔이 깔끔하게 베어져 바닥에 떨어졌다. 잘린 단면이 어찌나 매끈한지 피 한 방울 보이지 않을 지경이었다.

통증은 그 뒤에나 일어났다.

"아악! 아아악!"

소량이 허전해진 왼쪽 어깨를 부여잡고 비명을 토해냈다.

"오빠는 영원히 괴로울 거야."

유선의 목소리가 허공에 울려 퍼졌다.

2

지붕이 날아간 마차에 누워 있던 소량의 육신이 한 차례 요

동쳤다. 지극히 작은 움직임이었지만, 곽호태는 그 경련이 얼마나 중요한 의미를 가지고 있는지 알 수 있었다.

이른바 생사의 갈림길, 마지막 한 고비다.

"…지지 말게. 지면 안 돼."

곽호태는 마차 주변을 한 번도 돌아보지 않았다.

그것은 의약당주 역시 마찬가지였다. 그저 곽호태의 지침에 따라 시침한 침을 뽑을 뿐, 주변의 비명에도 쇠가 부딪히는 소리에도 신경 쓰지 않는다.

사실, 마차의 주변은 엉망진창이 되어 있었다.

제갈영영의 계획대로 마차는 검천존에게서 벗어나자마자 속도를 늦추었다.

명산행로에서 습격을 준비하던 귀곡자의 세 번째 파도[三波]로서는 몹시 당황스러운 일이라 할 수 있었다. 천애검협이 다른 길로 도주했을지도 모른다는 의심이 든 것이다.

만약 그게 아니라도 문제다. '마존들께서 삼천존에게 쉽게 패할 리가 없다' 고 믿고 있긴 하지만, 만에 하나 삼천존이 돌아온다면 어떻게 되겠는가? 모든 일이 엉망진창이 된다.

때문에 마인들은 인원을 반으로 나누어 주변을 수색하기로 했다. 이는 귀곡자로서도 예상하지 못한 일로, 제갈영영의 한 수가 빛을 발하는 순간이었다.

하지만 인원을 분산시킨 것이 고작이었다.

절반의 마인들이 속도를 늦춘 소량의 마차를 발견하고 만 것이다.

그때부터 한바탕 혼전이 벌어지고 말았다.

"크윽, 제기랄!"

어디선가 욕설이 울려 퍼졌지만, 곽호태는 여전히 소량만을 바라보고 있을 뿐이었다.

"끝까지 싸워야 해. 포기하지 마."

"흡!"

제갈영영이 비도 하나를 앞으로 튕겨 보냈다. 무인이라기보다는 진법가에 가까운지라 그녀의 무공은 미약하기 짝이 없었다.

어느새 마차의 지근거리에 이른 마인은 이쯤이야 별것도 아니라는 듯 비도를 쳐냈다.

비록 비도만으로는 아무런 손해도 끼치지 못했지만, 약간의 빈틈을 만들어낼 수는 있었다. 마인의 바로 뒤에 있던 청성파의 제자 한 명이 그 빈틈을 노려 마인의 목을 베어냈다.

곽호태를 청성산까지 안내했던 도사, 백선자였다.

"놈들의 수가 너무 많소! 어찌해야 하겠소?"

백선자가 제갈영영을 바라보며 외쳤다.

칠십여 명 남짓한 마인이 마차로 달려들고 있었다. 아직까지는 후방과 측면에서만 공격이 쏟아지지만, 시간이 조금만 더 지나면 전면에서도 마인들이 들이닥칠 것이다.

제갈영영이 어두운 안색으로 중얼거렸다.

"…너무 빨리 들켰어."

시간이 지나면 반드시 들키고 말 것이라는 것을 알면서도 속도를 늦춘 것은 삼천존을 믿었기 때문이었다. 멀리 갈 것도 없이 두 시진만 버티면 위험은 사라지는 것이다.

하지만 기대와 달리 너무 빨리 행적을 들키고 말았다. 도천존, 창천존과 헤어진 후로 한 시진, 검천존과 헤어진 후로 반 시진이 흐른 지금이니 한 시진을 더 버텨야 하는 것이다.

"내 머리로는 고작해야 적의 인원을 줄인 게 전부인가? 대단하다. 혈마곡에 누가 있는지는 몰라도 정말 대단하네……."

원래 지략보다 진법에 더 강한 제갈영영이었다.

그녀의 아버지인 제갈군이라면 몰라도 그녀로서는 귀곡자를 감당할 수 없었다.

백선자가 또 다른 마인을 상대하며 외쳤다.

"이보시오, 제갈 소저! 어찌해야겠냐고 묻지 않소!"

제갈영영은 대답 대신 마차에 누운 소량을 돌아보았다.

무섭고 두려웠다.

자신의 죽음이 아니라 진 가가를 잃을까 무서웠다.

제갈영영이 소량에게서 시선을 떼지 않은 채 중얼거렸다.

"갈 수 있는 데까지 가봐요. 곧 포위되겠지만 그래도 갈 수 있는 데까지는 가봐요, 우리."

백선자는 '갈 수 있는 데까지' 라는 말에서 제갈영영의 말의 진의를 읽을 수 있었다. 절망과 후회, 자책감까지 모두 말이다.

백선자는 더 이상 제갈영영에게 말을 붙이지 않았다.

"여기가 끝이었나? 무량수불, 운현 사숙의 기분을 알겠군."

백선자가 자그마한 목소리로 중얼거리며 칠십이파검을 펼쳤다. 스승의 배분이 낮아서 백자 배가 되긴 했지만, 실제로는 운현자와 비슷한 시기에 입문한 백선자였다.

그 무공 역시 일대제자와 비견할 만했다.

"그거 알아요, 진 가가? 당신과 함께하고 싶었던 것들이 참 많았는데……."

제갈영영이 서글픈 어조로 말할 때였다.

이번엔 가파른 산기슭 위에서 마인들이 모습을 드러내기 시작했다.

산기슭을 타고 내려오는 자들의 숫자가 백은 족히 되어 보인다. 아무래도 분산되었던 적의 인원이 마침내 하나로 합쳐지는 모양이었다.

때마침 전면에서도 흙먼지가 일어났다.

전후좌우가 모두 막힌 셈, 마침내 포위되고 만 것이다.

"…어?"

그 순간, 제갈영영의 표정이 바뀌었다. 좌측과 우측, 후방에서 달려드는 자들에게서는 살기가 느껴지는데, 전면에서 달려오는 자들에게서는 살기가 없었던 것이다.

곧이어 전면에서 목소리가 들려오기 시작했다.

"저쪽에 천애검협이 있소이다!"

"제길, 수세에 몰린 모양이로군!"

제갈영영의 눈이 휘둥그레 커졌다.

'수세? 수세에 몰렸다고?'

지금 상황에 수세에 몰린 것이 누구겠는가!

제갈영영이 믿을 수 없다는 듯 침을 꿀꺽 삼켰다.

때맞춰 어디선가 쇠뇌와 같은 것이 날아왔다.

쿵—!

제법 적지 않은 경력이 실려 있는지, 바닥에 꽂힌 쇠뇌, 아니, 창이 부르르 떨었다.

뇌룡(雷龍)이 그려진 장창이었다.

"으으음!"

감당치 못할 대적을 만났다고 생각한 백선자가 신음을 토해냈다.

'뇌, 뇌룡이 그려진 창을 쓰는 무인이 누가 있지?'

제갈영영의 머리가 팽팽 돌기 시작했다. 제갈세가에서 읽었던 정보와 아버지와 오라버니에게 들었던 모든 것들을 되뇌어보는 것이다.

잠시 뒤, 제갈영영이 비명처럼 고함을 질렀다.

"운해추룡? 운해추룡 막현우!"

제갈영영의 고함을 들었음일까?

전면에서 다급한 어조가 들려왔다.

"누군지 몰라도 나를 알고 있군! 이보시오! 무탈한 거요? 천애검협은?"

목소리에 뒤이어 늙은 무인 한 명이 달려오는 것이 보였다. 그 뒤에는 백여 명 남짓한 무인이 흙먼지를 일으키며 달려오고 있다.

제갈영영은 새로 등장한 무인들을 알아볼 수 있었다.

"소림사의 각원 대사, 무당파의 청허 진인?"

청허 진인의 옆에는 청의 무복을 입은 스무 명의 사내가 일사분란하게 경공을 펼치고 있었다. 제갈영영은 그들이 누군지도 알고 있었다.

"남궁세가의 비연대!"

물론 제갈영영이 알아보지 못한 자들도 있었다. 낭인처럼 추레한 몰골을 한 검객의 이름은 알지 못했다. 세침처럼 가는 검을 패검한 채 뛰어오는 노무사 역시 마찬가지였다.

다만 그들이 한곳에서 나오지 않았다는 것만은 짐작할 수 있었다. 다양한 출신의 고수들이 마치 작은 무림맹처럼 연합을 이루고 있었다.

"이보시오, 제갈 소저! 무림맹의 본대가 온 거요?"

백선자가 밝은 얼굴로 물었다.

"아아……!"

제갈영영이 대답 대신, 어깨를 늘어뜨리며 신음했다.

그들을 보다 보니 한 가지 깨달아지는 것이 있었다.

저들의 면면을 잇는 하나의 끈이 있다.

제갈영영은 눈물이 고인 얼굴로 중얼거렸다.

"그가 천하를 구하고자 하였으니……."

백선자가 '그게 무슨 소리냐' 고 물었지만 제갈영영은 그를 돌아보지 않았다. 그저 달려오는 무인들을 바라보며 말을 이어나갈 뿐이었다.

"천하 역시 그를 구해야겠지."

섬서성(陝西省), 하남성(河南省), 호광성(湖廣省), 남직례(南直隸)…….

그간 소랑이 지나갔던 모든 곳에서 무인들이 왔다.

"저들은… 천하가 응답한 거예요."

제갈영영이 눈물 고인 얼굴로 속삭였다.

허전해진 왼쪽 어깨를 부여잡은 채 비틀거리던 소랑이 털썩 무릎을 꿇었다. 왼쪽 어깨는 물론이고, 이미 잘려 나가 존재하지 않는 왼팔에서도 끔찍한 고통이 일어났다.

마인들 틈에 선 유선이 조그맣게 중얼거렸다.

"지독히도 좁은 길[狹路]이지. 너무나도 험난한 길[險路]이야."

"쿨럭, 쿨럭!"

소량이 이를 악물며 유선을 바라보았다.

"세상은 조금도 바뀌지 않아. 사람들은 여전히 오불관언(吾不關焉)할 뿐 이웃을 돌아보지 않지. 견고한 부조리는 여전히 남아서 모두를 포기하게 만들어. 알고 보면 오빠처럼 싸울 필요도 없는데, 모두가 외면하지만 않는다면 세상은 틀림없이 바뀌는데……."

유선이 서글픈 눈으로 소량을 바라보며 말했다.

"이 좁은 길은 영원히 끝나지 않아. 계속 가봐야 아무것도 남지 않지. 남을 위해 스스로를 태워도 오빠는 보답받지 못해. 오빠는 만신창이가 될 거야. 아니, 이미 만신창이가 되었잖아."

"유선… 쿨럭, 쿨럭!"

소량이 말을 내뱉다 말고 기침을 토해냈다.

소량은 나전현의 현령과 그 뒤에 숨은 신도문의 문주를 떠올렸다. 그들에게 잡아먹힌 아이들과, 자식을 잃고 울부짖던 장삼과, 그들을 돕는 대신 구경만 하던 사람들이 떠올랐다.

알고 보면 특별할 것도 없는 일이다.

나전현이 아니라고 수탈이 없겠는가?

백성들을 쥐어짜는 사람은 숱하게 많으리라.

그것을 외면하는 이 역시 숱하게 많다.

그것이 옳지 못하다는 것을 알면서도 칼이 무섭고, 권력이 무섭고, 먹고사는 문제가 무서워 고개를 돌린다.

급기야는 거기에 익숙해져서 옳지 못한 걸 당연하게 여긴다. 삿된 길로 가는 대신 이득을 취할 수 있다면 당연히 그 길로 가야 한다고 생각하고, 고집스레 옳은 길을 가는 이를 보면 멍청하다 욕한다.

모두가 보통 사람들이다.

그들이야말로 주체(主體)라 할 수 있다.

그러므로 주체가 바뀌기를 바라는 사람은 객체(客體)가 된다.

주체가 스스로를 구하지 못하므로, 객체로서 손을 내민다.

협자(俠者)를 협객(俠客)이라 부르는 이유는 그 때문이다.

그렇다면 그에게 무엇이 남는가?

그렇게 남을 도와도 주체가 바뀌지 않는다면 그는 무엇으로 보상받는가?

소량의 눈에서 눈물이 한 방울 흘러내렸다.

"그동안 많이 힘들었지? 정말 고생 많았어. 도와주지 못해서 미안해. 정말 미안해……."

유선의 말이 끝나자마자 혈마곡의 마인들이 다시 다가오기 시작했다.

소량이 오른팔로나마 검을 들어 그들을 겨누었으나, 이제는 정말 조금의 기력도 없었다.

덜그럭!

소량은 혈마곡의 마인들이 가까이 오기도 전에 검을 떨어뜨렸다.

밀어낸 사람 한 명 없는데, 소량은 털썩 쓰러져 바닥에 얼굴을 묻었다.

"이제는 쉬어도 돼, 오빠. 그동안 열심히 달려왔으니까. 이제는 고통도, 괴로움도 없는 곳에서, 행복하게 웃으면서……."

유선이 슬픔을 견디지 못하고 흐느끼기 시작했다.

양신이 운다.

끊임없이 경련하던 소량의 육신이 불현듯 움직임을 멈추었다.

서른 곳 가까운 사기는 견뎌냈지만, 그 이상의 사기는 감당해 내지 못했던 것이다.

곽호태의 얼굴이 절망으로 물들어갔다.

"…여기까지인가?"

환골탈태가 진행되고 있는데, 이것만 무사히 넘긴다면 살아날 수 있는데!

양신을 조금만 더 보듬을 수 있다면, 아니, 내상이 조금만 더 적었더라면!

곽호태가 믿을 수 없다는 듯 말했다.

"이보게, 진가 청년. 정말로 여기까지인 게야?"

소량이 누워 있는 마차의 주변은 여전히 엉망진창이었다. 백여 명 되는 구원대가 오기는 했지만, 마인들을 제압하지는 못했던 것이다. 멀리 갈 것도 없이 한 시진만 버틴다면 삼천존이 오겠지만, 그 이전에 전멸을 당할지도 몰랐다.

사방에서 비명이 울려 퍼지건만, 곽호태는 주변을 둘러보지 않았다. 그의 손은 분주히 귀혼금침대법을 펼치고 있었다.

"아니, 자네는 끝났을지 몰라도 나는 아닐세. 나는 한 번도 환자를 포기해 본 적이 없어. 그 결과가 삶이든, 죽음이든 끝까지 포기하지 않았단 말일세. 그러니 자네도 포기하지 말게."

곽호태가 주문처럼 읊조렸다.

"포기하지 마. 길이 좁고 험난해 보여도 끝까지 걸어가."

곽호태가 소량의 백회에 침을 푹 꽂았다. 마침내 귀혼금침대법이 모두 펼쳐진 것이다.

이제 남은 것은 소량이 그것을 받아들이는가, 받아들이지 못하는가다.

곽호태가 소량의 맥문을 쥐고서 눈을 지그시 감았다.

그 상태로 잠시의 시간이 흘렀다.

“매, 맥이…….”

곽호태의 얼굴이 일그러졌다.

빠르게 뛰던 맥이 점점 느려지고 있었다. 호흡 역시 희미하게 변하여 제대로 느껴지지 않을 정도였다.

곽호태가 고개를 번쩍 들고 의약당주에게 외쳤다.

“반혼단(返魂丹)! 반혼단 없소?”

“아까 것이 마지막이었소. 무량수불.”

의약당주가 지친 얼굴로 중얼거렸다.

곽호태가 재차 질문을 던졌다.

“그렇다면 구지십엽초(九枝十葉草)는? 섭선과(燮仙果)는?”

“다 떨어졌소. 모두 동났어.”

의약당주의 말이 끝나자 곽호태가 눈을 질끈 감고 조그맣게 욕설을 내뱉었다. 그리고는 다시 생사금침을 쥐어 들었다.

“아니, 아직 아니야. 난 인정할 수 없어.”

의약당주가 물끄러미 곽호태를 바라보았다.

“그간 고생 많았소, 곽 의원. 그야말로 신기(神技)라 말해도 좋을 의술이었소.”

지칠 대로 지친 의약당주가 무너진 마차의 벽에 등을 기댔다.

그렇게 얼마나 지났을까.

분주히 움직이던 곽호태가 서서히 손을 멈추었다. 잠시 뒤에는 아예 생사금침을 놓고 의약당주처럼 마차의 벽에 등을 기댄다.

의원끼리 통하는 것이 있었던 것일까?

둘은 조용히 서로의 눈동자를 바라보았다.

"의약당주께서도 고생 많았소. 여기까지였군. 여기까지였어……."

곽호태가 쓴웃음을 지으며 중얼거릴 때였다. 멀찍이서 노승(老僧)의 목소리가 들려왔다.

"이보시오, 거기 계신 시주! 빈승이 뭔가를 던질 것인즉! 받을 수 있겠소?"

곽호태와 의약당주의 고개가 동시에 우측으로 돌아갔다.

우측에는 수염을 그럴듯하게 기른 노승이 선장을 내팽긴 채 정신없이 손을 흔들어 적을 떨쳐내고 있었다.

노승의 정체는 다름 아닌 소림의 각원 대사였다.

"아미타불! 받을 수 있냐고 묻지 않소!"

각원 대사가 우렁차게 외치며 손을 품 안에 집어넣었다.

원래대로라면 마차에 다가가 직접 전하거나, 던지더라도 공력을 실어 느리게 던졌을 테지만 그럴 수가 없었다.

적이 너무 많으니 가까이 갈 수가 없고, 느리게 던졌다가는 적에게 빼앗기고 말 터였다.

노승의 정체를 알아챈 의약당주가 고함을 질렀다.

"빈도는 청성의 일령이오! 무엇을 던진다는 게요?"

[대환단!]

적에게 들킬까 저어되어 급박한 상황에서도 전음을 날리는 각원 대사였다.

하지만 의약당주가 그의 노력을 무용지물로 만들고 말았다.

"대환단이라고?"

의약당주와 곽호태가 불현듯 서로를 바라보았다.

곧 의약당주와 곽호태가 동시에 벌떡 일어나며 반말로 외쳤다.

"던져!"

말이 끝나기 무섭게 작은 목함 하나가 날아왔다.

그것을 받아낸 의약당주가 휘청거리자, 곽호태가 그의 멱살을 잡아 자신 쪽으로 당기고는 냉큼 손에 있는 것을 빼냈다.

곽호태는 곧바로 목함을 열고는 그 안에 있는 환약의 껍질을 벗겨 소량의 입에 집어넣었다.

바닥에 얼굴을 묻은 채 쓰러져 있던 소량이 천천히 눈을 떴다. 눈에 고여 있던 눈물이 몇 방울 흘러내렸다.

도대체 어째서일까?

이유는 모르겠지만, 왼쪽 어깨에서 느껴지던 통증이 조금씩 가라앉고 있었다.

지독하게 밀려들었던 피로도 조금이나마 가신 느낌이었다.

기이한 것은 그것뿐만이 아니었다.

자신에게로 다가오던 마인들의 움직임 역시 느려졌다.

고작 한 발을 드는 데 어찌나 오랜 시간이 걸리는지, 그렇게 걸어서야 일다경이 지나도 자신에게로 다가오지 못할 것 같았다.

마인들 너머에는 대하(大河)가 자리해 있었다. 냇물에서 하천으로 변모했듯, 하천 역시 대하로 변모한 모양이었다.

도도하게 흐르는 강물 위에서 능소를 닮은 하선이 춤을 춘다. 그래도 이전에는 시작과 끝이 있었는데, 이번에는 시작도 없고 끝도 없다[無始無終].

소량은 가슴속에 무언가가 울컥 올라오는 것을 느꼈다.

'끝나지 않는 좁은 길, 영원히 이어지는 험한 길…….'

나도 저 선인처럼 누구에게도 보답받지 못하는 춤을 추어야 하는 걸까?

영원히 끝나지 않는 춤을, 끝없이 이어지는 춤을 추어야 하는 걸까?

그러느니 차라리 이대로 편히 쉬는 게…….

소량이 눈을 질끈 감았다.

영원과도 같은 시간이 찰나의 순간에 스쳐 지나갔다. 수많은 감정이 가슴속에 떠올랐고, 수많은 상념이 머릿속을 맴돌았다. 마치 주마등처럼 짧은 일생이 머릿속을 스쳐 지나가는 듯했다.

가장 마지막으로 남은 것은 언젠가 반선 어르신께 했던 질문이었다.

그저 사랑할 수 있을까?

"……."

갑자기 눈물이 왈칵 쏟아질 것 같았다.

소량은 이를 악물어 눈물을 참아냈다.

'…가자.'

소량이 한 팔로나마 땅을 짚고, 다리를 몇 번이나 버둥대며 몸을 일으켰다. 그리고는 허리를 굽혀 떨어진 검을 주워 든다.

검병을 쥐는 가운데서도 무언가가 울컥 올라와서, 소량은 충혈된 눈으로 하늘을 바라보며 그것을 참아내야 했다.

왼팔이 사라진 탓에 잠시 비틀거리던 소량이 겨우 균형을 잡고는 가볍게 검을 휘둘렀다. 하선의 춤을 흉내 내듯 검을 상극으로, 다리는 좌하로 뻗어 흐름을 일으킨다.

검세는 가벼웠으나 그 결과는 가볍지 않았다.

혈마곡의 마인 한 명이 가슴팍을 크게 베이더니, 곧 검은 안개가 되어 사라져 갔다.

한 명 더, 두 명 더…….

마인들이, 아니, 사기가 사라져 간다.

끝없이 춤을 추던 소량이 눈을 지그시 감았다.

유선의 모습은 어느새 변하여 소량 자신이 되어 있었다.

동생들을 만나기 전, 고사리만 한 손으로 주린 배를 움켜쥐고 밥 대신 물을 마시러 가던 어린 고아가 그곳에 있었다. 예쁘게 생겼으니 먹어도 되는 줄 알고 풀을 뜯어먹었다가 배탈이 났던 어린 고아가 그곳에 있었다.

'너는 나였구나.'

소량이 괴로운 얼굴로 생각했다.

자신이, 아니, 양신이 질문했다.

"가려고?"

'…응.'

소량이 슬픔을 억누르며 마음속으로 대답했다.

고개를 푹 숙인 양신이 시무룩한 얼굴로 손가락을 꼼지락거렸다.

"아무것도 변하지 않는데도?"

그것이 스스로에게 던지는 질문이라는 것을 이제는 안다. 세상이 바뀌지 않을 거라는 것도, 아무것도 얻지 못한 채 계속 가시밭길을 걷게 되리라는 것도 안다.

하지만 그래도 가리라.

그래도 그저 사랑해 보리라.

'응.'

소량이 마음속으로나마 대답하며 검무를 추었다.

과거 유영평야에서 얻었던 기이한 검공, 능하선검(陵河仙劍)이었다.

검무가 계속될수록 때 묻고 더러운 몰골이었던 양신의 모습이 점점 말끔해져 갔다.

"영원히 끝나지 않은 길인데도?"

양신이 불현듯 울음을 터뜨렸다.

이제 혈마곡의 마인들, 아니, 사기는 모두 사라진 상태였다. 검무를 추던 하선도 사라졌다. 대하도, 하늘도 땅도 사라지고 오직 백색 공간만이 남았다.

양신의 모습도 완전히 깨끗해져 있었다.

갓 씻은 것처럼 뽀얀 얼굴에 먼지 하나 묻어 있지 않은 백의를 입은 양신이 길을 잃은 아이처럼 서서 엉엉 울음을 터뜨렸다.

"제자리인… 제자리인 걸음을 영원히 걸을 거야?"

소량은 여전히 눈을 감은 채 검무를 추고 있었지만, 양신의 형체가 조금씩 멀어지고 있다는 것을 알 수 있었다.

아마 이것이 마지막 질문이리라.

소량은 떨어지지 않는 발걸음을 억지로 떼듯, 힘겹게 마음을 일으켰다. 그리고는 아이를 위로하듯 미소를 지었다.

'응. 그래도 갈 거야.'

너무나 서글픈, 그러면서도 환한 미소였다.

3

각원 대사가 정권을 내지르자 멀찍이서 청허 진인을 공격하던 마인이 뒤로 튕겨났다.

이른바 백보신권(百步神拳)의 수법이었다.

"무량수불!"

각원 대사 덕택에 빈틈을 얻은 청허 진인이 번개처럼 십단금(十段錦)을 펼쳤다. 어린아이 하나도 때려눕히지 못할 것 같은 부드러운 손길이었으나 그 위력은 놀라울 정도였다.

명불허전(名不虛傳)이라!

과연 두 명의 고수의 합공은 매서웠다. 좌우로 다섯 남짓한 마두들이 동시에 쓰러진 것이다.

그 너머에서는 운해추룡 막현우가 미친 듯이 창을 휘젓고 있었다. 창극에 어린 매서운 창기(槍氣)가 사방으로 흩어졌다.

"크흑!"

막현우의 창에 가슴이 꿰뚫린 마인이 비틀비틀 뒤로 물러났다. 마인이 쿵 쓰러지는 것을 본 막현우가 콧방귀를 뀌고는 뒤를 흘끔 돌아보았다.

그의 뒤에는 소호검객이 비틀거리고 서 있었다.

"늙었다고 게으름을 부리니 당하지, 이 사람아."

소호검객의 옆구리에는 긴 검상이 나 있었다. 상처 근처의 혈도를 짚어 출혈을 막던 소호검객이 실소를 내지었다.

"자네가 다치고 내가 멀쩡할 줄 알았는데, 내 패배인가?"

"그런 셈이지."

막현우가 말을 마치자마자 창을 바닥에 내려찍었다.

토둔술을 펼쳐 다가오던 마두 한 명이 비명조차 지르지 못하고 절명했다.

"개미 떼처럼 많기도 많구… 엇?"

무어라 중얼거리던 막현우가 눈을 부릅떴다.

막현우뿐만이 아니었다. 합공을 펼쳐 나가던 각원 대사와 청허 진인도, 검진을 펼쳐 적을 상대하던 남궁세가의 비연대도, 심지어 마인들도 움직임을 멈추었다.

그 순간, 어디선가 웃음소리가 들려왔다.

"오호호! 이거 재미있네! 못다 한 일을 마무리하러 왔을 뿐인데 이렇게나 많은 사람이 있을 줄이야!"

막현우의 등골에 소름이 오싹 돋아 올랐다.

지금 이곳으로 다가오고 있는 여인의 무위는 그의 고희연에서 만났던 도천존에 비할 정도였던 것이다.

"아미타불! 운해추룡 막 도우! 남궁세가의 비연대! 차륜전! 차륜전을 준비하시오! 사방진(四方陣)을 기본으로 하겠소이다!"

막현우와 같은 것을 느낀 각원 대사가 우렁차게 말하고는 가장 앞줄로 나섰다.

눈 깜짝할 사이에 무인들이 각각의 방위를 점했다. 각원 대사가 청허 진인과 함께 북향을 맡고, 막현우가 동향을, 비연대가 서향과 남향을 맡는다.

그 순간, 장내에 어느 여인 한 명이 나타났다.

다름 아닌 음마존이었다.

"고작 그거 가지고 되겠어요, 스님?"

"커헉!"

음마존이 손을 휘젓자 선두에 서 있던 각원 대사가 대번에 뒤로 튕겨났다.

기운을 가득 끌어 올려 방비했지만, 각원 대사의 내공은 흡정으로 쌓은 음마존의 것에 비할 바가 아니었던 것이다.

음마존은 소량이 탄 마차 쪽을 흘끔 바라보았다.

"정말 질긴 목숨이야. 그런 상처를 입고도 아직까지 살아있을 줄은 몰랐는걸. 게다가 몸져누운 상태에서도 마존을 일곱이나 불러들이다니… 오호호!"

"도대체 마존이란 자들이 몇이나 되기에……."

각원 대사의 빈자리를 채운 청허 진인이 눈을 부릅떴다.

유영평야의 혈사 덕택에 마존이라는 자들이 존재한다는 사실이 알려지긴 했지만, 그들의 규모를 명확히 아는 사람은 아무도 없었다.

"미안, 그건 비밀이라서."

음마존이 생긋 미소를 지어 보이는 순간이었다.

이형환위라!

갑자기 그녀의 신형이 그림자처럼 스르르 사라지기 시작했다.

"무량수불!"

청허 진인이 경호성을 터뜨리며 사방에 장력을 뻗어내었다.

상대의 신법이 전설에나 나오는 것과 같으니 똑같이 신법을 펼쳐봐야 따라잡을 수 없다. 일단 막무가내로 장력을 펼쳐 발을 붙잡아둘 수밖에 없는 것이다.

청허 진인의 의도는 성공했다.

음마존은 마차 대신, 그 앞에 있는 비연대의 앞에서 모습을 드러냈던 것이다.

"쳇, 귀찮게시리!"

음마존은 자신에게로 뛰어드는 비연대에게 쌍장을 내뻗었다.

단 일 수만에 네 명 가까운 비연대원이 뒤로 튕겨났다.

"무량수불!"

그사이, 청허 진인이 크게 도호를 외치더니 앞에 늘어선 마인들의 검극이나 도극, 창극을 밟고 앞으로 달음박질치기 시작했다.

무당의 절기인 제운종의 수법이었다.

음마존이 귀찮아죽겠다는 표정으로 그런 청허 진인을 바라보았다.

그사이, 다른 마인들이 마차로 뛰어들었다.

마차를 막던 최고수들이 죄다 음마존에게로 몰려 있었으므로 방어가 뚫리는 데에는 그리 긴 시간이 걸리지 않았다.

"아, 안 돼!"

한때 소량에게 목숨을 구함받았던 청년이 절규하듯 외쳤다. 전멸을 당하더라도 천애검협보다 먼저 죽을 줄 알았지, 늦게 죽을 줄은 몰랐던 그였다.

"막아! 어떻게든 막으라고!"

주변에서도 고함이 터져 나왔지만 마인들을 막지는 못했다.

마침내 마차의 앞에 마인 두 명이 당도하고야 말았다.

"누가 감히 이 마차에 들라더냐!"

의약당주가 부족한 내공으로나마 마두 한 명을 밀어내었다.

"피하세요, 곽 의원님!"

마부석에서 비도를 날리던 제갈영영이 지붕이 날아간 마차에 뛰어들더니, 곽호태의 목덜미를 잡고 뒤로 던졌다.

곽호태가 신음을 토해내며 마부석으로 밀려났다.

"진 가가!"

제갈영영이 얇은 세검을 든 마인에게 달려들어 장법을 펼쳤다. 비도라도 하나 있으면 좋겠는데, 안타깝게도 그간의 전투에서 모든 비도를 소모하고 말았다.

제갈영영의 장력은 손쉽게 막혔다.

얇은 세검을 역수로 쥐고 소량을 찌르려던 마인이 각법을 펼쳐 제갈영영을 넘어뜨리고 만 것이다.

"안 돼! 안 돼, 진 가가!"

넘어진 제갈영영이 연신 비명을 내질렀다.

반면, 마인의 입가에는 미소가 크게 어려 있었다.

"크흐흐! 천애검협의 목숨을 이 몸이 가져가게 될 줄이야!"

마인이 눈을 빛내며 세검을 아래로 내려찍을 때였다. 바닥을 기다시피 하여 다가온 제갈영영이 소량의 몸 위로 엎어졌다.

푸욱!

살을 찢는 작은 소리가 천둥처럼 울려 퍼졌다.

第六章

천지교유(天地交遊)

1

소림사의 대환단(大還丹)은 영약 중의 영약으로, 그 효능이 어찌나 대단한지 '약사여래(藥師如來)가 오른손에 들고 있는 환약(丸藥)이 바로 대환단이다' 라는 소리가 있을 정도다.

다만 그 제조법이 까다로워 생산되는 양이 극히 적고, '구전(九轉)하여 달인다' 는 것 외에는 모든 방법이 비전(秘傳)으로 취급되므로 복용한 이가 극히 드물 뿐이다.

설상가상, 칠십여 년 전 원(元)이 망하면서 비전조차 끊기고 말았다. 원의 편을 들었던 소림사가 대흉사(大凶事)를 겪으면서 그만 대환단의 비법이 절전되어 버리고 만 것이다.

소량이 복용한 대환단은 거의 마지막으로 남은 귀물이라 할 수 있었다.

대환단의 기운은 가장 먼저 소량의 단전으로 파고들었다. 잔뜩 위축되어 있던 태허일기공이 대환단의 기운에 호응하여 전신으로 퍼져 나가기 시작했다.

한없이 빠르게 회전하던 태허일기공이 중단(中丹)에 이르자 대정(大靜), 즉 극도로 정적으로 바뀌었다. 대동(大動), 백회를 통해 천지간의 기운이 쏟아져 들어와 변화를 일으켰다.

중단전을 고요한 밭이라고 치면, 백회를 통해 들어온 기운은 곧 햇살이요, 비요, 바람으로서 천변만화하는 식이었다.

그러자 싹이 트기 시작했다.

툭, 투툭—

소량의 근골이 뒤바뀌는 속도가 점점 빨라졌다.

찢어졌던 근육이 서로 이어지고 파괴되었던 기맥이 재건된다. 제대로 붙지 못해 어긋났던 손목의 뼈가 올곧아지고 급기야는 내상으로 인해 파괴되었던 단전마저 단단해진다.

곧이어 중단전에서 어린아이를 닮은 밝은 기운이 빼꼼, 고개를 들었다. 백회를 통해 들어온 천지간의 기운이 잡아당기고, 중단전이 밀어내자 어린아이를 닮은 기운이 두정으로 향했다. 기껏 태어나 놓고도 세상 빛을 보지 못했던 양신이 비로소 출신(出神)하는 것이다.

소량은 그 모든 과정이 끝난 후에야 의식을 되찾을 수 있었다.

'제갈 소저… 아니, 영 누이?'

소량은 일순간 상황을 파악하지 못했다.

종리혜를 품에 안고 싸우다가 혼절하였던 것 같은데, 어찌하여 제갈영영이 눈앞에 있단 말인가! 귓가로 한바탕 격전이 벌어지는 소리가 들리는 것은 또 어째서인가?

그때, 고통으로 인해 한껏 일그러져 있던 제갈영영의 눈이 휘둥그레 커졌다. 소량이 깨어난 것을 믿지 못하겠다는 듯 멍하니 바라보던 제갈영영이 이내 미소를 짓기 시작했다.

처음 만났던 그날처럼, '웃어봐요, 이렇게' 라고 말하며 손가락으로 입꼬리를 들어 올리던 그때처럼.

그녀의 등 뒤에 서 있던 마인이 검을 뽑은 후, 재차 내리꽂는 데도 그녀의 미소는 사라지지 않았다.

"크하하! 죽어… 헉?"

사이하게 웃으며 검을 내리꽂던 마인이 경호성을 터뜨렸다. 다급히 제갈영영을 끌어안은 소량이 그녀의 등 뒤로 손을 뻗어 내리꽂히는 검신을 움켜쥔 탓이었다.

퍼석!

세검에 어려 있던 검기가 순식간에 흩어지더니, 검신이 무슨 도자기처럼 깨어지고 만다.

"소, 소검신?!"

다급해진 마인이 뒤로 물러나려 했지만, 소량의 일권이 더 빨랐다.

반보붕권(半步崩拳)이라 해야 하는가?

주먹을 크게 뒤로 당기는 대신, 그 자리에서 짧고 단호하게 내뻗는다.

"커허억!"

일권에 적중당한 마인이 잔상만을 남기고 사라졌다.

청허 진인과 비연대의 합공은 음마존을 세 걸음 이상 붙잡지 못했다. 아니, 알고 보면 세 걸음이나 그녀를 붙잡았다는 것 자체가 놀라운 일이라 할 수 있었다.

비연대는 진즉에 쓰러졌고, 오직 청허 진인만이 남아 태극의 묘리를 펼치고 있었다.

음마존의 경력을 부드럽게 감싸 안은 후 자신의 내력을 포함해 되돌려 보내는데, 흡정공으로 쌓은 내공이 어찌나 많은지 일 초식을 버티는 것조차 어렵다.

청허 진인의 입에서 침음성이 터져 나왔다.

"으으음!"

"엇?!"

목숨이 경각에 놓인 것은 청허 진인이건만, 도리어 음마존의 표정이 창백하게 변해가기 시작했다. 일순간 주변의 모든 기운이 마차 안으로 빨려 들어간 탓이었다.

무왕불복(無往不復)이라! 잠시 마차에 머물던 천지간의 기운이 자연으로 돌아가더니, 마침내는 마차를 중심으로 순환(循環)하기 시작한다.

이른바 천지교유(天地交遊)의 경지다.

음마존은 마차 안에 누가 있는지 잘 알고 있었다.

'천애검협? 마, 말도 안 돼!'

천애검협의 상태가 어떤 상태였던가? 단전이 깨어지기 직전이었고, 심장이 부서지기 직전이었다. 손목과 발등의 뼈가 부러졌고, 적지 않은 진원지기까지 소모한 상태였다.

그를 그렇게 만든 장본인이 바로 음마존이었다.

그런데 이와 같은 경지에 오르다니…….

"광혼대(狂魂隊)! 마차로! 빨리 천애검협을 죽여!"

음마존이 새된 목소리로 외치며 마차로 뛰어들었다.

주변에 가득 차 있던 마인들이 의아한 듯 그런 음마존을 바라보았다. 정도 무림의 최고수들은 이미 죽거나 죽기 직전의 상황이다. 이대로 일각만 지나면 천애검협은 물론, 모든 정도 무인을 죽일 수 있는데 음마존은 어찌하여 이렇듯 초조하게 군단 말인가!

도무지 이해할 수가 없는 일이었다.

"젠장!"

음마존의 신형이 잔상만을 남기고 사라지자, 막현우가 욕설을 내뱉으며 마차의 앞으로 창을 집어 던졌다.

하지만 안타깝게도 운해추룡 막현우의 창은 음마존의 걸음을 조금도 막아내지 못했다.

천만다행히, 막현우와 동시에 음마존을 공격한 이가 있었다.

"아미타불!"

'백 보 밖에서도 적을 제압한다'는 백보신권이 아주 잠깐이나마 음마존의 걸음을 멈춰 세웠다. 뒤로 멀찍이 튕겨났던 소림의 각원 대사가 겨우 몸을 추스르고 권을 펼친 것이다.

"칫!"

잔상만 남기고 사라졌던 음마존이 다시 모습을 드러내더니, 짜증이 가득 섞인 얼굴로 손을 살랑였다. 그 한 번의 손놀림이 백보신권의 모든 공력을 허공으로 흩어버렸다.

곧이어 음마존의 신형이 다시 잔상만을 남기고 사라졌다.

그야말로 찰나의 시간 동안 벌어진 일이었다.

"부, 불타여!"

각원 대사가 안타까운 얼굴로 외쳤다. 음마존의 신형이 어디서 나타날지 너무나 잘 아는 그였다. 그간의 모든 노력에도 불구하고 이제 천애검협의 목숨은 끝난 것이다.

그 순간, 허공에서 굉음이 울려 퍼졌다.

콰아아앙!

"꺄아악!"

굉음 속에는 음마존의 비명이 섞여 있었다.

멀리 떨어진 이라면 모르겠지만, 마차 지근거리에 있던 자들은 하나같이 경악을 금치 못했다.

어느 마인 하나가 더듬더듬 중얼거렸다.

"어, 어찌 음마존께서……."

마인이 말을 끝맺지 못하고 입을 다물었다.

마차에서 천애검협이 일어나고 있었다.

2

적지 않은 내상을 입은 각원 대사였지만, 그는 자신보다 오히려 천애검협을 더 걱정했다.

마차에서 일어난 천애검협은 제갈세가의 여식을 안고 있었는데, 음마존이라는 거마(巨魔)를 상대하기엔 너무나도 약해 보였던 것이다.

대환단이라는 천고의 영약을 복용했음에도 내외상이 온전히 치유되지 못한 것이 분명했다.

각원 대사는 내력을 가득 일으켜 용천혈로 쏘아 보내려 했다.

하지만 정작 경공을 펼치지는 못했다.

귀두도를 든 마인이 들이닥친 탓이었다.

"아미타불!"

음마존에게 당하지 않았더라면 귀두도를 든 마인쯤은 어려울 것도 없는 상대겠으나, 지금과 같은 상황에서는 목숨을 걸어야 했다. 이와 같은 고수 두 명이 합공하면 필패, 삼십여 초를 버티지 못하고 목숨을 잃고 말 터였다.

생각해 보면 자신뿐만이 아니라 장내의 고수들 모두가 같은 상황에 처해 있는 셈이었다. 천애검협이 깨어나긴 했지만, 전멸을 눈앞에 둔 절망적인 상황은 그대로인 것이다.

'정말로 이대로 끝을 맞이하는가?'

각원 대사가 어두운 안색으로 나한권의 투로를 쫓을 때였다.

불현듯 각원 대사와 소량의 시선이 마주쳤다.

'정광(精光)?'

도대체 어째서일까?

스스로도 이해하지 못할 일이었지만, 각원 대사는 마음이 편안해지는 것을 느낄 수 있었다. 그의 의식은 몰라도 무의식은 소량의 눈빛이 무림맹에서와 같다는 것을 깨달았던 것이다.

반면, 주변을 둘러보는 소량의 눈빛은 의아함으로 물들어 있었다. 그의 기억은 흑수촌의 백성들을 보호하여 탈출하던 때에서 끝나 있었으므로 지금의 상황을 이해하지 못한 것이다.

'소림의 각원 대사님? 청허 진인에 운해추룡 막 대협…….'

다만 가슴에서 무언가 울컥 솟아오르는 것만은 느낄 수 있었다. 전장에 있는 정도 무림인들은 모두 그간 강호를 주유하며 만났던 사람들이었다.

문제는, 익숙한 얼굴이 그들만이 아니라는 점이었다.

'음마존?'

자신이 튕겨낸 이가 누구인지 깨달은 소량의 눈이 차갑게 변해갔다.

바닥에 떨어진 누군가의 검을 일별한 소량이 제갈영영의 작은 체구를 한쪽 팔로 안고서 다른 손을 앞으로 내뻗었다.

휘리릭—

허공섭물을 펼친 것도 아닌데 검이 저절로 날아와 소량의 손에 잡혔다.

'어?'

이는 장내의 무인들은 물론, 소량마저도 이해하지 못할 일이었다. 소량 본인도 자신의 육신에 어떤 일이 벌어졌는지, 자신의 무공이 어떤 경지에 이르렀는지 알지 못했던 것이다.

"죽여! 천애검협을 죽여! 빨리!"

오 장 너머로 튕겨났던 음마존이 미친 사람처럼 외치며 소량에게로 뛰어들었다. 소량이 일어났다는 사실에 놀라 멈칫했던 혈마곡의 마인들이 뒤늦게 정신을 차렸다.

"끼요오옷!"

음마존이 무언가에 쫓기는 사람처럼 기성을 내지르며 쌍

장을 어지러이 흔들었다. 가진 바 모든 공력을 실었기로 그녀의 이마에는 핏발이 잔뜩 솟아 있었다.

어여쁘고 교태로운 얼굴이 마치 흉신악살처럼 보일 지경이었다.

"흡!"

소랑은 그녀의 공격을 보자마자 다급히 마차에서 벗어났다.

그녀의 장법이 얼마나 무서운지 누구보다 잘 아는 사람이 바로 소랑이었다.

흡정으로 쌓은 두터운 공력은 물론, 변초마저 무쌍하여 맞상대하려 했다가는 손목이 잡혀 뼈가 부러지기 일쑤다.

맨땅을 디딘 소랑은 다급히 태룡과해를 펼쳐 나갔다. 평소처럼 용을 닮은 강기가 뿜어져 나오는 대신, 산들바람을 닮은 가벼운 바람이 일어났다.

고작 그만한 바람이 뭐가 그리 무서운 것일까?

"허으윽?"

음마존이 대경하여 헛숨을 들이켜더니, 이형환위의 경지로서 몸을 피했다. 잔상만을 남기고 사라졌던 음마존의 신형이 이 장 너머에서 모습을 드러냈다.

"이건……."

음마존이 창백하게 질린 얼굴로 태룡과해의 흔적을 바라보았다.

평소 소량이 펼치던 태룡과해와 달리, 바닥에는 작은 실금 하나 그어져 있을 뿐이었다. 비록 길이는 길지만 폭 역시 두 자를 넘지 않으니 별것 아니라 할 수 있었다.

그러나 음마존은 그 어느 때보다 큰 공포를 느꼈다.

"거, 검선지학(劍仙之學)?"

음마존이 새된 목소리로 비명을 질렀다.

"천애검협을 죽여! 빨리! 갓 깨어난 지금 죽여야 해!"

소량은 더 이상 음마존을 보고 있지 않았다. 장내의 무인들 틈에 어린 시절의 소량을 꼭 닮은 백의소년(白衣少年)이 서 있었던 것이다.

'양신……?'

놀란 얼굴로 그간 소량이 만났던 사람들을 이리저리 바라보던 백의소년이 그의 시선을 느끼고 고개를 돌렸다.

곧 아이의 입가에 희미한 미소가 떠올랐다.

양신이 웃는다.

"아아!"

그 순간, 무언가를 깨달아지는 것이 있었다.

자신의 기운과 천지간의 기운이 서로 오가며 노닐고 있었다. 오직 천지의 흐름에 순응할 뿐, 거스르지 않으니 천지간의 기운 역시 반발하지 않고 호응하는 것이다.

자신의 육신 역시 다르다. 그간 입었던 상처는 모두 사라진 듯 깨끗하고, 끊어졌던 혈맥은 모조리 이어져 용천혈을 통해 땅과, 백회를 통해 하늘과 맞닿아 있다.

조금 전에 검이 저절로 날아와 손에 잡힌 이유도, 태룡과해의 위력이 수십 배는 더 커진 이유도 알고 보면 그 때문이리라.

"…이제야 알겠구나."

어떻게 완쾌된 것인지는 알지 못했지만, 적어도 자신이 무엇을 가졌는지는 알 수 있었다.

소랑은 자신이 잃어버렸던 것을 모두 되찾았음을 자각(自覺)한 것이다.

소랑의 자각을 지켜보던 아이가 병장기를 든 무인들 틈으로 사라져 갔다. 아이의 모습이 완전히 사라지자 소랑이 눈을 지그시 감았다.

그 모습을 본 혈마곡의 마인들은 '천애검협은 완치되지 않은 게 분명하다' 고 생각했다.

갑자기 깨어난 것이 놀랍기는 하지만, 펼친 무공도 그렇고 멀뚱히 서 있는 것도 그렇고 너무나 약해 보이지 않은가! 더불어 음마존 역시 천애검협을 죽이라고 강권하고 있다.

"그렇다면 한번 가볼까?"

"어디 누가 먼저 당도할지 보지!"

마인들 몇 명이 사이한 미소를 지으며 소랑에게로 덤벼들었다. 멀쩡한 천애검협이라면 모를까, 반병신이 되어버린 그조차 이기지 못한다면 혈마곡에 들 자격이 없을 터였다.

소량은 마인들이 일 장 안으로 들어온 뒤에야 눈을 떴다.

"……."

마인들을 흘끔 바라본 소량이 한 차례 진각을 밟았다.

너무나도 가벼운 진각이었지만, 그 결과는 결코 가볍지 않았다.

콰콰콰쾅—!

천지를 뒤흔드는 굉음이 일어나더니 땅이 물결처럼 일렁였다.

"커헉!"

"크어억?"

소량에게로 쾌속하게 쇄도했던 마인들이 짧은 비명과 함께 피 안개가 되어 사라졌다.

그와 동시에, 소량에게서 거대한 기세가 뿜어져 나오더니, 과거 무림맹에서 그랬듯 사방을 짓눌렀다. 기세는 일파만파 커져 나가기만 할 뿐, 조금도 줄어들지 않았다.

아니, 생각해 보면 무림맹과는 또 다르다. 당시 소량의 무위가 삼후제(三後帝)와 같았다면, 지금 소량의 무위는 삼천존과 같았던 것이다.

드드드드—

물결처럼 일렁이던 땅이 진동하기 시작했다. 혈마곡의 마인들은 물론, 정도 무림인들까지 경악한 얼굴로 소랑을 바라보았다.

조금 전까지는 그냥 평범한 청년이었던 소랑이 한순간에 기세를 바꾸어 군림(君臨)하고 있었다.

음마존이 두려움 섞인 어조로 중얼거렸다.

"처, 천존……."

바야흐로 네 번째 천존이 탄생하는 순간이었다.

3

마차의 위로 걸어 올라간 소랑이 품에 안고 있던 제갈영영을 곱게 눕혔다. 장내의 모두가 경악 어린 시선으로 바라보고 있었지만 소랑의 안색은 태연하기만 했다.

소랑은 제갈영영의 흐트러진 옷차림을 매만져 단정하게 바꿔준 후에야 몸을 일으켰다.

각원 대사는 머리털이 곤두서는 기분을 느꼈다.

"허! 어찌 이럴 수가……."

눈앞의 장면이야말로 장관이라 할 수 있지 않겠는가!

수많은 마인이 멈춰선 곳에서 오직 한 명만이 자유롭다. 과거 소랑의 기세가 삼천존과 비슷하다고 추측한 적이 있는데, 지금은 그 추측이 확신으로 변해 있었다.

싸늘한 침묵 속에서, 소량이 음마존에게로 걸음을 옮겼다. 검조차 겨누지 않고 걸어가는데, 이미 자신이 할 수 있는 것을 모두 자각한 탓에 소량에게 위기감이라고는 없었다.

그야말로 신인(神人)의 보보(步步)였다.

소량이 차가운 얼굴로 읊조렸다.

"기억을 잃기 전에 그대가 했던 말을 기억한다."

나전현에서 만났던 신도문의 문주는 권력의 허울 뒤에 모습을 감추었고, 무림맹에서 만났던 모용세가는 위세(威勢)로서 전횡(專橫)했다.

하지만 음마존은, 혈마곡은 달랐다. 그들의 것은 권력이나 위세 따위가 섞이지 않은 순수한 폭력이었고, 생명에 대한 직접적인 위협이었다.

소량은 순연한 분노로서 그에 맞섰다.

"…사람을 찢어 죽이는 법을 재미있다는 듯 말했었지."

음마존이 겁에 질린 듯 몸을 덜덜 떨었다.

원래 음마존은 음양흡정대법(陰陽吸精大法)으로 믿을 수 없는 내공을 쌓은 인물로, 단순히 공력만으로 비교하자면 혈마곡의 마존들 중에서도 으뜸이라 할 수 있다.

하지만 내공이 높다고 해서 꼭 무공이 높은 것은 아니다. 그녀의 내공은 높을지는 몰라도 순후순정하지 못하였고, 무공의 깊이 역시 마존 중에서 가장 낮았다.

그녀가 삼천존을 상대하지 않고 천애검협을 추적한 것은 바로 그런 이유에서였다.

'일단 이 자리부터 벗어나고 봐야 한다!'

음마존이 그렇게 생각하며 신형을 날릴 때였다.

콰콰콰콰!

소량의 검에서 태룡과해가 펼쳐졌다.

이전에 펼치던 것보다 몇 단계는 위력적인 검세였다.

산들바람 같은 기세가 쏟아졌던 조금 전과 달리, 태산이라도 집어삼킬 듯한 거대한 강기가 용처럼 쏘아져 나간다.

음마존은 도주가 실패로 돌아갔음을 깨달았다.

"끼요오옷!"

음마존이 기성을 내지르며 방향을 바꾸더니, 양손을 이리저리 흔들었다.

때때로 강기를 피하고, 때때로 강기를 거슬러 소량에게로 다가간 음마존이 합장하듯 손을 모으더니 그의 머리를 내려쳤다.

텅―!

소량이 원래부터 그러했다는 듯 자연스럽게 음마존의 쌍수를 막자, 그녀의 손이 기기묘묘하게 뒤틀리더니 소량의 검을 타고 올랐다.

음마존의 얼굴에 예상외라는 듯 기쁨이 떠올랐다.

'똑같은 수에 또 당하는군? 역시 완전히 깨어난 게 아닌…….'

쿵—

그러나 결과는 이전과 달랐다. 소량이 가볍게 손등을 튀기자 음마존의 금나수가 뒤로 튕겨났던 것이다.

소량이 얼음장처럼 차가운 얼굴로 두 번째 검초를 펼쳐내었다. 그러자 검극에서 수십 개의 검환이 일어나 비처럼 쏟아졌다.

도천존의 것에 비교해도 한 치의 부족함도 없는 완벽한 태룡치우였다.

"치잇!"

음마존이 크게 혀를 차며 손을 날카롭게 구부려 소량의 어깨를 할퀴었다.

핏, 핏!

소량의 옷이 찢어지는 동안, 음마존의 전신에서 피가 튀었다. 한때 도천존의 삼초식을 받아낼 때 소량이 입었던 상처에는 부족했지만 그녀 역시 적지 않은 곳에 외상을 입은 것이다.

반면 소량의 어깨에 맺힌 핏방울은 고작 몇 방울에 불과했다.

음마존이 비명처럼 외쳤다.

"혈마곡에 암운이 드리워지는구나! 천애검협은 진정으로

천존이 되었어!"

광, 콰광!

음마존의 내력과 소량의 검이 마주치자 사방에서 굉음이 울려 퍼졌다.

음마존이 표독스러운 얼굴로 소량을 노려보았다.

"그것도 그냥 천존이 아니라, 검신의 무학을 이은 천존이……!"

음마존이 잇소리를 내며 손을 사방으로 흔들기 시작했다.

소량의 검로도 아스라이 변해갔다. 원융의 이치를 좇아 검이 기기묘묘하게 회전하니, 사방에서 안개가 피어오른다.

"헉?"

멀찍이서 주춤거리며 서 있던 막현우가 헛숨을 들이켰다. 과거 금분세수를 펼치던 날에 막현우는 이러한 초식을 본 적이 있었다.

"태, 태룡승천!"

막현우가 긴장한 듯 침을 꿀꺽 삼킬 때였다.

콰아앙—!

태룡승천을 피해 도주한 음마존이 십여 장 뒤에서 모습을 드러내더니 애써 태연한 척 교소를 터뜨렸다.

"호호호! 모두들 들어라! 천애검협이 깨어났으니 모두를 전멸시키기는 어렵게 되었구나. 그렇다면 전력만은 확실히 깎아야 하겠지?"

말을 하는 와중에도 그녀의 손은 기기묘묘하게 회전하고 있었다. 자신의 내공을 사방으로 퍼뜨려 소량이 펼쳤던 기세를 상쇄하고 있었던 것이다.

마인들의 움직임이 비로소 자유로워지기 시작했다.

"또다시 미끼로 삼으려느냐?"

소량은 음마존의 속셈을 짐작할 수 있었다. 혈마곡의 마인들을 자유롭게 풀어주어 미끼로 삼은 다음, 자신은 안전하게 도주하겠다는 심산이 틀림없었다.

하지만 이전이었으면 몰라도, 지금은 능히 막을 자신이 있었다.

"가장 약한 놈부터 합공해서 죽여! 우리는 사냥하고 빠진다."

마인들에게 명령을 내린 음마존이 비웃듯 소량을 바라보았다.

"협자의 꿈을 꾸겠다고? 어디 한번 해보……."

콰앙, 쾅, 쾅!

음마존의 말이 끝나기도 전에 소량이 진각을 세 번 밟았다.

땅이 물결처럼 일렁이는가 싶더니, 거대한 기파가 사방으로 흩어졌다. 다만 기이한 것은, 그 기파가 정도 무림인들에게는 향하지 않는다는 점이었다.

"서 있는 자! 모두 무릎을 꿇어라!"

소량이 살기를 일으키는 마인들을 노려보며 외쳤다.

콰콰콰콰—!

음마존이 상쇄하였던 소량의 기세가 다시 사방을 잠식했다.

음마존의 눈이 휘둥그레 커지는 것과 동시에 마인들에게서 다급한 비명이 터져 나왔다.

"어, 어어?"

"크허억!"

소량의 기세를 감당하지 못한 마인들이 명령대로 무릎을 꿇고 엎드렸다. 음마존이 재차 상쇄하려 해보았지만, 천지간의 기운과 교유하는 소량의 기세를 이길 수는 없었다.

그야말로 압도적!

말 그대로 신위라 할 만한 무공이었다.

기세는 점점 커지고 커지더니 마침내 음마존에게까지 가닿았다. 음마존은 저절로 굽혀지는 무릎을 애써 펴며 양손을 이리저리 흔들었다.

소량의 검에서 능하선검이 펼쳐진 것은 바로 그때였다.

장내의 모든 무림인은 감히 그 기세를 감당하지 못하여 팔로 얼굴을 가렸다.

"꺄아아악!"

음마존의 비명이 뒤를 이었다.

그것으로 끝이었다.

"이, 이게 어떻게 된……."

잠시 뒤, 저도 모르게 얼굴을 가렸던 장내의 무림인들이 어리둥절한 얼굴로 주위를 둘러보았다.

전장의 좌측 끝에는 커다란 구덩이가 파여 있었는데, 그 끝에 음마존이 가슴에 큼지막한 검상을 입은 채 누워 있었다.

누구도 이겨내지 못할 것 같던 음마존이 마침내 패한 것이다.

"쿨럭, 쿨럭!"

음마존은 연신 기침을 토해내며 가슴팍을 한 차례 어루만져 보았다.

"이건 아니야. 안 돼… 싫어……."

조그맣게 속삭이던 음마존이 멍하니 소량을 바라보았다.

소량은 차분한 눈으로 들고 있던 검을 내려다보고 있었다. 마인의 것이었는지, 검 자체의 예기가 서늘하고 흉흉하다.

검을 바닥에 버린 소량이 눈을 지그시 감았다.

잠시 그렇게 복잡한 심상을 정리하던 소량이 다시 눈으로 뜨고는 음마존에게로 걸어갔다.

"혈마는 어디에 있지?"

이제는 이미 늦어버린 셈이지만, 처음부터 능하선검을 펼치지 않은 까닭은 바로 그 때문이었다.

혈마의 위치를 알아야 했다.

"마존은 몇이나 더 있는 거지?"

"아냐, 이건 아니야… 쿨럭, 쿨럭! 싫어……."

음마존이 연신 가슴께를 어루만지며 말했다. 음사로서 상대의 생기를 빼앗는 것을 즐기고, 사람을 찢어 죽이는 것을 취미로 아는 그녀였지만 죽음만은 두려운 모양이었다.

죽어가던 음마존이 본능처럼 염기(艶氣)를 일으켰다.

"상공… 소녀가 잘못을……."

조금 어두워졌을 뿐, 소량의 표정에는 별다른 변화가 없었다. 이전에도 통하지 않았던 음마존의 염기가 지금이라고 통할 리가 없는 것이다.

"그렇게 화내지 말아요. 소녀를 용서해 주시면 세상 고통을 다 잊게 해드릴게요. 꼭 어려운 길로 갈 필요 있나요? 고된 세상일일랑 다 잊고 웃으면서, 즐기면서 살아가면 되는 거예요……."

소량은 부지불식간에 양신과 함께 걸었던 여정을 떠올렸다.

영원히 이어지는 길, 끝나지 않는 험한 길을 정녕 택할 것이냐는 질문을.

소량이 눈을 지그시 감았다.

"…협자(俠者)를 꿈꾸었으니, 나 다시 가리라."

소량이 나직한 어조로 중얼거릴 때였다.

"어?"

음마존이 불현듯 얼굴로 손을 가져갔다. 십 대 소녀만큼 탱

탱했던 피부에 주름살이 일어나 있었다. 손을 뒤집어 손등을 보니 자글자글 주름이 생겨나는 것이 보인다.

"싫어, 안 돼……."

음마존이 놀란 듯 눈을 부릅뜨더니, 소랑에게로 손을 뻗었다. 그리고는 마치 유혹하듯 손을 살랑거리며 애절하게 말했다.

"사, 상공. 내게 정기(精氣)를! 어… 어서 정기를 주……."

소량은 더 이상 음마존에게 다가가지 않았다. 어느새 노파가 되어버린 음마존의 눈에서 끝없는 욕망을 읽은 탓이었다. 소량이 다가오지 않자 음마존이 어서 오라는 듯 손을 휘저었다.

그러나 그녀의 움직임은 그리 오래 이어지지 않았다.

곧이어 장내에 싸늘한 침묵이 감돌았다.

청성산에서부터 이어진 두 번째 첩혈행로가 마침내 끝을 맺는 순간이었다.

그 후로 일다경의 시간이 흘렀을 무렵이었다.

음마존의 앞에 가만히 서 있던 소량이 사방으로 뻗어내었던 기세를 거두었다. 마인들을 제압한 기운을 제외하고 말이다. 소량 본인의 안색은 평소와 같았으나 그 기세는 삼천존의 것과 같았으므로, 정도의 무인들은 경외감을 감추지 못하였다.

갑론을박이 있었으나, 혈마곡의 마인들은 무공을 폐하여

무림맹으로 압송하기로 했다.

'이 자리에서 죽여야 한다'는 의견이 적지 않았으나, '정도는 결과뿐만이 아니라 과정까지 옳아야 한다'는 대의명분을 꺾지는 못했던 것이다.

혈마곡의 마인들은 무림맹에서 여죄를 밝힌 다음, 대명률에 따라 치죄하기로 결정이 났다.

그사이, 소량은 빠르게 제갈영영이 누운 마차로 향했다.

다만 기이한 것은 마차의 앞에서 걸음을 멈추었다는 점이었다.

[기어이 올랐느냐?]

어딘가 웃음기 섞인 목소리가 소량의 귓가를 간질였다.

소량은 목소리가 들려온 방향으로 시선을 돌렸다.

"반선 어르신?"

[알면서 묻는구나. 너의 천명과 나의 천명이 다르지 않으니 곧 만나게 될 것이라 했지 않던? 아! 제갈세가의 꼬맹이가 너와 잘 어울릴 것이라는 이야기도 했었던 것 같구나.]

"예, 그러셨지요."

소량이 마차를 바라보며 애틋한 미소를 지었다.

검천존의 목소리가 다시 소량의 귓가에 파고들었다.

[기어이 경지에 올랐으니 천명을 좇아야겠지. 오거라, 잡스러운 놈들일랑 모두 두고 홀로.]

범인이었다면 이해하지 못했겠지만, 천존의 경지에 오른 소량은 그 말을 이해할 수 있었다.

소량이 알겠다는 듯 고개를 끄덕였다.

"그리하겠습니다."

[기왕이면 소란스레 오거라, 세상이 다 알도록.]

"뜻대로 따르겠습니다."

소량이 재차 대답하자 다시 웃음소리가 들려왔다.

[그래그래. 일선공의 전인이 천존이 되었으니… 일이 재미있게 되었구나, 재미있게 되었어! 하하하!]

웃음소리는 한동안 소량의 귓가에 맴돌았다.

웃음소리가 아련하게 사라지는 것을 느낀 소량이 서둘러 마차에 올랐다. 그의 얼굴은 어느새 걱정스럽게 변해 있었다.

곧 소량은 마차 안에서 창백한 얼굴의 의원 두 명을 발견할 수 있었다.

심지어 그중 한 명은 아는 사람이었다.

"곽 의원님?"

소량의 눈이 의아함으로 물들었다.

第七章

연심(戀心)

1

제갈영영의 상세를 확인한 후, 소량은 정도 무림인들에게 그간의 사정을 전해 들었다. 함께했던 동료들의 죽음을 전하는 무림인들의 태도는 조심스러웠으며 또한 비통했다.

자초지종을 모두 전한 정도 무림인들이 염려 섞인 시선으로 소량을 바라보았지만, 다행히 슬픔을 받아들이지 못해 무너지거나 지나치게 과한 분노를 표출해 내는 기색은 없는 듯했다.

그사이, 곽호태는 제갈영영을 치료했다.

선표후리(先表後裏)라, '지금으로서는 표증(表證)밖에 치료할 수 없다' 고 한탄하면서도 곽호태는 제갈영영의 관통상을 오 할이나 다스려 놓았다. 다만 사기가 언제 리(裏)로 침투할지 모르니, 최대한 빨리 이동해야 한다고 했다.

곽호태가 치료해야 할 사람은 제갈영영만이 아니었다. 그간 천애검협을 호위한 인원은 물론, 그를 구하기 위해 온 구원대 중에도 극심한 내외상을 입은 사람이 적지 않았던 것이다.

곽호태가 어두운 얼굴로 한탄했다.

"허! 약재만 있다면 어떻게든 될 일인데……."

곽호태의 고뇌는 길게 이어지지 않았다. 구원대는 마치 자신들이 다칠 것을 알고 있었다는 듯 온갖 약재들을 챙겨 왔던 것이다. 나중에 들어보니, 각지에서 '천애검협에게 건네달라' 고 뭘 바리바리 챙겨 보냈던 모양이었다.

한 시진 뒤, 시신을 수습하고 간단하게나마 치료를 마친 일행이 다시 길을 나섰다.

그다음은 강행군이었다. 일행은 거의 하루를 꼬박 쉬지 않고 달린 후에야 짧은 휴식을 가질 수 있었던 것이다.

옆구리에 긴 검상을 입은 소호검객으로서는 그야말로 죽을 맛이라 할 수 있었다.

"이거 못 살겠구먼… 으음!"

"거 엄살이 심한 도우로구먼. 나잇살은 먹어놓고 이만한 것도 못 참나?"

청허 진인이 소호검객의 명문혈에 손을 가져다대며 혀를 찼다.

소호검객은 겸양하는 대신 더욱 엄살을 부렸다.

“어이구, 진인께서도 당해보시면 알게요. 나이 먹어서 그런지 어째 더 아픈 것 같아.”

“나이 먹었다고 놀지만 말고 단련도 좀 하고 그러게. 장강의 뒷물결에 밀리는 건 그렇다고 쳐도 휩쓸리지는 말아야 할 것 아닌가.”

“어? 우리 같이 휩쓸린 것 아니었소?”

소호검객의 농담에 청허 진인이 푸흐흐 웃음을 터뜨렸다.

비단 청허 진인뿐만 아니라, 막현우나 남궁세가의 비연대의 입가에도 웃음이 떠오른다.

원래 농을 잘 즐길 줄 모르는 각원 대사만이 진지한 얼굴로 고개를 끄덕일 뿐이었다.

“아미타불. 그 말이 맞소. 휩쓸렸고말고.”

각원 대사의 말이 끝나자 모두의 시선이 좌측으로 돌아갔다.

환자의 상세를 살피는 곽호태와 의약당주의 뒤편에 천애검협 진소량이 앉아 있었다. 그는 간만의 휴식에도 쉬지 않고 환자를 찾아 추궁과혈을 펼치고 있었던 것이다.

곽호태가 붕대나 침을 찾으면, 소량은 추궁과혈을 하면서도 그가 찾는 것을 건네어주곤 했다. 간간히 허공섭물까지 펼치는 모습에 좌중의 무인들이 감탄을 터뜨렸다.

청허 진인이 눈빛을 빛내며 질문했다.

"…변했지?"

"그런 듯하네. 아니, 확실히 변했구먼."

각원 대사가 고개를 두어 번 끄덕였다.

막현우가 의아한 얼굴로 질문을 던졌다.

"기왕 하는 거, 나도 좀 알아듣게 해주시구려. 변하긴 무엇이 변했단 말이오, 진인?"

"막 도우의 시선에는 어땠을지 모르겠지만, 빈도가 그간 봐온 천애검협은 항상 생각이 많은 얼굴이었다네. 나전현에서도 그러했고 무림맹에서도 그러했지."

"생각이 많은 얼굴이라? 허! 확실히 이 막 모가 봐온 것과는 다르구려."

막현우가 보았던 천애검협은 예의가 바르고 진중하긴 했지만, 그 또래다운 기색 역시 가지고 있는 보통의 청년이었다. 뛰어난 무학과 협의지심이라면 몰라도, 상념이 깊다거나 고민이 많은 기색은 별로 느껴보지 못했던 것이다.

하지만 각원 대사나 청허 진인이 보았던 천애검협은 달랐다.

권력에 대항해 검을 뽑아야 했던 젊은 협객의 얼굴에 어찌 고뇌가 없었겠는가? 모용세가의 전횡에 맞서는 모습은 굳건하고 흔들림 없었지만, 또한 쓸쓸하고 외로워 보였다.

"하지만 지금은 어딘가 편해 보여. 뭐랄까… 여유! 그래, 여유가 생겼다는 말이 맞겠구먼."

말을 마친 청허 진인이 수염을 쓰다듬었다.

막현우가 눈을 가늘게 뜨고 소량을 바라보았다.

"그렇소? 난 잘 모르겠구려. 내가 봤던 천애검협은 저 모습 그대로였소. 심성은 올곧고 기풍은 편안하고 그랬지."

소호검객이 자리를 고쳐 앉으며 타박했다.

"이 사람아, 그게 더 무서운 거야. 끄으응! 자네도 천애검협이 펼친 무공을 보았지 않나. 하지만 지금 우리는 그에게서 어떤 위압감도 느끼지 못하고 있네. 범상한 일은 아니야."

그 말에 장내의 무림인들이 다시금 소량을 바라보았다. 추궁과혈을 모두 마친 소량이 그들에게로 걸어오고 있었다.

"혹시 불편하신 분이 계신지요? 부족하나마 돕겠습니다."

"됐네. 다 견딜 만해. 자네도 좀 쉬게."

가장 중상을 입은 소호검객이 엄살을 거두고 말하자 소량이 잠시 머뭇거리더니, 이내 그 앞에 주저앉았다. 그 모습 역시 무창에서 목공으로 살 때와 크게 다르지 않았다.

다만 이전에는 강호에 대해 알지 못하였기에 편안했다면, 지금은 모든 것을 알고도 편안해진 셈이니 경우가 다를 뿐이다.

잠깐의 여유 속에서, 소량이 손으로 얼굴을 덮었다.

지난 하루 내내 해왔던 생각이 또다시 머릿속에 떠올랐다.

'진무십사협이라? 진무십사협… 죽은 자는 말이 없고 공허한 명성만 남았구나.'

단매곡에서 몇몇 시신을 보았음에도, 마채화 앞에서 운현자의 시신을 보았음에도 소량은 그들의 죽음을 믿을 수 없었다.

'세상은 조금도 바뀌지 않는다고? 내가 틀렸다.'

양신이 했던 말처럼, 세상 전부는 바뀌지 않을지도 몰랐다.

하지만 일부가 바뀔 수는 있었다.

한때는 원망했던 현무당은 마침내 되돌아와 그가 보호하지 못한 백성들을 보호했고, 자신이 걸어온 길을 본 이들이 천리를 마다 않고 찾아와 마침내는 목숨까지 구해주지 않았던가.

아무런 보답도 없을 거라고?

그 또한 틀렸다.

소량이 해온 모든 일은 결코 헛된 것이 아니었다.

'과한… 너무나 과한 보답을 받은 것을.'

소량이 그렇게 생각할 때였다.

청허 진인이 헛기침을 큼큼 내뱉어 소량을 불렀다.

"험, 험. 이미 경지에 오른 자네이니 청심(清心)을 잃기야 하겠냐마는… 혹시 모르니 몇 마디는 해주고 싶구먼. 너무 마음 쓰지 말게. 그건 자네 탓이 아니야."

"예?"

"죽은 이를 떠올리고 있던 것 아닌가?"

청허 진인의 말이 끝나자 장내의 무림인들이 소량의 시선을 피해 고개를 돌렸다. 비록 그 무공이 삼천존의 경지에 올랐으나 사람 사는 것이 어디 무공에만 달렸다던가?

상처가 크리라. 고통 역시 적지 않으리라.

청허 진인이 눈을 지그시 감았다.

"살아남은 자들은 빚을 진 기분을 느끼게 마련이지. 죄책감, 미안함, 안타까움… 이해하네. 믿을지는 모르겠으나 나에게도 그런 경험이 적지 않아. 하지만 그건 자네 탓이 아닐세. 고작 인간의 몸으로 어찌 세상을 짊어지겠는가? 무량수불."

소량이 쓴웃음을 지으며 고개를 숙였다.

"…짊어지려 해보았지요."

"으음?"

각원 대사와 막현우, 소호검객이 의아한 얼굴로 소량을 바라보았다. 슬픔과 분노가 터져 나올 줄 알았지, 이토록 담담한 반응이 나올 줄은 미처 몰랐다.

청허 진인이 의구심 섞인 얼굴로 질문했다.

"되던가?"

"아시지 않습니까? 될 리가 없었습니다."

소량이 고개를 몇 차례 저었다. 머리로는 '그저 사랑해 보자' 라고 결심해 놓고도 마음속으로는 보답을, 세상이 더 나은 곳으로 바뀌기를 바랐던 소량이었다.

모용세가에게 조금의 관용도 보이지 않은 이유도, 흑수촌 백성들의 죽음을 온전한 슬픔으로 받아들이지 못하고 분노와 살기로서 받아들인 이유도 알고 보면 그 때문이리라.

세상은 조금도 변하지 않을 거라는 절망과 실망 때문에 말이다.

청허 진인이 어째서인지 긴장한 눈으로 소량을 바라보았다.

"그럼 이제 어찌할 텐가? 포기할 텐가?"

"아니오. 그래도 걸어가 보려 합니다."

소량의 말이 끝나자 청허 진인의 입가에 조금씩 미소가 떠올랐다.

소량이 흔들림 없는 시선으로 허공을 바라보며 중얼거렸다.

"세상을 짊어질 수는 없겠지만, 손을 내밀 수는 있겠지요. 사실 세상을 짊어지려 했던 때도 제가 할 수 있는 것은 그것뿐이었습니다. 결과는 같은데 제 마음만이 달랐을 뿐이지요."

"일체유심조(一切唯心造)라… 아미타불!"

청허 진인 대신, 각원 대사가 감탄을 토해냈다.

알고 행하는 것과 모르고 행하는 것에는 큰 차이가 있다. 각원 대사는 소량의 말에서 그간 그가 겪었던 고뇌와, 그럼에도 불구하고 한 걸음을 내딛기로 한 결심을 엿볼 수 있었다.

천애검협은 무공뿐만이 아니라 마음 역시 한 뼘 더 성장해 있었던 것이다.

"무림맹에서 만났던 서영권 대협은 기쁠 때는 온전히 기뻐하고, 슬플 때는 온전히 슬퍼하라 말씀해 주셨지요. 이전이었다면 오로지 분노로서 받아들였겠지만, 지금은 현무당의 죽음을 온전한 슬픔으로 받아들일 수 있을 것 같습니다. 그것을 온전히 받아들이는 대신……."

소량은 뒷말을 속으로 삼켰다.

'제가 할 수 있는 일은 모조리 다 할 것입니다' 라는 말을.

보통 무인도 아니고 천존의 경지에 오른 이가 할 수 있는 일을 다 한다면 그 결과가 어떻겠는가? 만약 그 말을 들었다면, 장내의 무림인 중 미소 짓는 자는 하나도 없었을 것이다.

하지만 지금으로서는 소량의 속내를 아는 이가 없었다.

"기쁠 때는 온전히 기뻐하고 슬플 때는 온전히 슬퍼하라? 허허허! 서영권이라는 도우를 한번 만나보고 싶군그래. 이보게, 진 도우. 슬슬 기뻐해야 할 때가 오는 것 같네."

청허 진인이 껄껄 웃음을 터뜨렸다.

소량이 의아한 표정을 짓자, 청허 진인이 어깨를 으쓱하며 그의 뒤쪽을 가리켰다.

"곽 의원이 마차로 가고 있잖나. 내 그에게 듣기를 오후쯤 제갈 소저가 깨어날 거라 했는데."

"어!"

청허 진인의 말이 끝나기도 전에 소량이 다급히 자리에서 일어났다.

운해추룡 막현우가 웃음을 터뜨렸다.

"으하하! 천하가 혼란하다고 해서 삶이 이어지지 않는 것은 아니지. 듣자하니 제갈세가의 영애와 보통 인연이 아닌 모양이던데, 그래, 삭풍(朔風) 속에 춘풍(春風)이 섞여 있었던가?"

이제 더 이상 소량을 어려워하는 무림인은 없었다.

네 번째 천존은 군림하는 자도 아니었고, 속세에서 벗어나 홀로 유리된 자도 아니었다. 네 번째 천존은 협자로서 속세에 남은 자였고, 인간으로서 살아가고자 하는 자였다.

소량이 조급한 얼굴로 묵례를 해보였다.

"실례가 아니라면 잠시 자리를 비우겠습니다."

"실례는 무슨? 어서 가보게, 천애검협."

막현우가 너털웃음을 터뜨리며 손사래를 쳤다.

2

곽호태의 예상과 달리, 제갈영영은 오후가 되어도 혼몽에서 깨어나지 못했다. 다른 무인들과 달리, 무공이 일천하여 어깨에 파고든 사기를 쉽게 이겨내지 못한 탓이었다.

소량은 일행에게 양해를 구하고 마차에 앉아 그녀를 지켜보았다.

제갈영영은 달이 중천에 떴을 때에야 정신을 차렸다.

"으음……."

마차로 새어 들어온 바람이 제갈영영의 볼을 간질였다. 아니, 마차의 지붕이 뻥 뚫려 있었으니 바람이 새어 들어온다는 표현보다는 그냥 불어온다는 표현이 옳으리라.

느릿하게 눈을 뜬 제갈영영이 별이 쏟아질 듯한 밤하늘을 바라보았다. 만월(滿月)이 되어가는 모양인지, 계란처럼 봉긋해진 달이 눈에 들어왔다.

'진 가가, 진 가가는 어떻게 된 거지?'

멍하니 밤하늘을 바라보던 제갈영영이 눈을 부릅떴다. 소량을 몸으로 덮은 것까지는 기억나는데, 그 이후를 알 수가 없는 것이다.

제갈영영이 다급히 몸을 일으켰다.

"아으윽!"

어깨의 통증 때문에 몸을 바로 세울 수가 없다. 본능적으로 어깨를 움켜쥔 제갈영영이 다시 몸을 일으키려 애썼다.

"그러지 마시오. 그냥 누워 있는 게 좋소."

누군가의 따스한 손이 일어나려는 제갈영영을 제지했다.

제갈영영은 딱딱하게 굳은 얼굴로 좌측을 바라보았다.

꿈이 아니었던가?

좌측에는 천애검협 진소량이 앉아 있었다.

제갈영영은 차마 말을 잇지 못했다. 그저 분주히 시선을 놀려 소량의 얼굴 이곳저곳을 확인할 뿐이었다. 병색이 완연했던 과거와 달리, 소량의 얼굴에는 혈색이 돌고 있었다.

"이제 괜찮으신 건가요?"

제갈영영이 걱정이 가득한 얼굴로 질문했다. 혹시 아니라고 대답할까 봐, 아직도 몸이 성치 않다 대답할까 봐 염려하는 제갈영영이었다.

소량이 고개를 한 차례 끄덕였다.

"이제는 아무렇지도 않은 건가요?"

꼭 몸의 상태만 묻는 것이 아니었다. 첩혈행로 와중에 보았던 소량의 눈이 어떠했던가? 살기로 가득 찬 눈, 세상을 태워버릴 듯한 분노를 숨겨둔 눈빛이었다.

소량이 재차 고개를 끄덕였다.

"다행이다. 정말 다행이야……."

제갈영영이 안도한 듯 눈을 지그시 감았다. 그가 무사히 돌아오면 기쁨으로 가슴이 꽉 찰 줄 알았는데, 막상 그 순간이 오니 그립고 안타까워서 눈물이 날 것 같다.

마차에 어색한 침묵이 내려앉았다.

잠시 뒤, 제갈영영이 장난을 가장하여 미소를 지었다.

"…그럼 그것도 꿈이 아니었군요?"

"뭐가 말이오?"

소량이 의아한 듯 제갈영영을 내려다보았다.

"혈마곡의 마인이 진 가가를 죽이려 할 때 말이에요. 상황이 다급하여 일단 몸으로 막았는데, 갑자기 진 가가께서 깨어나서 나를 품에 꼭 안지 뭐예요? 그래서 꿈인 줄 알았지요."

진담이라기보다는 일부러 농담을 던지는 제갈영영이었다.

"점잖은 군자인 양 온갖 예법을 다 찾던 사람이 시집도 안 간 처녀를 꼭 안으니 꿈이라고 생각할 수밖에……."

"그야 상황이 다급했으니 어쩔 수 없는 일이었지 않소? 아니, 그보다 규중의 처녀가 부끄러움도 없이 무슨 말을 하는 게요? 아버님이 아시면 크게 노하실 거요."

어처구니없다는 듯 답변하던 소량이 이내 한숨을 푹 쉬었다.

그건 자신이 원한 반응이 아니라는 듯, 제갈영영이 그의 입가에 손가락을 가져갔다. 그리고는 입꼬리를 슬며시 밀어 올려 웃는 얼굴을 만든다.

"웃어봐요, 이렇게."

소량은 그녀의 손길을 제지하지 않았다.

그저 그녀가 시키는 대로 미소를 지어 보일 뿐이다.

"역시 진 가가는 웃는 얼굴이 제일 잘 어울려요."

제갈영영은 '다만 어떻게 웃어야 할지는 모르겠구려' 라고 슬픈 얼굴로 말하던 소량을 떠올렸다. 그가 멀쩡해지면 꼭 농담을 건네려 했는데, 많이 슬퍼했던 만큼 많이 웃게 해주고 싶었는데 자신의 감정을 조절할 수가 없다.

진 가가는 웃고 있는데 자신이 슬퍼서 견딜 수가 없는 것이다.

"많이… 많이 아팠지요, 진 가가?"

"아니, 견딜 만했소."

"많이 슬프고 많이 괴로웠지요?"

흑수촌의 백성들의 죽음을 제 책임처럼 괴로워하던 소량이었다. 능소의 죽음을 인정하지 못해 분노하던 소량이었다.

하지만 자신이 해줄 수 있는 것은 조금도 없었다.

제갈영영이 울음기 섞인 목소리로 말했다.

"도와주지 못해서 미안해요, 진 가가."

"그게 무슨 말이오? 영 누이는 내게 가장 큰 도움을 주었는데."

"네?"

"내게 웃는 법을 알려주었지 않소."

소량이 입가에 와 닿은 제갈영영의 손을 맞잡았다. 가슴속에서 무언가가 일렁이는 바람에, 제갈영영은 차마 대답하지 못하고 눈을 질끈 감았다.

제갈영영을 바라보던 소량의 머릿속에 문득 한 가지 생각이 떠올랐다.

'도대체 언제부터였을까.'

하루에 네 번이나 우연히 만났던 안육에서였을까, 무림맹에서 재회했을 때였을까? 그도 아니면 흑수촌으로 향하던 때, 연무를 하다 말고 그녀가 오기를 기다리던 그때부터였을까?

'나도 잘 모르겠구나.'

언제부터 그렇게 되었는지는 모르겠다.

다만 그녀가 자신에게 특별한 사람이 되었다는 것만은 알 수 있었다.

소량이 부드러운 미소를 지으며 제갈영영을 불렀다.

"영 누이."

제갈영영이 눈을 뜨지 않자, 소량은 몇 번이나 '영 누이' 라고 불렀다. 제갈영영이 못 이긴 듯 그를 바라보자, 소량이 그 어느 때보다도 진중한 얼굴로 말했다.

"약속하시오. 다시는 그러지 않겠다고."

"무엇을요?"

"나 대신 죽으려 했던 것 말이오."

제갈영영이 의아한 얼굴로 소량을 올려다보았다.

"왜요?"

도대체 어째서일까?

이번엔 소량이 그녀와 시선을 마주하지 못하고 고개를 돌렸다. 제갈영영의 가슴이 불현듯 쿵쾅쿵쾅 뛰기 시작했다. 그녀는 설레는 가슴을 감추려 장난스럽게 말했다.

"왜 그러면 안 되는데요?"

제갈영영이 조금이나마 몸을 일으켰다.

"백성들을 구하던, 그런 마음 때문인가요? 아니면 목숨을 빚지는 게 싫어서?"

진 가가가 백성들을 구하던 마음으로 자신을 대한다 해도 이상할 것은 없다. 남을 위해 자신을 태우던 진 가가이니만큼, 같은 마음으로 자신을 대할 수도 있는 것이다.

하지만 실망감을 감추지는 못하리라. 그에게 있어서 자신도 남들과 똑같을 뿐이라면, 가슴 한구석이 찢어질 듯 괴로울 것이 분명했다.

제갈영영이 재차 질문을 던졌다.

"그것도 아니면……."

"내가 싫으니까."

시선을 피하던 소량이 불현듯 고개를 돌려 제갈영영을 똑바로 바라보았다.

제갈영영은 심장이 뛰다 못해 멎는 듯한 기분을 느꼈다.

"내가 걱정하니까, 내가 싫으니까. 내가 원치 않으니까……."

제갈영영의 얼굴이 불이라도 난 양 뜨거워졌다.

소량이 무거우리만치 진지한 어조로 말했다.

"…그러니까 다시는 그러지 마시오."

'다시는 그러지 말라' 는 말이 어떤 은밀한 고백보다도 강렬하게 느껴졌다. 별거 아닌 말인데, 스쳐 지나가고자 한다면 언제든지 잊어버릴 수 있는 말인데.

제갈영영이 침을 꿀꺽 삼키고 더듬더듬 중얼거렸다.

"진 가가, 그 말씀은……."

"빙빙 에두른 말이지. 말주변이 정말 없군."

안타깝게도 마차 안에는 소량과 제갈영영만 있는 것이 아니었다. 젊은 남녀의 대화를 흥미진진하게 듣고 있던 곽호태가 중요한 부분에서 김이 팍 샜다는 듯 인상을 찌푸렸다.

"어……."

제갈영영과 소량이 당혹스러운 얼굴로 곽호태를 돌아보았다. 곽호태가 마차에 있다는 것을 알고 있었지만, 일순간 그의 존재를 잊어버리고 말았던 것이다.

곽호태가 한심하다는 듯 소량을 바라보며 혀를 찼다.

"내가 왜 자네를 재미있는 사람이라고 생각했는지 모르겠구먼, 쯧쯧. 이 사람아, 그렇게 말을 빙빙 돌리려거든 차라리 연시(戀詩)라도 읊게. 왜 시경(詩經)에 보면 관저(關雎)같은 시 나오잖아. 그게 다 이럴 때 써먹으라고 배우는 게야."

곽호태가 제갈영영에게로 시선을 돌렸다.

"그리고 풍류공자 흉내를 못 내겠으면 차라리 사내답게 단

도직입적으로 말하는 편이 나아. 이보게, 제갈 소저. 저 친구의 말은 '당신이 죽는 것보다는 차라리 내가 죽는 것이 낫다'는 뜻일세. 달리 말하면 '근시일 내에 귀댁에 혼서를 넣겠소'라는 뜻이고."

"과, 곽 의원님."

천하의 제갈영영도 이번만큼은 부끄러워하지 않을 도리가 없었다.

소량의 얼굴 역시 크게 다르지 않다.

"뭐야, 지금 자네 민망해하는 거야?"

어색해하는 소량의 얼굴을 본 곽호태가 껄껄 웃음을 터뜨렸다. 천존의 경지에 오른 무인임에도 불구하고 소량의 본질 자체는 여전히 변하지 않은 것이다.

"이번엔 좀 재미있군. 하하하! 역시 자네는 재미있는 사람이야."

한참을 웃던 곽호태가 손가락으로 마차의 앞쪽을 가리켰다.

"이보게, 진가 청년. 아무래도 곧 무림맹의 무인들을 만날 것 같아. 빙장 어른께 잘 보이려면 지금부터라도 먼지를 털어둬야 않을까?"

곽호태가 청춘 남녀의 일을 방해한 데에는 다 이유가 있었다. 본래라면 더 구경했을 것이나, 저 앞쪽에서 청성파의 무인이 깃발을 흔들어 표식을 남기는 것이 보인 것이다.

소량의 고개가 마차 앞쪽으로 돌아갔다.

3

소량이 제갈영영과 대화를 나눌 무렵이었다.

소량이 있는 곳에서 십여 리 떨어진 산야에는 백여 명 가까운 무인들이 서 있었다. 이른바 무림맹의 선발대로, 말하자면 호위를 위해 나온 병력이라 할 수 있었다.

백여 명의 무인들 중 가장 앞쪽에 선 소녀가 콧방귀를 풍풍 뀌어댔다.

그 앞에 서 있던 눈이 부시도록 아름다운 미녀가 엄중한 표정을 지었다.

"따라오지 말라는 말을 못 들은 거니, 진유선?"

비단 궁장을 곱게 차려입은 영화가 눈을 지그시 감고서 말했다. 조그마한 어린아이였던 과거와 달리 하루가 다르게 크고 있는 유선이 불퉁하게 고개를 돌렸다.

"흥! 나도 강호의 일대여협인데, 가고 싶으면 가는 거고 가지 않으면 않는 거지. 언니가 뭐라고 한들 나랑 무슨 상관이람?"

말이야 호호탕탕하지만, 연신 언니인 진영화의 눈치를 살피는 유선이었다. 만에 하나라도 돌아가라고 할까 봐 겁을 잔뜩 집어먹은 얼굴이었다.

"너, 진짜 끝까지……!"

영화가 견디지 못하겠다는 듯 몸을 부르르 떨었다.

위험한 일이 있을지 모르므로 막내를 떼어놓고자 했는데, 천방지축 말괄량이 유선은 기어이 그녀의 뒤를 쫓아오고 말았다. 그동안 무공에 적지 않은 성취가 있었는지, 제법 그럴듯한 은잠술(隱潛術)까지 펼쳐서 말이다.

"어서 진 소저에게 잘못했다고 비는 게 좋아, 막내 처제."

영화의 눈치를 조심스레 살피던 당가의 소가주, 당유회가 엄한 표정을 지으며 말했다. 유선의 옆에서 어쩔 줄 몰라 하던 소년이 한 걸음 앞으로 나섰다.

"후배 연호진이 현의선자께 죄를 청합니다."

소랑이 구해냈던 소년이자, 도천존의 제자인 연호진이 양손을 모아 읍하더니 울적한 얼굴로 유선을 돌아보았다. 여기까지 오게 된 것은 유선의 꾐에 빠진 탓이지만, 심하게 혼이 나는 듯하니 어쩔 수 없이 자신이 막아주어야 할 것 같았다.

"금번에 허락을 득하지 않고 따라온 것은 모두 제가 계획한 일로 유선이, 아니, 진 누이는 그저 저를 따라왔을 뿐입니다. 죄를 물으신다면 제게……."

유선이 황당하다는 듯 연호진에게 고함을 질렀다.

"야! 네가 왜 사과를 해? 가자고 한 건 나잖아!"

"진유선!"

영화가 양팔을 가볍게 흔들며 고함을 질렀다. 바람도 불지 않는데 양 소매가 펄럭펄럭하는 것이, 내력을 일으킨 게 분명했다. 만약 유선이 알량한 무공만을 믿고 이처럼 까분다면 자신 역시 무공을 펼쳐 크게 혼을 내줄 생각이었던 것이다.

영화가 작정하고 내력을 끌어 올리자 유선의 안색이 창백해졌다. 태허일기공에 더해 창천존의 무학까지 익혔지만, 영화에 비하자면 부족한 데가 많은 유선이었다.

아니, 사실은 그게 아니다.

언니는 그냥 언니라서 이길 수가 없다.

"언니는 바보야! 으아앙!"

훌쩍 커버린 유선이 아이처럼 울음을 터뜨렸다.

"다들 큰오빠가 다쳤다고 한단 말이야! 죽을지도 모른다고 했단 말이야! 그런데 어찌 가만히 있을 수 있겠어? 나도 오빠가 보고 싶단 말이야! 소랑 오빠아, 으아앙!"

천괴라고 불릴 정도로 괴팍한 사람과 함께 지낸 탓인지, 어느 정도 나이를 먹어놓고도 유선의 행동은 막무가내였다. 바닥에 주저앉은 유선이 양다리를 휘저으며 통곡했다.

"하아—"

영화에게서 일어났던 공력이 한숨과 동시에 씻은 듯이 사라졌다. 그녀라고 어찌 동생의 심정을 이해하지 못하겠는가? 다 똑같은 마음, 다를 바 없는 마음이다.

영화는 사뿐사뿐 유선에게로 걸어가 그녀를 품에 안고 토닥였다.

“그래. 언니가 유선이의 마음을 너무 몰랐구나. 너도 걱정이 많았겠지. 하지만 유선아, 네가 큰 오라버니를 염려하는 것처럼 언니도 우리 막내를 걱정하고 있단다.”

말 그대로 업어 키운 탓에 언니라기보다는 거의 엄마 같은 영화였다.

영화는 유선을 일으켜 세운 다음, 엉덩이를 툭툭 두들겨 흙먼지를 털어주었다. 그리고는 무릎을 꿇고 앉아 이전보다 한두 뼘은 큰 유선을 올려다보았다.

“좋아. 기왕 이곳까지 왔으니 함께 오라버니를 기다리자. 대신 하나 약속해야 할 것이 있어. 만약 위험이 발생하면, 너는 싸우는 대신 돌아가서 증원군을 불러오는 거야. 이것마저 약속하지 않는다면 나는 네가 아무리 울어도 돌려보내고 말테다.”

“응, 으응.”

유선이 히끅거리며 고개를 끄덕였다. 소매로 연신 눈가를 훔치는 모습이 아직도 아이와 같다. 덩치만 컸지, 배워야 할 것은 하나도 배우지 못한 모습에 영화가 한숨을 내쉬었다.

“우리 막내는 언제 어른이 될까.”

영화가 그렇게 말할 때였다. 손 그늘을 만들어 관도를 살피던 당유회가 영화를 불렀다.

“이보시오, 진 소저. 저기 천애검협께서 오시는구려.”

유선의 앞에 앉아 있던 영화가 벌떡 몸을 일으켰다.

히끅거리며 눈가를 훔치던 진유선도 고개를 돌리긴 마찬가지였다.

영화가 달려갈지도 모른다고 생각한 당유회가 얼른 그녀를 붙잡았다. 천애검협이 분명하다고 생각하고는 있지만, 피아(彼我)를 확실히 확인하기 전에는 움직여서는 안 되는 것이다.

당유회의 걱정과 달리, 영화는 조용히 마차를 바라볼 뿐 경공을 펼치거나 하지는 않았다.

잠시의 시간이 지나자 당유회가 고개를 끄덕였다.

“확실하군. 천애검협이오.”

“…소량 오라버니.”

영화가 눈을 질끈 감으며 소량의 이름을 읊조렸다.

영화 대신 유선이 마차로 달려갔다. 오빠가 다쳤다는 말을 들었는데 어찌 가만히 있을 수 있겠는가? 아니, 무엇보다 오빠를 만난다는 사실 자체에 가슴이 뛰어 견딜 수가 없다.

소량과 사형제(師兄弟) 관계로 얽힌 연호진이 얼른 유선의 뒤를 좇았다.

오 리(里)가량 떨어진 마차까지는 그리 오랜 시간이 걸리지 않았다.

"큰오빠! 소량 오빠아!"

"유선이? 유선이가 아니냐?"

마차에서 내린 소량이 놀란 듯 눈을 휘둥그레 떴다. 누군가 달려오는 것은 기감을 느껴 알고 있었으나, 그게 유선일 줄은 미처 예상하지 못했던 것이다.

"유선아! 네가 어찌 이곳에 있단 말이냐? 무림맹의 본대와 합류했다 들었거늘……."

"소량 오빠!"

유선이 달려오던 그대로 소량의 품 안으로 뛰어들었다.

멍하니 유선을 내려다보던 소량의 입가에 조금씩 웃음기가 어리기 시작했다. 아직 의아함은 풀리지 않았지만, 반가운 마음만은 어쩔 수가 없다.

"이 년 가까운 시간, 별것 아닌 줄 알았는데 내 착각이었구나. 기억 속의 모습과 달라도 너무 달라. 어디 얼굴을 좀 보자. 그동안 무탈하였더냐?"

소량이 유선을 떼어낸 다음, 그 얼굴을 흐뭇하게 바라보았다.

훌쩍 자라 버린 키처럼 이목구비도 또렷해져 이제는 제법 숙녀티가 난다.

"정말 숙녀가 다 되었구나. 네 언니는 어디에 있느냐? 승조나 태승이는 어디에 있고?"

소량이 시선을 돌려 오 리 너머를 바라보았다. 기감을 풀어 오 리 밖을 더듬어보는데, 영화를 닮은 사람은 있어도 승조나 태승을 닮은 이는 없는 듯하다.

유선이 울먹이는 얼굴로 소량에게 물었다.

"소량 오빠, 다친 데는? 다친 데는 괜찮아? 사람들이 막 오빠가 많이 다쳤다고 그랬어! 너무 심하게 다쳐서 죽을지도 모른다고, 그래서 난……."

"한때는 그랬지만 지금은 멀쩡하구나. 많은 분들께서 도와주신 덕택에 다 나았다."

소량이 희미하게 웃으며 유선의 머리를 헝클어뜨렸다.

예전과 똑같은 손길에서 안도감을, 피 묻은 오빠의 옷자락에서 슬픔을 느낀 유선이 입술을 비죽거렸다. 거기에 더해 유영평야에서의 기억까지 떠올리니 울음을 참을 수가 없다.

"으아앙! 매일 다치기나 하고… 오빠는 바보야!"

소량이 할 말을 잃은 표정으로 입을 다물었다.

유선이 머리를 쓰다듬는 소량의 손을 거칠게 뿌리쳤다.

"나도 매번 서신을 보내는데, 오빠는 왜 서신을 안 보내는 거야? 다치거나 일이 있을 때는 서신부터 보내야 하는 건데, 왜 그걸 몰라. 으아앙!"

그간 피로 피를 씻는 길을 걸어왔는데 어찌 서신을 보낼 수 있겠는가? 이는 삼천존의 신객인 신투 왕안석에게 익숙해진

유선이 되지도 않는 떼를 쓰는 것뿐이었다.

유선의 무례한 행동을 본 연호진이 다급히 그녀를 말렸다.

"진 누이, 아무리 동기(同氣) 간이라도 그러면 안 되는 거야."

"누이라니, 소협은 누구시기에……."

소량이 의아한 표정으로 그런 연호진을 바라보았다. 처음 보는 소년이 유선과 친한 척을 하니 감을 잡을 수가 없는 것이다.

다만 그렇게 얼굴을 보다 보니 한 가지 깨달아지는 것이 있다.

"아진(兒珍)? 혹시 아진이냐?"

"예, 그렇습니다. 연호진이 진소량, 진 사형을 뵙습니다."

남매간의 해후에 끼어들지 못해 조용히 서 있던 연호진이 가슴이 벅차오른다는 표정으로 장읍했다. 반가운 건지, 아니면 긴장한 건지 읍을 하는 연호진의 양손이 파르르 떨려온다.

소량은 저도 모르게 웃음을 터뜨리고 말았다.

"정말 아진이로구나! 아이의 시간과 어른의 시간은 서로 다르다더니 정말 그런 모양이다. 너도 그렇고, 유선도 그렇고 길에서 만나면 못 알아보겠어."

"무탈하신 모습을 보게 되어 기쁩니다, 사형."

연호진이 초롱초롱한 눈망울로 소량을 바라보았다.

"정말 기쁩니다. 그간 얼마나 걱정을 많이 했는지 몰라요."

사부님께 '그따위로 유약하게 말하려거든 차라리 입을 다물어라' 라는 명을 받은 바 있는 연호진이었지만, 소량을 만나자 저도 모르게 어린 시절의 말투가 나오고 만다.

연호진은 아직도 그와 함께했던 여행을, 도천존의 손에서 자신을 구하기 위해 죽어갈 때까지 싸우던 소량의 모습을 잊지 못했던 것이다.

"고맙구나, 아진. 네가 잘 자란 걸 보니 내가 다 기쁘다."

흐뭇하게 웃으며 연호진을 살펴보던 소량이 아차 싶은 표정으로 시선을 돌렸다.

"이런! 소개가 늦었구나. 진유선, 연호진, 인사 올려라. 모두 무림의 명숙들이거니와, 부족한 나를 구하러 천 리를 마다 않고 와주신 분들이니 예를 다하여야 할 것이다."

"후배 연호진이 여러 명숙들을 뵙습니다."

"진유선이 여러… 히끅, 히끅!"

연호진이 먼저 장읍했고, 그 뒤를 이어 유선이 히끅거리는 걸 참으며 무어라고 웅얼거렸다. 나름대로 인사를 하는 모양인데, 울음이 섞여 말이 제대로 들리지 않는다.

각원 대사가 흐뭇하게 웃으며 고개를 끄덕였다.

"도천존께서 제자를 들이셨다는 이야기는 내 이미 들은 바 있지요. 반갑소, 연 시주. 빈승의 법명은 각원으로, 소림에서 불도를 닦고 있소이다. 그리고 여시주께서는… 어흠, 험!"

삼천존의 바로 밑 배분인 각원 대사가 민망한 듯 헛기침을 내뱉었다. 청허 진인, 운해추룡과 소호검객도 난감한 표정을 짓기는 마찬가지였다.

소량이나 연호진은 동배(同配)라 할 수 있으니 대하기가 어렵지 않은데, 창천존의 지기인 진유선은 그들보다도 한 배분이 높으니 편하게 대할 수가 없는 것이다.

결국 그들의 인사는 몹시 어색하게 끝나고 말았다.

"여시주께서 바로 지괴셨구려. 어흠, 험!"

"반갑소이다, 진 여협. 나는 막가 사람으로, 이름은 현우라 한다오. 강호 동도들은 운해추룡이라 부르지요. 크흐음, 예서 이럴 게 아니라 가면서 말씀 나누십시다."

각원 대사의 말이 끝나자 운해추룡 막현우가 난감한 얼굴로 길을 재촉했다.

어색한 분위기 속에서 일행이 다시 걸음을 옮겼다.

연호진이 이상하다는 듯 주변을 흘끔거렸다.

'아까부터 예기(銳氣)가 계속 느껴지는 것 같은데…….'

방금 인사를 나눈 무림 명숙들에게서 칼날 같은 예기가 느껴진다. 지금은 여유롭게 웃고 있지만, 장난으로라도 툭 치면 바로 목이 베어버릴 것 같은 섬뜩한 기분이 들었다.

슬픔과 분노가 뒤섞인 무거운 공기도 이상하긴 마찬가지였다.

연호진의 표정이 한층 더 심각해졌다.

'이와 같은 분위기 속에서도 어떻게 여유를 가질 수가 있는 걸까?'

전장을 앞두고도 여유를 잃지 않는 노회한 강호인들을 어린 연호진이 이해할 수 있을 리가 없다. 재차 명숙들을 흘끔거리던 연호진이 고개를 절레절레 젓고는 이번엔 소량을 바라보았다. 그와 함께 여행하던 사오 년 전처럼 마음이 든든해지고 안심이 된다.

소량 사형은 진 누이의 손을 잡고 걸어가며 마차 안의 누군가와 대화를 나누고 있었다. 진 누이는 너무 울어서 퉁퉁 부은 눈을 하고서 마차 안을 열심히 바라보고 있다.

"이 녀석이 내 막냇동생이라오, 영 누이. 내 엄사(嚴師)가 되지 못해 천방지축으로 자라난 감이 있긴 하지만, 천성이 나쁘지 않은 아이지. 아진도 이리 오너라."

소량이 손을 휘저어 연호진을 불렀다.

연호진은 그 곁으로 걸어갔다. 체면 불구하고 안을 들여다보니 어느 여협이 마차의 벽에 등을 기대고 있는 것이 보인다.

마차 안에 있던 제갈영영이 미소를 지어 보였다.

"소협께서 바로 진 가가의 사제되는 분이시로군요. 저는 제갈세가의 여식으로 이름은 영영이라 합니다. 상처를 입어 제대로 인사를 할 수 없음을 양해해 주길 바라요."

"아닙니다. 연호진이 제갈 여협을 뵙습니다."

인사를 마친 연호진이 눈을 휘둥그레 뜨며 소량을 바라보았다. 가가니, 누이니 하는 것을 보니 의남매를 맺었거나 정인인 것이 분명한데, 어느 쪽이든 놀라지 않을 도리가 없는 것이다.

'진 가가'라는 호칭이 이상하게 들릴 수도 있다는 것을 뒤늦게 깨달은 소량이 머쓱한 표정을 지어 보일 때였다.

그러는 사이, 마침내 일행이 무림맹의 무인들이 있는 곳에 당도했다.

소량은 영화를 보고는 희미하게 미소를 지었다.

"오랜만이로구나, 영화야."

"소량 오라버니……."

영화가 멍한 얼굴로 소량을 살펴보았다.

도대체 어째서일까? 소량보다 그가 입은 남루(襤褸)한 마의가 먼저 보인다. 자신이 입은 화려한 비단 궁장과는 너무나 비교되는 초라한 옷차림이었다.

자신의 옷자락을 찢어버릴 듯 움켜쥐었던 영화가 아랫입술을 짓씹으며 그것을 참아내었다.

고개를 푹 숙인 영화가 조그마한 목소리로 웅얼거렸다.

"많이 다치셨다… 들었어요, 오라버니."

"한때는 그랬지만 지금은 괜찮구나. 걱정하지 않아도 된다."

소량의 음성은 너무나 평온했다. 영화를 오랜만에 만난 것이 반가워 환하게 웃음을 짓고 있는데, 그 웃음 또한 영화의 마음을 무너지게 했다. 가난했던 자신은 어느새 변했는데, 승조 덕택에 이처럼 비단 궁장을 입고 고급스러운 음식을 먹고 살았는데 오빠는 아니었다.

오빠를 어린 시절의 남루 속에 혼자 두고 자신만 변해 버린 것 같은 기분이 들었다.

그래, 생각해 보면 오빠의 남루 위에 살아온 셈이었다.

고아였을 때는 그가 양보해 준 먹거리를 먹고살았고, 자라서는 그가 벌어온 돈으로 끼니를 때웠다. 지금도 그는 강호를 떠돌고 있는데, 자신은 안전한 곳에서 지내고 있었다.

영화는 감정이 격해지는 것을 느꼈다.

영화는 눈을 질끈 감고 감정을 다스렸다.

잠시 뒤, 영화가 소량에게 '정말로 다친 곳이 없느냐' 고 재차 질문을 던졌다.

소량이 고개를 끄덕이자, 영화가 의구심 섞인 표정으로 한숨을 푹 내쉬더니 이번엔 주변에 있는 무림 명숙 한 명, 한 명을 찾아가 예를 올렸다.

인사를 모두 마친 후에는 유선이 있는 곳으로 걸어간다.

유선이 그런 영화를 이상하다는 듯 바라보았다.

"언니야, 언니야. 왜 그래?"

"아무것도 아니야, 유선아."

영화가 희미한 미소를 지어 보이고는 마차 안으로 시선을 돌렸다.

제갈영영은 몹시 난감한 얼굴로 몸을 일으키려 애썼다.

"반가워요, 진 소저. 와… 진 가가께 말씀 듣긴 했지만, 정말 미인이시로군요."

"진 가가……?"

영화가 의아한 얼굴로 유선을 돌아보았다.

유선이 너무 울어 퉁퉁 부은 얼굴로 웃음을 지어 보였다.

"영화 언니! 이 언니는 강호행을 하다가 큰오빠랑 만난 언니인데, 어느새 친해져서 오빠를 가가라고 부르게 됐대!"

영화가 눈을 휘둥그레 뜨며 다시 제갈영영 쪽으로 시선을 돌렸다. 잠시 머뭇거리던 영화가 작게 읍을 해보였다.

"예가 늦었군요. 저는 무한 사람으로 성은 진가요, 이름은 영화라 합니다."

"저는 운중 사람으로 성은 제갈이요, 이름은 영영이라 합니다. 상처를 입은 까닭에 예를 제대로 갖추지 못하니, 부디 양해해 주시길 바랍니다."

제갈영영의 표정이 긴장한 듯 변해갔다. 이유는 모르겠지만, 어째서인지 위축되는 느낌을 금할 수가 없다. 이럴 줄 알았으면 깨끗이 씻고 옷차림을 다시 다듬는 건데…….

"괘념치 마세요. 어쩔 수 없는 일인 걸요."

영화가 어색한 얼굴로 미소를 지어 보이고는, 소량을 흘끔 돌아보았다. 어떻게 된 일인지 물어보고 싶은데, 당유회와 대화를 나누고 있으니 물어볼 수도 없다.

영화와 달리, 유선의 머릿속은 명쾌하도록 단순했다.

'가가니, 누이니 부르는 걸 보면 큰오빠와 혼인을 하려나 보다. 와아! 무창의 동무들이 이 사실을 알면 다들 놀라고 말걸? 다들 새언니와 형부가 있었지만 나만 없었는데!'

동무들은 '새언니는 너무 착해서, 부탁을 하기만 하면 모두 다 들어준다' 고 자랑을 하곤 했다. 설령 그게 무리한 부탁이라 해도 새언니는 시누이 앞에서 꼼짝도 못 한다는 것이다.

"제갈 언니, 언니가 우리 새언니가 되는 건가요?"

유선이 마차 안으로 기어 올라오며 질문하자 제갈영영의 안색이 급변했다.

아직 결정된 것은 아무것도 없는데 곽 의원님은 혼서 이야기를 꺼내질 않나, 진 가가의 동생은 새언니 타령을 하질 않나… 상황이 너무 빨리 변하는 느낌이 든다.

하지만 기분이 과히 나쁘지만은 않았다.

제갈영영은 은근슬쩍 자리를 비켜 유선의 자리를 마련해 주었다.

반면, 영화의 얼굴은 당황으로 물들어가고 있었다.

"유선, 아프신 분께 무슨 짓이니? 어서 내려와. 그리고 우리 마차로 가 있어. 어서!"

"하지만 드디어 시누이가 될지도 모르는데……."

영화가 눈을 엄하게 뜨며 외쳤다.

"진유선!"

"칫!"

유선이 입술을 삐죽 내밀고는 무어라 툴툴대며 마차로 걸어갔다. 각원 대사, 청허 진인과 대화를 나누던 당유회가 걸어온 것은 바로 그때였다.

"다들 기력이 남아 있다고 하니 굳이 휴식을 취할 필요가 없을 듯합니다. 바로 출발하시지요. 으음? 표정이 왜 그렇소, 진 소저?"

당유회가 의아한 표정으로 영화를 바라보았다.

영화는 대답 없이 길게 한숨을 내쉴 뿐이었다.

第八章
휴식(休息)

1

사천에 진입한 무림맹은 성도(成都)에 위치한 당가에 자리를 잡았다고 했다. 마침 지금 있는 장소가 성도에서 멀지 않으므로, 일행은 휴식을 취하는 대신 밤을 도와 길을 달리기로 했다.

소량은 영화가 타고 온 고급스러운 마차에 올라 그간의 사정을 전해 들었다. 영화의 말에 따르면 자신이 떠나던 날에 태승이, 그 이후에는 승조마저 행적이 묘연해졌다고 한다.

소량이 몸을 앞으로 숙이고서 양손으로 얼굴을 덮었다.

"…이 녀석들이 다 컸다고 아주 제멋대로 구는구나."

"죄송해요, 큰 오라버니. 제가 승조 곁에 붙어 있었어야 했는데."

승조는 '무림맹과 끈을 만들어둬야 하는데, 누이가 그 역할을 해달라' 라고 부탁하여 영화를 무림맹으로 보냈다. 영화는 무림맹에 도착한 후에야 자신이 속았음을 깨달았다.

영화는 다급히 신양상단으로 사람을 보내어 승조를 찾았지만, 승조의 행적은 이미 묘연해진 후였다. 신양상단에서는 극구 부인하고 있지만 영화는 그 사실을 확신할 수 있었다.

"되었다. 그 영악한 녀석이 속이려면 누군들 못 속이겠느냐? 내가 네 자리에 있었더라도 꼼짝없이 속고 말았을 것이다. 이건 네 잘못이 아니야."

몸을 앞으로 숙이고 있던 소량이 고개를 슬며시 들어 영화를 바라보았다. 치맛자락을 꼭 움켜쥔 영화의 눈에는 눈물이 핑 고여 있었다.

"영화야, 내 눈을 보아라."

영화가 소맷자락으로 눈가를 훔치며 소량을 바라보았다.

소량이 흔들림 없는 얼굴로 차분하게 말했다.

"다시 말하지만 자책할 필요 없다. 이건 네 잘못이 아니야."

"…네."

영화가 마음을 진정시키려는 듯 심호흡을 했다. 옆자리에 앉아 있던 당유회가 안쓰러운 듯 그녀의 어깨에 손을 가져갔다. 남녀가 유별하니 원래대로라면 해서는 안 될 일이었지만, 당유회는 그간의 친분을 빌미로 그녀의 어깨를 두드리며 위로했다.

소량이 그것을 못 본 체하며 중얼거렸다.

"짐작하기로는 혈마곡에 납치된 것 같다? 허! 납치가 아니라 혈마곡에 제 발로 찾아간 것이겠지. 뭔지는 모르겠지만 그 녀석, 나름대로 계책을 꾸민 모양이다. 태승이는?"

"승조와 달리 태승이는 어디로 간 건지 짐작조차 가지 않아요. 당 대협의 도움을 받아 흔적을 찾고는 있지만, 작은 흔적 하나도 발견하지 못했습니다."

태승이 시체로 돌아오는 악몽을 수도 없이 꾸었던 영화가 초췌한 얼굴로 중얼거렸다.

"괜찮겠지요, 오라버니? 승조와 달리, 태승이는 어린 시절부터 신중하고 점잖았잖아요. 승조처럼 위험을 자청하지는 않을 것 같은데……."

소량은 그 말이 옳다는 듯 고개를 두어 번 끄덕였다.

하지만 소량의 내심은 전혀 다른 생각을 하고 있었다.

'아니, 그렇게 안심할 일이 아니구나. 승조는 원래부터 실리를 중시하는 성격이라 얄팍한 길도 마다하지 않았지만, 태승은 어린 시절부터 대로(大路)가 아니면 걷질 않던 녀석이었다. 그것이 옳은 일이라면, 그 녀석은 목숨을 도외시하고 나

설 거야.'

소랑의 입에서 긴 한숨이 새어 나왔다.

문득 헤어지던 날 승조가 외치던 말이 떠올랐다.

"우리도 다 컸어요! 애가 아니란 말입니다! 혈마곡이 어디 형님만의 원수랍니까? 제게는 사지인 곳이 형님께는 사지가 아니랍니까? 언제까지고 저를 어린애로만 보실 참입니까! 그거 아세요? 형님이 하는 건 과보호예요!"

"정말로 다 컸구나. 다 컸어."

승조의 말대로, 동생들은 이제 어른이 되어 있었다. 어른의 그늘 아래 보호받던 과거와는 달리, 나름대로 뜻을 세우고 그 길로 나아가고 있는 것이다.

그렇다면 믿고 지켜보는 것이 옳다.

하지만 믿고 지켜보는 것이 이렇게나 괴로울 줄은 몰랐다.

소랑은 심각한 얼굴로 승조를 떠올렸다.

'워낙에 머리가 좋은 녀석이니 승조의 계책은 결코 허황된 것이 아닐 것이다. 그 녀석이라면 틀림없이 성과를 거두겠지. 문제는 그것이 퇴로를 염두에 둔 계책인가 하는 점이다.'

무슨 계책인지는 모르겠지만, 퇴로를 염두에 두지 않은 계책이라면 설령 그것이 성공한다 해도 목숨을 잃게 될 터였다.

괴로워도 믿고 지켜보겠다고 생각하고는 있지만, 목숨의 위기마저 방관할 생각은 없었다.

'역시 최대한 빨리 청해로 가야겠다.'

그렇다면 태승의 경우에는 어찌해야 하는가? 드넓은 중원에서 사람을 찾기란 짚더미에서 바늘을 찾는 것과 같으니 소량으로서도 뾰족한 수를 낼 수가 없었다.

곰곰이 생각하던 소량이 미간을 찌푸렸다.

'태승이는 일단 대백부(大伯父)께 부탁을 드려야겠다. 할머니와 승조를 찾은 이후에는 내가 직접 찾아보고…….'

상념에 잠겨 있던 소량이 천천히 시선을 돌렸다. 영화의 얼굴에는 초조함과 불안감이 한가득 떠올라 있었다.

제 얼굴에도 같은 감정이 떠올라 있음을 뒤늦게 깨달은 소량이 억지로나마 미소를 지으며 영화에게 농담을 건넸다.

"언제는 아니라더니?"

"네?"

소량의 말에 영화가 의아한 듯 고개를 들었다.

소량이 턱짓으로 그녀의 어깨에 얹힌 손을 가리키자, 당유회가 화들짝 놀라며 자신의 손을 치웠다. 당황하여 어쩔 줄 모르는 두 남녀를 바라보던 소량이 실소를 머금었다.

소량이 자신을 위로하기 위해 농담을 한다고 생각한 영화가 힘없이 어깨를 늘어뜨렸다. 조금 전, 소량을 처음 보았을 때 느꼈던 감정이 또다시 영화에게 찾아왔다.

영화는 저도 모르게 눈을 질끈 감고 말았다.

"사정을 들었으니 되었다. 나는 내 나름대로 방법을 강구해 보마. 밤공기가 차가우니 옷깃 여미고 있어라."

말을 마친 소량이 가볍게 창틀을 툭 두드렸다.

"헉?"

당유회의 눈이 찢어질 듯 부릅떠졌다. 소량에게서 아무런 내력도 느끼지 못했는데, 그가 창틀을 두드리자마자 서늘했던 마차 안에 온기가 돌기 시작한 것이다. 천지간의 기운을 이처럼 마음대로 움직일 수 있다면, 호풍환우(呼風喚雨)도 꿈만은 아니지 않겠는가!

"지, 진 대협! 이게 어떻게……."

"당 대협도 나오시는 것이 좋겠소. 주변의 시선이 무섭구려."

소량이 희미하게 미소를 지으며 말했다.

다음 날 아침이 되었을 무렵이었다.

성도로 이어지는 관도에는 한 명의 중늙은이가 서성이고 있었다. 수적(水賊)이라도 되는 양 품이 좁은 옷을 입고, 비도 열세 자루를 꿰어놓은 가죽띠를 몸에 두른 노인이었다.

그는 바로 수생검(水生劍) 서영권(徐英勸)이었다.

불안한 듯 주위를 서성이며 관도를 지켜보던 서영권이 곧 눈을 부릅떴다. 멀찍이서 무림맹의 선발대와 천애검협의 일행이 보이기 시작한 것이다.

"진 대협! 진 대혀어업!"

서영권이 연신 진 대협을 외치며 앞으로 달려 나갔다. 경공의 조예가 깊지 못해 삼 리를 뛴 후에는 멈춰서 숨을 헉헉대야 했지만 말이다.

그렇게 한참을 달리다 보니 마침내 소량의 모습이 보였다.

서영권이 녹진녹진해진 몸으로 외쳤다.

"진 대협! 몸은 괜찮으십니까!"

"서 대협!"

제갈영영의 앞에 앉아 있던 소량이 반가운 얼굴로 마차에서 뛰어내렸다. 목소리를 들어 그가 다가오고 있음을 알고 있었으나, 막상 얼굴을 보니 반가운 마음을 금할 수가 없다.

"이런 곳에서 뵙게 될 줄은 미처 몰랐습니다, 서 대협."

"몸은 좀 어떠… 후아아! 아이구, 삭신이야! 진 대협! 몸은 좀 어떠십니까! 혈마곡의 빌어먹을 악적들이 감히 진 대협을 해하여… 후아아!"

"숨부터 고르십시오, 서 대협. 저는 무탈합니다."

서영권은 호흡을 고르는 대신, 연신 소량의 얼굴 이곳저곳을 살폈다. 안도한 탓인지, 아니면 너무 달려 지친 탓인지 서영권의 신형이 한 차례 휘청거렸다.

"그러면 그렇지요. 누가 있어 감히 진 대협을 해하겠습니까? 후우— 제가 늙은 탓에 공연한 염려를 한 게지요. 암, 암. 그렇고말고요."

마차를 짚어 몸을 추스른 서영권이 지친 얼굴로 주위를 둘러보았다. 마중이랍시고 나온 것이지만, 성도를 코앞에 두고 걸음을 멈춰 세운 꼴이니 민망하기 짝이 없다.

"이런, 제가 추태를 부렸군요. 어서 가십시다. 당가타에 본진을 설치하였으니 여독을 푸시기에 부족함이 없을 것입니다."

"후의에 감사드립니다."

소량이 마차 안에서 창틀을 두드렸듯 서영권의 명문혈을 가볍게 두드렸다.

"어?"

서영권이 의아한 표정을 지었다. 호흡도 호흡이지만, 내력을 무리하게 소용한 탓에 기맥이 갑갑하기 짝이 없었는데 한 순간에 몸이 편해진 것이다.

'설마 내 등을 두드린 것만으로……?'

깜짝 놀란 얼굴로 소량을 바라보던 서영권이 고개를 절레절레 저었다.

'에이, 그럴 리가. 그런 것이 가능하다면 신선이라고 해야겠지.'

하지만 천애검협이라면 불가능할 것 같지가 않다.

서영권이 의구심이 잔뜩 섞인 얼굴로 소량을 바라볼 때였다.

소량이 근심 섞인 얼굴로 질문을 던졌다.

"대백… 아니, 맹주님은 당가타에 계신지요?"

"아! 맹주님과 몇몇 수뇌부들은 아미산에 들린 참입니다. 떠나신 지 꽤 되었으니 늦어도 오늘 밤이나 내일이면 돌아오시겠지요. 그리고……."

서영권이 은근한 어조로 중얼거렸다.

"저번과 같은 일이 있을지 몰라 외진 곳에 거처를 마련해 두었습니다."

소량의 입가에 쓴웃음이 떠올랐다. 과거에는 그것을 원했을지도 모르겠으나 지금은 그리되어도, 그리되지 않아도 상관이 없다.

뒤늦게 여유를 되찾은 서영권이 걱정스러운 눈빛으로 주변을 둘러보았다. 기라성 같은 고수들이 많은데 굳이 천애검협만 붙잡고 있었으니 걱정이 아니 될 수가 없는 것이다.

"잠시 자리를 비워도 괜찮겠습니까? 다른 분들께도 예를 올려야겠습니다."

소량은 '어서 가보십시오' 라며 서영권을 보냈다. 일행이 다시 출발하여 성도로 향하는 동안, 서영권은 무림 명숙들을 찾아가 머리를 숙여 예를 표했다.

그렇게 반 시진 정도를 더 가다 보니 마침내 성도가 보였다. 성도에 들어서자, 검도창(劍刀槍)을 패용한 채 바삐 움직이던 무인들이 걸음을 멈추고 마차를 살피며 수군거렸다.

상통을 지나 당가타에 도착하자 서영권이 재빨리 앞으로 달려가 문지기들과 대화를 나누었다. 그렇게 당가타 안으로 들어서니 수많은 사람이 인산인해를 이룬 것이 보였다.

"와아아—!"

"신협(神俠) 진 대협!"

"진정으로 감탄했소이다!"

소량의 얼굴을 본 무인들이 저마다 감탄을 터뜨렸다. 진무십사협이 겪은 행보를 알기 때문에 환호성을 지르거나 하지는 못했지만, 찬탄만큼은 금할 수가 없었던 것이다.

"이건……."

소량이 이해할 수 없다는 듯 옆을 돌아보았다.

그의 옆에 서 있던 각원 대사가 희미하게 웃으며 전음성을 남겼다.

[피하지 말고 호응해 주시구려. 당금 혈마곡의 선봉을 막은 이는 오직 진 시주와 진무십사협뿐이오. 진 시주께서 그것을 달갑게 여길지, 꺼릴지는 모르겠으나… 맹의 무인들에게 진 시주는 상징이나 다름없소이다.]

소량은 할 말을 잃은 표정으로 다시 수많은 무인들에게로 시선을 돌렸다. 잠시 머뭇거리던 소량이 무인들의 틈바구니에서 누군가를 발견하곤 움직임을 멈추었다.

'…운송 도장.'

무인들의 틈에 청성파의 운송자가 서 있었다. 혈마곡의 추적을 피해 대읍으로 향하였던 청성파의 문도들은 천신만고 끝에 무림맹의 본대와 만나 성도에 도착할 수 있었던 것이다.

소량을 본 운송자가 미소를 지어 보이려는 듯 입술을 달싹였다. 하지만 눈물이 가득 고인 얼굴은 일그러지기만 할 뿐, 결국 미소를 지어 보이지 못했다.

친형처럼 여겼던 사형의 죽음에 대한 슬픔, 동료들의 죽음을 뒤로하고 살아 나온 자의 회한…….

수많은 감정 속에 빠져 있던 운송자가 눈을 질끈 감더니, 양손을 굳게 모아 장읍했다.

그와 똑같은 감정으로 운송자를 바라보던 소량이 양손을 모아 마주 장읍했다.

"헉? 진 대협을 뵙소이다!"

소량이 읍하는 것을 본 장내의 무인들이 우렁차게 외치며 마주 읍을 해보였다. 한 명은 수많은 무인에게, 수많은 무인은 한 명에게 머리를 숙이는 모습은 장관이라 할 수 있었다.

너무나 씁쓸한 환대(歡待)였다.

•

2

소량이 당가타에 도착한 날로부터 하루의 시간이 더 흘렀다.

소량은 초조한 기색 없이 진무극을 기다렸다. 할머니와 승조, 태승이 사라진 지금이고 첩혈행로에서 겨우 목숨을 건진 지금이건만, 소량의 표정은 일견하기엔 태평하기까지 했다.

영화는 그런 소량을 이해하지 못했다. 하루 열두 시진을 근심으로 보내도 모자랄 판에 아무렇지도 않다는 듯 시간을 보내고 있으니 알 수가 없는 것이다.

"…아무래도 내가 이상하게 보이는 모양이지."

당가타의 연무장 앞에 앉아 있던 소량이 영화의 시선을 떠올리고는 한숨을 내쉬었다. 연호진이 의아한 얼굴로 소량을 살펴보았다.

"그게 무슨 말씀이십니까, 사형?"

"아니, 네게 한 말이 아니니 신경 쓸 것 없다. 그보다 말투가 많이 정중해졌구나. 예전에는 언행에 귀엽지 않은 것이 없었는데, 이제는 나도 말을 함부로 해서는 안 되겠어."

"아닙니다. 관례도 겨우 치른걸요."

"하하하! 벌써 관례를 치렀더냐?"

연호진이 홍조를 띤 얼굴로 말하자 소량이 껄껄 웃음을 터뜨렸다. 그리고는 연호진이 들고 있는 도를 물끄러미 바라본다.

"알다시피 나는 가전 무공을 익힌 탓에 집안의 허락을 받지 않고서는 다른 사승을 이을 수가 없다. 훗날 집안 어르신을 뵙긴 했지만, 몸이 온전치 않으신 까닭에 안타깝게도 허락을 받지는 못했구나."

'아직 허락을 받지 못했다' 는 말에 연호진의 표정이 시무룩해졌다.

"하지만 단 노사의 진전을 이은 것을 부정할 생각은 없다. 너를 사제로 둔 것도 마찬가지고. 사형이 되어서 아무것도 해주지 못했으니, 그게 미안할 뿐이구나."

"아, 아니에요! 사형은 정말 많은 것을 해주신걸요!"

연호진이 황급히 고개를 저었다. 죽을 목숨을 살려주고, 동생의 무덤에 함께 가주기로 약속하였는데 무엇을 더 바라랴? 오히려 평생이 가도 갚지 못할 은혜를 입은 셈이다.

소량이 고개를 슬며시 저었다.

"진담이다. 스승께 배우는 것만은 못하겠지만, 함께 배우는 사람의 조언은 그 나름대로 큰 도움이 되는 법인데 너는 너무 외롭게 배웠어. 어디, 도초를 한번 보자."

소량이 허리를 곧게 펴고 말하자 연호진이 도를 들어 기수식을 펼쳤다. 그리고는 태룡도법을 익히기 전에 입문공(入門功)으로 배운 단혈십삼도세(斷血十三刀勢)를 펼쳐 나간다.

체계적으로 태룡도법을 배운 적이 없던 소량으로서는 처

음 보는 무공이었다.

"단혈십삼도세라 하였더냐? 내 비록 배우지는 못하였지만, 어찌하여 그 도법을 입문공으로 가르치셨는지는 알 것 같구나."

단혈십삼도세는 전육식(前六式), 후칠식(後七式)으로 나뉜다. 전육식 중 앞의 세 초식은 내력을 펼쳐 공격하는 것이요, 뒤의 세 초식은 쏟은 내력을 다시 취해 방어를 하는 것이다.

무론만큼은 태룡도법 중 태룡과해와 같다고 할 수 있었다.

전육식을 마친 연호진이 단정하게 서서 말했다.

"단혈십삼도세는 사부님께서 이립(而立)에 창안하신 무공이라고 하셨습니다."

"역시 그렇구나."

소량이 고개를 끄덕이자 연호진이 후칠식을 펼치기 시작했다.

단혈십삼도세의 후칠식은 온전히 힘을 끌어모으는 데 집중한다. 도기상인의 경지에 이르거든 검기가 집중될 테고, 도기성강의 경지에 이르면 강기가 집중되리라.

그렇게 집중된 힘이 응축되면 도환이 된다.

연호진의 연무를 통해 단혈십삼도세의 개괄을 파악한 소량이 연호진에게 말했다.

"자세를 지금보다 더 낮추어야겠구나. 보보가 단단하지 못하면 균형이 흔들리지. 알고 보면 진각을 밟는 것도 내력을 끌어 올리기 위함이 아니더냐?"

연호진이 주춤거리며 자세를 낮추었다.

자세를 낮추고 보니 초식을 잇기가 쉽지가 않다. 하체의 힘이 부족해서라기보다는, 평소와 다른 자세가 어색한 탓이었다. 연호진의 초식이 꼬이자 소량이 단호하게 외쳤다.

"절(絶)!"

천둥 같은 목소리에 깜짝 놀란 연호진이 얼른 도를 수습했다.

소량이 바닥에서 돌멩이 하나를 주워 들었다.

"원래 도는 베는 것을 주로 하는 무기니, 끊어 친다는 말을 쉽게 이해하기는 어려우리라. 하지만 네가 익힌 도결에는 절의 묘리가 섞여 있다."

소량이 허공에 돌멩이를 집어 던지고는 검결지로 바닥으로 떨어지는 돌을 베어나갔다. 손가락이 지나가자 돌멩이가 두 조각 나며 바닥에 떨어졌다.

"보통의 경우엔 이러하다. 하지만 베어낸 직후 바로 도를 수습하면 이야기가 다르지."

또 다른 돌멩이를 던진 소량이 검결지로 그것을 베어나갔다. 다만 돌멩이를 베어내자마자 흐름을 끊어 다시 끌어당긴다는 점이 달랐다. 말하자면 두 번 도초를 펼치는 셈이었다.

"내뻗던 힘을 중간에 끊는 셈이니 자칫하면 근골에 무리가 간다. 이건 내력의 운용을 전제로 하지 않으면 불가능한 도결이야. 만약 절의 묘리가 이보다 더 많이 섞였더라면 틀림없이 괴공(怪功)이 되었을 거다."

"아아, 그렇구나!"

연호진이 크게 감탄을 터뜨렸다. 스승님은 '초식과 내력의 운용이 일체가 되어야 비로소 단혈십삼도세를 실전에서 펼칠 수 있을 것' 이라 했는데, 그 이유만큼은 말씀해 주지 않으셨던 것이다. 이제야 그 이유를 알게 된 연호진이 물끄러미 서서 내력을 일으켜 보았다.

소량은 연이어 연(聯)과 회(回)의 묘리를 가르쳤다.

연호진이 단혈십삼도세를 열 번쯤 펼치자 소량이 고개를 주억거렸다. 물론 완전하지는 못하지만 몇 가지 단서는 잡은 듯하니 계속 수련하면 얻는 것이 적지 않으리라.

연무장에 영화가 나타난 것은 바로 그때였다.

영화는 연무장 앞에 앉아 있는 소량을 이상하다는 듯 바라보다가 작게 한숨을 내쉬었다.

"오라버니, 대백부님께서 도착하셨어요."

"벌써? 예상보다 빨리 오셨구나."

소량이 천천히 자리에서 일어나더니 엉덩이를 툭툭 털었다. 연호진이 아쉬운 기색을 보이자 소량이 피식 웃고는 그의 머리를 헝클어뜨렸다.

"오늘은 여기까지 하자. 다음에 기회가 또 있겠지."

연호진이 '예, 사형' 이라고 대답하고는 소량이 떠날 때까지 자리에 서서 시립했다. 소량은 '어서 들어가 봐라' 는 뜻으로 손을 흔들어 보이고는 영화와 함께 걸음을 옮겼다.

당가타의 내당으로 향하는 동안, 영화는 한 마디도 꺼내지 않았다.

"눈치만 보는구나. 할 말이 있으면 해라."

소량이 함께 걸어가는 영화를 흘끔 돌아보았다.

영화가 고개를 푹 숙인 채 말했다.

"…떠날 생각이시지요, 오라버니?"

영화가 소량에게로 시선을 돌렸다. 소량은 영화를 바라보는 대신 앞을 보고 있을 뿐이었다.

"지금 당장 떠나지는 않더라도, 떠나는 것만은 분명한 사실이겠지요."

"그래. 백부님을 뵙거든 바로 떠날 생각이다."

"그런데 오라버니의 표정은 너무나 평온해 보이는군요. 생로보다는 사로에 가까운 길을 가는데 아무렇지도 않나요? 그렇게 다쳤으면서, 수도 없이 죽음을 목전에 두었으면서."

영화가 소량의 옷깃을 잡아채며 걸음을 멈추었다. 소량을 처음 보았을 때 느꼈던 날카로운 감정이 또다시 그녀의 가슴으로 치밀어 올랐다. 어린 시절엔 오빠의 남루 위에 살았고, 지금은 강호를 떠도는 오빠에게 모든 것을 맡기고 살았다. 알고 보면 모두 오빠가 누렸어야 할 것들인데, 그에게는 누구보다 그것을 누릴 자격이 있는데…….

"이러느니 차라리……."

영화가 소량의 소맷자락을 꽉 움켜쥐었다. 그리고 절대 꺼내고 싶지 않은 말을, 평생 꺼낼 일이라고는 없을 거라고 생각했던 말을 힘겹게 꺼내 들었다.

"차라리 할머니를 포기해요."

갑자기 누군가가 칼로 가슴을 후비는 듯한 기분을 느꼈다.

영화는 소량의 소매를 놓고는 양손을 가슴으로 가져갔다. 자신이 한 말을 스스로 믿지 못하겠다는 듯 휘청거리던 영화가 더 이상 걸음을 내딛지 못하고 무너져 내렸다.

영화가 넋이 나간 얼굴로 중얼거렸다.

"하, 할머니께서는 이미 돌아가셨을지도 몰라요. 만약 그런 거라면… 나는, 나는 할머니를 찾으려다 오라버니까지 잃을까 봐 무서워요. 흑, 흐흑. 이제 그만해요."

입 밖으로 내면 그것이 현실이 될까 봐 한 번도 말하지 못했던 생각을 토해낸 영화가 양손으로 얼굴을 감싸 쥐었다. 그렇게 괴로워하면서도 영화는 말을 멈추지 않았다.

"승조는 상인이 되었으니 무사히 돌아오기만 하면 잘살 수 있어요. 태승이는 서원에 보내면 되고, 저와 유선이도 걱정할 것 없어요. 다들 어른이 되었으니 이제 오라버니의 남루에 기대어 살지 않아도 괜찮아요. 이제 그만해요, 오라버니. 이제 그만 당신의 인생을 찾아요."

"그래, 다들 어른이 되었더구나."

소량이 영화의 앞에 한쪽 무릎을 꿇고 앉았다.

"승조는 상인이 되었고, 태승이도 뜻을 세우고 세상으로 떠나갔지. 유선이도 훌쩍 컸고… 아니, 생각해 보면 너희들뿐만이 아니라 나도 변했구나."

소량의 입가에 쓴웃음이 떠올랐다.

"나는 무인(武人)이 되었다."

"오라버니……!"

영화는 차마 소량을 더 보지 못하고 눈을 질끈 감았다. '무인이 되었다' 는 말에서 소량의 심정을 짐작한 것이다. 만약 할머니가 아니어도 오빠는 다시 강호로 떠날 것이 분명했다.

"그리고 이유를 대라면 말하지 못하겠지만, 한 가지 확신하고 있는 게 있는데……."

소량이 자리에서 일어나더니 물끄러미 서쪽을 바라보았다.

"할머니께서는 아직 살아계신다."

서쪽을 바라보던 소량이 눈을 지그시 감았다.

"할머니를 찾으러 강호에 나왔지. 그 생각은 지금도 변함이 없다. 그건 그분의 품이 필요하기 때문이 아니라, 그분을 편히 모시고 싶기 때문일 것이다. 하지만 변한 것도 있구나. 이제 나는 내게 내려진 천명(天命)을 알 것도 같다."

다시 눈을 뜬 소량이 영화를 내려다보았다.

소량의 눈빛이 미안함으로 물들어갔다.

"남겨진 사람의 고통, 지켜만 봐야하는 사람의 고통을 네게 줘서 미안하다, 영화야."

영화의 울음소리가 한층 더 커졌다.

그것을 보는 소량의 마음 역시 무거워지긴 마찬가지였다. 자신이 다 감당하면 했지, 동생들에게는 아무런 것도 남겨주고 싶지 않았다. 아무런 근심도 안겨주고 싶지 않았다.

두 남매는 한동안 그렇게 움직이지 못했다.

무림맹주 진무극은 당가타의 본당에 자리를 잡고 있었다.

본당으로 향하는 동안 수많은 사람이 소량을 흘끔거렸다. 절차 역시 복잡한 모양인지, 시위무사들이 지키는 곳을 다섯 곳이나 통과해야 했다.

맹주가 직접 부른 것이므로, 소량은 멈춤 없이 시위무사들을 지나쳐 본당에 당도할 수 있었다. 본당 앞에 선 소량이 복장을 정제한 다음 시비에게 말했다.

"진소량이 왔다고 고하여 주십시오."

소량은 대백부가 '당분간 내 조카인 것을 발설하지 말라'고 말했던 것을 잊지 않았다. 시비가 얼른 고개를 숙여 보이고는 소량을 가주의 집무실로 안내했다.

집무실 안에는 무림맹주 진무극과 군사 제갈군이 앉아 있었다. 그 옆에는 처음 보는 노무사도 앉아 있었는데, 소량은 쉽게 그의 정체를 유추할 수 있었다.

소매에 당유회와 같은 문장이 새겨져 있었던 것이다.

"진소량이 맹주님을 뵙……."

"백부라 해도 된다. 이제는 숨길 일이 없겠구나."

진무극이 희미하게 웃으며 손사래를 쳤다. 이전이었다면 모르겠으나, 지금은 천애검협의 명성은 천하를 위진하고 있으니 걸릴 것이 없다.

"이제는 네 명성에 내가 도움을 받을 지경이야."

"소량이 대백부님을 뵙습니다."

소량이 미소를 지으며 다시 고개를 꾸벅 숙여 보였다.

진무극이 흡족한 얼굴로 고개를 끄덕였다.

"그래. 몸 상태는 괜찮으냐?"

"염려해 주신 덕택에 무탈합니다."

"천존의 경지에 올랐다는 말을 들었다. 사실이냐?"

소량이 편안한 얼굴로 고개를 끄덕였다.

"그렇습니다."

무림맹의 군사인 제갈군과 당가의 노무사가 믿을 수 없다는 듯 헛숨을 들이켰다.

진무극의 미간이 한 차례 꿈틀거렸다.

"보여줄 수… 있겠느냐?"

소량의 입가에 쓴웃음이 떠올랐다. 집안 어르신 앞에서 무공을 자랑하는 꼴이었지만, 지금으로서는 피할 수가 없었다.

소량은 검결지를 맺어 허공을 가볍게 그었다.

가벼운 손짓만큼이나 그 결과도 가벼웠다. 집무실 우측의 기둥에 작은 실금이 생긴 것 외에는 아무런 변화도 일어나지 않았다.

그러나 진무극은 등골에 소름이 오싹 돋아 오르는 것을 느꼈다.

그는 소량에게서 어떤 내력의 흔적도 느끼지 못하였다. 이는 곧 천지간의 기운이 감응했다는 뜻, 달리 말하면 태허일기공의 육단공에 올랐다는 뜻이었다.

"으으음……."

진무극의 입에서 긴 신음이 새어 나왔다.

第九章
독행(獨行)

1

육단공은 사실상 태허일기공의 완성이라 할 수 있다. 칠단공이 존재하기는 하지만, 그것은 검선(劍仙)의 경지에 오르지 않고서야 얻을 수 없는 경지로 전설에 가까운 것이다.

태허일기공의 전인들 중에서도 칠단공에 이른 사람은 오직 검신 진소월뿐이었다.

'이 아이라면 어쩌면…….'

마음속으로는 그럴 리가 없다고 생각하면서도 의구심을 떨쳐낼 수가 없다.

진무극은 저도 모르게 눈을 질끈 감고 말았다.

당금 사천 당가의 가주인 당호군(唐虎君)도 심각해지긴 마찬가지였다. 그 역시 '천애검협은 자신의 내기를 움직이지 않았다' 는 사실을 알고 있었던 것이다.

당호군은 자신이 지금 미래의 천하제일인(天下第一人)을 마주하고 있음을 깨달았다.

잠시 뒤, 진무극이 긴 한숨을 토해내며 고개를 주억거렸다.

"눈으로 보았으니 믿지 않을 수도 없는 노릇이로구나. 허! 마치 아버님을 보는 것 같았다."

소량이 생각에 잠긴 얼굴로 '진소월' 이라는 함자를 읊조렸다.

이 역시 천명인 것일까? 할아버님의 이름을 자주 듣다 보니 그분과 자신 사이에 또 다른 인연이 있을 것만 같은 기분이 든다. 이미 귀천하신 분이니 그럴 리가 없는데 말이다.

진무극이 소량을 물끄러미 바라보며 질문했다.

"그래, 앞으로는 어찌하려 하느냐?"

소량의 안색이 어두워졌다. 작금에 이르러 무학에 큰 성취를 얻었으니, 맹주이신 백부님께서는 쉬이 놓아주려 하지 않을 것이 분명했다.

머뭇거리던 소량이 다시 고개를 숙여 보였다.

"대백부님께는 죄송한 일이오나……."

"독행(獨行)하려 하느냐?"

진무극이 소량의 말을 끊고 질문했다.

소량이 놀란 얼굴로 그런 진무극을 바라보았다.

"예. 홀로 떠나려 합니다."

"역시 그렇군."

마치 소량이 독행하는 것이 당연하다는 듯, 진무극의 안색에는 거리낌이 조금도 없었다. 이렇게 쉽게 자신을 놓아줄 줄은 몰랐던 소량이 의아한 표정을 지었다.

"하하하! 예상 밖이었던 모양이로군?"

제갈군이 눈썹을 치켜 올리며 말했다.

다만 기이한 것은, 제갈군의 눈빛이 유난히 차갑다는 것이었다. 이전에는 응원이 섞인 따듯한 시선이었다면, 지금의 시선은 원수를 바라보는 시선과도 크게 다르지 않다. 다만 공과 사를 구분할 줄 알기에 사감(私感)을 드러내지 않을 뿐이었다.

"혈마곡에는 혈마뿐만이 아니라 마존이라는 자들이 있네. 그들은 모두 한 손으로 열 손을 감당할 수 있는 고수들로, 맹의 힘만으로는 감당키 어렵지. 아마 우리가 혈마곡의 주력을 상대하는 동안 삼천존께서는 그들을 대적하려 할 걸세. 아닌가?"

"짐작컨대 필시 그럴 것입니다."

소량이 고개를 몇 번 끄덕였다.

"역시 그렇구먼. 정사대전이 두 갈래로 진행되는 셈이야."

가장 먼저 혈마곡의 주력과 무림맹의 주력이 건곤일척의

승부를 벌이게 될 것이다. 그 가운데 온갖 지략이 펼쳐질 것이고, 수많은 무인들의 목숨이 명멸할 것이다.

그만큼 중요한 것이 바로 삼천존과 혈마의 결전(決戰)이다.

두 갈래의 싸움 중 한 갈래라도 패배하면, 결과적으로 패배가 된다. 전자의 싸움에서 패배하면 대란(大亂)의 불길이 천하로 번지게 되고, 후자의 싸움에서 패배하면 천하무림의 무인들은 천존의 도움 없이 혈마라는 걸출한 마인을 상대하게 되는 것이다.

"혹시 자네는 삼천존께서 어떤 방식으로 혈마를 제압할 것인지 들은 바가 있는가?"

소량이 '그것까지는 들은 바가 없다' 며 고개를 저었다. 다만 기이한 것은, 제갈군의 말에 공감하면서도 다른 생각을 하는 듯 심각한 표정을 짓고 있다는 점이었다.

제갈군은 소량의 표정에서 그 사실을 알아낼 수 있었다.

"내 말에 완전히 공감하지는 못한 모양이로군?"

소량이 쓴웃음을 머금으며 고개를 숙였다.

"말씀하신 것도 물론 옳은 말이지만, 삼천존께는 또한 다른 생각이 있으실 것입니다."

"다른 생각이라. 그게 무엇이더냐?"

제갈군 대신, 진무극이 무거운 얼굴로 질문했다.

소량은 눈을 지그시 감더니 한숨처럼 중얼거렸다.

"하늘 끝[天涯]입니다."

혼몽에서 깨어나던 순간, 소량은 세상의 흐름을 보았고 천명을 엿보았다.

천명은 소량을 하늘 끝으로 이끌고 있었다.

진무극 역시 하늘 끝에 대해서 들어본 적이 있었다.

"모든 것이 완성되는 곳, 무극(武極)이자 대각(大覺)이며, 해탈(解脫)이자 진도(眞道)에 이르는 곳."

"삼천존과 혈마는 서로를 대적하는 동시에 스스로의 완성을 꿈꾸고 있습니다. 상대를 꺾는 자가 승자가 되듯, 하늘 끝에 먼저 오르는 자 역시 승자가 될 테지요."

소량의 말이 끝나자 장내에 무거운 침묵이 감돌았다. 하늘 끝에 오른다는 것이 정확히 무슨 의미인지는 모르겠으나, 그것을 우화등선이라 생각하면 이해 못 할 것도 아니다.

우스갯소리로 한낱 인간이 어찌 신선을 꺾겠는가! 만약 혈마가 먼저 하늘 끝에 오른다면 정도 무림, 아니, 하늘 아래 모든 것의 재앙이 되리라.

잠시 뒤, 진무극이 무거운 어조로 입을 열었다.

"하면 너는 어찌하려느냐?"

소량이 눈을 질끈 감고서 대답했다.

"저 역시 천애에 오르려 합니다."

진무극은 문득 도천존을 떠올렸다. 도천존은 자신의 삼 초식을 막아낸 소량에게 '너에게는 하늘 끝에 도전할 자격이 있구나' 라고 말했고, 그것이 소량의 별호가 되지 않았던가!

그리고 몇 년이 지난 지금, 마침내 그 말대로 되고 말았다.

'아버님 역시 하늘 끝을 꿈꾸셨고, 마침내는 그곳에 올라 다시는 세상에 모습을 드러내지 않으셨다. 이 녀석은 어떨까? 만약 이 녀석이 진정으로 하늘 끝에 오른다면…….'

소량을 바라보던 진무극의 눈에 이채가 떠올랐다.

잠시 뒤, 진무극이 웃음을 크게 터뜨렸다.

"하하하! 오만하다 말하고 싶지만 이미 천존의 경지에 올랐으니 그럴 수도 없군. 좋아! 뜻을 세웠다면 가야지. 이미 납득한 바이나, 다시 말하지 않을 수 없구나. 독행하여라, 아량(兒兩). 그리고 하늘 끝에 오르거든, 내게도 그 풍경을 일러주렴."

진무극이 기이한 눈으로 소량을 바라보았다.

"그래, 독행이야 그렇다 치고… 이 일이 모두 끝나면 어찌할 테냐?"

"예?"

소량이 의아한 얼굴로 진무극을 바라보았다.

"이 녀석아, 이 일이 끝나면 너도, 네 동생도 혼사(婚事)를 치러야지. 평생 혼자 살 생각이었더냐? 허! 의도한 바는 아니나, 마침 모일 사람만 딱 모인 셈이로군."

혈마곡과 건곤일척의 승부를 앞둔 지금 혼사라니, 상황에 맞지 않는 말이라 할 수 있었다.

하지만 진무극은 잘되었다는 듯 좌우에 앉은 두 사람을 둘러볼 뿐이었다.

"원래 당가의 가주를 모신 것은, 오대세가의 가주들과 구파일방의 장문인들을 포함해 가장 강호 경험이 풍부한 분이시기 때문이었다. 식견이 넓으시니 조언을 얻고자 했던 게지."

"오대세가의 가주들과 구파일방의 장문인들 중 가장 늙었다는 말을 길게도 하시는구려."

당호군이 수염을 지그시 쓰다듬으며 말했다.

진무극이 허허롭게 웃으며 제갈군을 가리켰다.

"군사를 부른 이유는 말할 것도 없지. 무림맹의 제일지자요, 또한 사사로이는 나의 벗이니 무엇을 숨길까? 하여 이렇게 셋이 모인 것이었는데, 이리 모이기를 잘했구나. 하하하!"

"어……."

소량이 제갈군을 흘끔거리며 침을 꿀꺽 삼켰다. '하늘 끝에 오르겠다' 고 말하던 조금 전과는 전혀 다른 얼굴이었다.

진무극의 눈빛에 어려 있던 광채가 더욱 짙어졌다.

"당가의 소가주가 네 여동생에게 연심을 품은 모양이더구나. 네 여동생도 싫지만은 않은 눈치고… 본래대로라면 어머님께 여쭤야 할 일이지만 부재중이시니 부득이 내가 나서야겠지. 허락을 하는 게 어떨까 싶다만, 네 생각은 어떠하냐?"

제갈군만을 바라보고 있던 소량이 뒤늦게 정신을 차린 듯 당호군을 돌아보았다.

"먼저 영화의 의향을 물어봐야겠지요. 만약 영화가 원한다면 저 역시 허하려 합니다. 다만 당가의 의향이 어떠한지 모르겠습니다만."

"훌륭한 아이더군."

일가의 가주로서 오랜 세월을 지내왔던 당호군은 이미 정치적인 계산부터 개인적인 계산까지 모조리 끝내놓은 상태였다.

당금 진씨 일가의 면면이 어떻던가? 윗배에는 무림맹주와 아미파의 장문사태, 군문제일검과 남궁세가의 안주인이 있고, 동배에는 천애검협과 금협, 완동판관이 있다.

당가로서는 좋아서 춤을 추어도 모자랄 상대인 것이다.

개인적으로도 마음에 들긴 마찬가지였다.

가풍(家風)이 어디 가겠는가?

현숙하기 이를 데 없고, 사리에 밝아 분별없는 짓은 하지 않는다. 아랫사람, 윗사람 가릴 것 없이 공평하게 대할뿐더러 어느 한쪽에 치우치지 않으니 며느리로는 이만한 사람이 없다.

무엇보다 손자 녀석이 홀딱 빠져 있고 말이다.

"이 일이 모두 끝나면 혼서를 넣겠네. 납채(納采)는 해야지."

"허허허! 그래, 납채는 해야지요. 이렇게 번갯불에 콩 구워 먹듯 할 수는 없으니."

진무극이 껄껄 웃음을 터뜨리고는 제갈군을 돌아보았다.

"이쪽에도 논의할 것이 있지. 이보게, 군사. 듣자 하니 내 조카와 자네의 여식이……."

"전 싫습니다."

제갈군이 진무극의 말을 끊으며 말했다.

소량이 당혹스러운 얼굴로 고개를 숙였다.

도대체 어째서일까?

아직 제갈영영과 미래를 계획해 본 적도 없는데 심장이 쿵 떨어지는 듯한 기분이 든다.

제갈군이 이상하다는 듯 진무극을 바라보았다.

"그보다 맹주께서는 어찌하여 갑자기 혼사를 논하신단 말입니까?"

생각해 보면 '하늘 끝에 오르거든 내게도 그 풍경을 알려 달라' 는 말부터가 기이하기 짝이 없다. 진도(眞道)에 이른 이가 어찌 다시 속세로 내려와 풍경을 알려줄 수 있단 말인가?

지금 혼사를 논의하는 것도 마찬가지다. 진무극의 언행은 마치 '하늘 끝에 오르더라도 마지막에는 인간의 자리로 돌아오라' 고 권유하는 듯했다.

'맹주께서는 정말 천애검협이 하늘 끝에 오르리라 보시는 건가?'

제갈군의 시선을 느낀 진무극이 '그 생각이 맞다' 는 듯 눈짓을 해보였다.

"일단 여쭈셨으니 답을 올리자면……."

제갈군은 일단 진무극의 장단에 발을 맞추기로 했다.

"딸아이가 제멋대로 맹을 나섰을 때 어찌나 걱정을 했는지 모릅니다. 그것이 천애검협을 쫓아간 것이라는 사실을 알게 되었을 때는 어찌나 기가 막히던지."

옛 기억을 떠올린 지금 이 순간, 제갈군에게 있어 천애검협은 강호의 역사에 남을 만한 걸출한 무인이 아니라 그냥 사내놈팡이일 뿐이었다.

"천애검협을 찾아간 것은 그렇다고 칩시다. 곧 혈마곡의 마두들에게 포위를 당하더군요."

천애검협을 따라간 딸아이는 난데없이 첩혈행로를 걷게 되었다. 혈마곡의 마두들 틈바구니에서 고립되어 생사조차 모르게 되었던 것이다.

제갈군이 소량에게로 시선을 돌렸다.

"그 소식을 들었을 때 내 기분이 어떠했는지 짐작할 수 있겠나? 딸아이가 살아 있기는 할지, 이미 죽은 것은 아닐지 밤잠을 제대로 이뤄본 적이 없었네!"

딸아이가 살아남았다는 것을 알게 되었을 때에는 체면 불구하고 눈물을 다 흘릴 정도였다.

아니, 살아남았다는 소식을 들은 후에도 마음은 편치 않왔다.

그동안 얼마나 많은 피를 보았으며 얼마나 많은 눈물을 흘렸을까. 금이야 옥이야 키워 세상의 더러운 모습은 하나도 보여주지 않으려 했는데.

그때의 처참한 기억을 떠올리고 보니, 소량의 위치가 한층 더 격하되었다.

"죄송합니다. 제가 심려를 끼쳐 드렸습니다."

소량이 자리에서 일어나 장읍해 보였다.

예의 바른 모습에 제갈군의 표정이 약간이나마 완화되었다.

"훗날 제가 다시 찾아뵙고 사죄를 올리겠습니다."

'훗날' 이라는 말을 들은 제갈군이 무림맹주 진무극을 흘끔 돌아보았다.

아니나 다를까, 진무극의 얼굴에는 만족스러운 기색이 떠올라 있었다.

잠시 뒤, 진무극이 태연한 얼굴로 의자에 몸을 파묻으며 혀를 끌끌 찼다.

"…보아하니 적잖게 고생하겠다, 아량. 이 친구의 마음이 이토록 강팍한 줄은 나도 몰랐어."

"어흠, 험!"

제갈군이 공연히 헛기침을 해보이자 소량의 어깨가 움찔했다.

당호군과 진무극은 물론, 못마땅한 표정이던 제갈군마저 실소를 머금고 말았다.

천존의 경지에 올랐음에도 불구하고 인간의 모습을 이처럼 간직하고 있으니 신기한 느낌마저 든다.

제갈군의 눈빛이 조금씩 온화하게 변해갔다.

'하긴, 원래부터 성품 하나만은 괜찮았지.'

집안 어른을 대할 때나 제 동생들을 대하는 것을 보면 가족을 대하는 마음 하나만큼은 끔찍한 청년이었다. 적어도 바람을 피우거나 처첩을 두어 안사람 속을 썩이진 않으리라.

'동생들을 잘 키운 것을 보면 좋은 아비가 될 것이 분명하고.'

자식들에게 정을 듬뿍 주면서도 필요하면 엄사가 될 수 있는 사람이다.

저런 아비 밑에서 자란다면 최소한 자식이 엇나갈 일은 없을 테고, 자연히 안사람 될 사람도 평안할 것이다.

'문제는 협객의 기질이 있어 객사하기 좋은 팔자라는 건데…….'

지금은 모르겠지만, 천하대란이 정리된 후라면 그것도 별 문제가 안 된다.

혈마를 제외한다면 당금 강호에 누가 있어 천존의 경지에 오른 이의 목숨을 거둘 수 있겠는가? 천하대란이 끝난 후라면 이만한 신랑감이 없는 셈이다.

"쯧!"

제갈군이 혀를 크게 차고는 온화하게 풀어지려는 얼굴을 가다듬었다.

딸아이가 그간 한 고생을 생각하면 이렇게 쉽게 마음을 풀어서는 안 된다. 금이야 옥이야 길러왔던 딸아이를 웬 놈팡이가 훔쳐가려는 것 같아 이유도 없이 못마땅하기도 했다.

그때, 조용히 앉아 있던 진무극이 입을 열었다.

"아느냐? 첩혈행로를 겪었거니와 한바탕 전쟁을 앞둔 지금이지만, 그래도 사람은 오늘을 살고 내일을 꿈꾸어야 하느니라. 내 혼사를 일부러 논한 까닭은 그 때문이다."

소량이 대답 대신 머리를 숙였다.

"큰일을 겪었으니만큼 우려하지 않을 수 없었지. 한데 네 얼굴을 보니 괜한 걱정을 한 모양이다. 보기 좋구나. 진중한 가운데 여유가 묻어 있어."

급작스레 혼사를 꺼낸 것에 대한 변(辨)에 불과했지만, 진무극의 목소리에는 또한 따스한 위로가 어려 있었다.

소량이 미소를 지으며 대답했다.

"염려해 주시니 감사할 따름입니다."

진무극의 얼굴에도 희미한 미소가 어렸다.

"그래, 언제 떠나려느냐?"

"송구스럽지만 백부님께 몇 가지 청을 올린 후에 바로 떠나려 합니다."

'좀 더 쉬지 않고서' 라는 말이 목구멍까지 치솟아 올랐지만, 진무극은 애써 그 말을 참아내었다. 독행을 미리 알고 있었던 것처럼, 곧바로 떠나려 한다는 것도 짐작하고 있었던 진무극이었다.

"몇 가지 부탁이라. 그래, 무엇이더냐?"

진무극이 질문했다.

그로부터 반각 동안, 몇 가지 논의가 오고 갔다. 소량은 승조에 대해 짐작하고 있는 것을 가감 없이 고하였고, 진무극과 제갈군, 당호군은 진지하게 귀를 기울였다.

이야기를 모두 들은 세 명의 무림 명숙은 '금협이 허투루 움직인 것이 아니라면 이 역시 중대사로 취급할 만하다' 고 대답했다.

금협은 어떤 의미로 보면 무림맹이 해온 것보다도 더 큰 공을 세운 사람이다. 그가 계책을 세워 혈마곡에 잠입한 것이 분명하다면, 당금 대란에 큰 역할을 할 것이 분명했다.

소량은 또한 태승의 이야기도 꺼냈다. 진무극은 '조정과 지방관에 인맥이 적지 않으니 그들에게 부탁하여 태승을 찾아보겠다' 고 약속했다.

논의가 모두 끝나자 장내에 무거운 침묵이 감돌았다.

천하대란이 혈마곡의 승리로 끝날지, 무림의 승리로 끝날지는 아무도 모른다.

수많은 목숨을 사지로 몰아넣어야 하는 것은 물론, 스스로의 목숨까지 장담치 못하는 진무극이었다.

소량 역시 마찬가지였다. 천하제일인이라 할 수 있는 혈마를 대적키로 하였으니, 아무리 천존의 경지에 올랐다고 해도 어찌 생사를 장담하겠는가.

"부디 무사하셔야 합니다, 백부님."

소량이 예를 다하여 장읍하자 진무극이 안타까운 듯 미소를 지으며 고개를 끄덕였다.

잠시 뒤, 쉽게 발걸음을 떼지 못하던 소량이 집무실 밖으로 걸음을 옮겼다.

"으으음."

진무극은 소량이 사라진 뒤에야 침음성을 토해냈다.

제갈군이 조금 전에는 말하지 못했던 화제를 꺼냈다.

"허! 나는 하늘 끝에 오른다는 것이 무엇인지 알 수가 없구려. 맹주께서는 어찌하여 상황에 맞지 않는 말을 꺼내셨는지도 모르겠고 말이오."

하늘 끝에 오른다는 것이 소문대로 우화등선한 신선이 되는 것이요, 해탈의 경지에 오른 부처가 되는 것이라면 어찌 인간의 시선으로 그것을 이해할 수 있겠는가?

혈마곡이 일으킨 천하대란조차 그에 비한다면 소소한 인간사에 불과하리라.

제갈군은 현실에서 벗어나 불가해한 신비를 마주한 기분을 느꼈다.

진무극이 허공을 바라보며 읊조렸다.

"나 역시 하늘 끝에 대해서는 알지 못하네. 하지만 그에 오른 사람은 한 명 알고 있지."

제갈군과 당호군의 시선이 동시에 진무극에게 향했다.

"나의 아버님께서는 하늘 끝에 오르고자 하셨고 마침내 뜻을 이루셨네. 무극이자 진도, 해탈이자 등선! 아버님은 홀로 오롯해졌고 다시는 속세에 나타나지 않으셨지."

진무극은 깍지를 끼고는 시선을 아래로 내렸다.

"하지만 나는 또 다른 사람도 알고 있다네. 속세를 버리는 대신 그곳에 남고자 한 사람, 하늘 끝을 앞두었으면서도 인간으로 남고자 한 사람… 바로 내 어머님일세."

"그렇다면……."

"그래. 만약 하늘 끝에 오른다면 그 역시 선택을 하게 되겠지. 하지만 그 선택은 나의 아버님과도, 어머님과도 다른 종류의 선택일 걸세."

진무극의 시선이 한층 더 깊어졌다.

"궁금하군. 만약 협자(俠者)로서 살아온 사람이 하늘 끝에 오른다면 어떤 선택을 내릴까?"

당호군과 제갈군이 동시에 침음성을 내뱉었다.

진무극이 말을 이어나갔다.

"속세를 버리고 홀로 오롯해질까? 아니면 이 모든 부조리, 이 모든 부당함에도 불구하고 인간을 믿고자 할까? 만약 그렇다면… 우리에게 그만한 가치가 있을까?"

장내에 또다시 무거운 침묵이 감돌았다.

유불선(儒佛仙)을 가리지 않고 수많은 성현(聖賢)들이 일어나 가르침을 내렸으나, 세월이 지나도 인간사는 변한 게 없었다. 이는 결코 가르침이 부족해서가 아니요, 다만 인간이 옳고 그름을 분별하면서도 그를 좇지 않는 까닭일 터였다.

그러므로 맹주의 말이 가지는 의미는 결코 작지 않다.

지금 시대에 옛 성현이 나타난다면 그들은 무슨 생각을 할까? 호생지덕(好生之德)을 배우고도, 자(慈)를 배우고도 그를 좇지 않는 인간세사를 그들은 어떻게 볼 것인가? 지금과 같은 시대에 하늘 끝에 오른 자는 과연 어떤 선택을 할 것인가…….

침묵은 하염없이 무거워지기만 할 뿐이었다.

잠시 뒤, 제갈군이 침묵을 깨고 말했다.

"허! 맹주께서도 가만 보니 가벼운 데가 있구려. 그런 사람에게 꺼낸다는 이야기가 고작 혼사라니."

"그야 삶을 생각해 보란 뜻이었지. 지나온 날보다는 앞날의 일로 선택하길 바란 것이었고. 그리고 혼사만큼 중요한 문제가 또 어디 있단 말인가?"

진무극이 피식 웃으며 대꾸하자 장내의 분위기가 바뀌었다.

"어흠, 험. 말이 너무 길었구려. 저 녀석이 하늘 끝에 오를 수 있을지, 아닐지도 모르는데 말이외다. 뜬구름 잡는 소리일랑 접고 복잡한 인간세사에 대해서나 다시 논해봅시다."

말을 마친 진무극이 시선을 돌려 뒤쪽을 바라보았다.

벽면에 걸린 사천 전도가 바람결에 슬며시 흔들렸다.

2

집무실을 나선 소량은 물끄러미 하늘을 올려다보았다. 서쪽 끝에 걸린 해가 부드럽게 석양을 드리우는 것이 보였다.

작은 휴식이 어느새 끝을 고하고 있었다.

'예상보다 시간을 많이 지체했구나.'

생각해 보면 흑수촌을 떠난 이후로 이처럼 쉬어본 적이 없었다.

첩혈행로를 걸었고, 첩혈행로가 끝난 후에는 혼절한 채로 사경을 헤맸다. 그렇게 참혹한 길을 걸은 끝에 얻은 휴식이 고작 사흘에 불과하다니, 팔자 한번 사나운 셈이었다.

하지만 소량은 아쉬움보다는 만족감을 느꼈다.

흔들렸던 과거와 달리, 이제는 현재 속에서 평온을 찾을 수 있었던 소량이었다. 그간 강호를 걸어오며 맺었던 모든 인연이 소량에게 작은 위로가 되어주었다.

소량이 희미한 미소를 지으며 생각했다.

'이제 떠나야겠다.'

내당 외진 곳에 있는 잠룡각에 들어간 소량은 예전에 그랬던 것처럼 옷가지 두어 벌과 건량, 그리고 금전 등을 챙겼다. 제법 커다란 술병까지 하나 챙긴 소량이 바랑을 들쳐 메고는, 전각 밖으로 걸음을 옮겼다.

스으으—

소량이 가볍게 옷깃을 털자, 그의 기세가 은밀하게 변해갔다.

인(仁)으로서 드러나고 용(用) 속에 숨는다[顯諸仁, 藏諸用]고 했던가?

태룡도법의 묘리를 신법에 응용하여 펼치자 소량을 알아보는 자가 없었다. 바로 지근거리에서 걸어가는 데도 불구하고 사람들은 소량을 보지 못하였던 것이다.

그렇게 아무도 모르게 걸어가던 소량은 구석진 식당에서 무림 명숙들이 모여 있는 것을 발견했다.

남궁세가와 합류한 까닭에 자리를 비운 비연대와 저녁 예

불을 드리러 간 각원 대사를 제외한 무림 명숙들이 한자리에 모여 화주를 들이켜고 있었다.

'말도 없이 떠나는 셈이지만… 훗날 다시 뵐 일이 있겠지요. 그때 지금의 무례를 사죄 드리겠습니다. 구명지은에 감사를 올립니다.'

운해추룡 막현우, 소호검객 장진유, 의원 곽호태, 청성파의 의약당주를 조용히 훑어보던 소랑이 길게 장읍을 해보였다.

소랑은 한참 동안이나 그 자세로 서 있다가 다시금 걸음을 옮겼다.

조금 더 걷다 보니 이번엔 영화가 보였다. 멍하니 허공을 바라보는 영화의 곁에는 당유회가 서서 위로를 건네고 있었다.

그래, 남아 있는 사람, 지켜보기만 해야 하는 사람의 고통 역시 작지 않으리라.

'오늘을 살고 내일을 꿈꾸어라… 그 말씀이 옳다. 영화야, 너도 그렇게 살아라. 이 암울한 상황에 희망 한 조각 없다면 어찌 버티겠느냐. 우리 형제들이 다 모이고, 할머니를 다시 모시는 꿈을 위안으로 삼아라. 미안하다, 영화야. 미안해.'

소랑은 영화에게 인사를 남기는 대신, 조용히 걸음을 옮겼다.

소랑은 마지막으로 사제인 연호진과 막냇동생 진유선이 툭탁거리는 것을 발견했다. 실소를 지으며 그 모습을 구경하던 소량이 조용히 몸을 돌렸다.

떠나기 전에 들러야 할 곳이 있었다.

소량은 뚜벅뚜벅 걸어가 외당 밖의 응조각(鷹鳥閣)으로 향했다. 무림맹의 수뇌부들은 당금 강호의 의인(義人)이라며 그곳에 진무십사협의 위패를 모셔놓았던 것이다.

응조각에 도착한 소량이 조용히 문을 열었다.

그곳에는 한 명의 도사가 앉아 있었다.

"운송 도장."

임시로 꾸며놓은 삼청전(三淸殿:원시천존(元始天尊))과 영보천존(靈寶天尊), 도덕천존(道德天尊)의 상이 놓여 있는 곳) 대신, 응조각에서 조만공과경을 읽고 있던 운송자가 흘끔 뒤를 돌아보았다.

"…진 대협."

앉은 채로 가볍게 묵례를 올린 운송자가 씁쓸한 얼굴로 고개를 돌렸다. 본능처럼 죽은 동료들의 위패로 시선을 돌린 것이다.

소량 역시 위패로 시선을 가져가긴 마찬가지였다.

한동안 응조각 내에 무거운 침묵이 감돌았다.

"떠나려 하시는 모양입니다, 진 대협."

잠시 뒤, 운송자가 묵직한 어조로 중얼거렸다.

위패로 다가간 소량이 대꾸 대신 고개를 두어 번 끄덕이고는 미리 챙겨두었던 술병을 꺼내 들었다. 대충 깎은 나무 잔까지 꺼낸 소량이 술을 한 잔 따라 운현자의 위패의 앞에 놓았다.

"허! 이제 보니 제가 아니라 진 대협께서 도사가 되셨어야 하는 모양입니다. 저는 아직도 이처럼 얽매여 있는데 진 대협께서는 모두 털어내신 듯 보입니다."

"아니. 그저 받아들였을 뿐, 나 역시 털어내지는 못했소. 조금도 털어내지 못했지. 너무 큰 빚을 졌소. 큰 빚을……."

한때는 열네 명이었던 그들은 이제 네 명으로 줄어 있었다. 사경을 헤매는 종무선과 가료 중인 제갈영영, 운송자와 진소량… 살아남은 자들은 크든 작든 부채감을 느끼고 있었다.

어쩌면 그것이 그들 사이에 유대감을 만들어주는 것일지도 몰랐다.

"한 모금 하시겠소?"

술을 몇 모금 들이켠 소량이 운송자에게 술병을 건네며 물었다.

운송자는 아무런 말 없이 술병을 입가로 가져갔다. 제대로 빚은 명주(名酒)라기보다는 술 흉내만 낸 싸구려 화주였지만, 운송자는 그것이 감로라도 되는 것처럼 꿀꺽꿀꺽 들이켰다.

작은 탄성과 함께 술병에서 입을 뗀 운송자가 쓴웃음을 머금었다.

"허! 술꾼이 되려나 보오. 원래대로라면 입에도 못 댈 것이 달게 느껴져."

"부러 가져온 것이라오. 흑수촌에서 상량식을 했을 때 종리 형이 가져왔던 술이 이와 같았지. 정성껏 빚은 것은 분명했지만 술맛이 좋다고는 할 수 없었소."

소랑이 재차 술병을 기울이며 말했다.

운송자의 눈빛이 아련하게 변해갔다.

"그때 술을 자셨었소? 상석에 앉아 있느라 몰랐구려."

능소가 지은 사당이 완공되던 날, 흑수촌의 백성들은 무림맹의 무인들을 상석에 올려놓고 나름대로 큰 잔치를 벌였었다. 운현자, 운송자 등이 상석에 앉아 제문(祭文)을 듣는 동안, 종리윤은 돼지 간을 맛보라며 소랑을 뒤쪽으로 불렀었다.

운송자의 입에 불현듯 실소가 걸렸다.

"그러고 보니 그때 사라진 것은 진 대협만이 아니었지. 천지신명께 배례를 해야 할 능 도우 역시 사라진 바람에 촌장이 허둥대고 그랬었어. 그거 아시오? 촌민들이야 당황했겠지만, 나는 웃음을 참느라 혼났다오."

"하하! 나도 기억나오. 그래, 그랬었지요."

같은 기억을 공유한 운송자와 소랑이 작게나마 킥킥했다.

하지만 웃음소리는 그리 길게 이어지지 않았다.

잠시 뒤, 운송자가 한숨을 길게 내쉬며 말했다.

"하아— 지금 생각해 보면 나도 건물 뒤편으로 빠지고 싶었던 것 같소. 어쩌면 사형도 마찬가지였을지도 모르지요. 내내 진 대협을 부러워했었으니."

운송자의 말을 이해하지 못한 소량이 조용히 그를 돌아보았다.

운송자가 쓴웃음을 머금었다.

"모르셨던 모양이로구려? 하긴, 그때는 나 역시 사형의 마음을 알지 못했지. 청성도문이라는 명예, 일검 사백에 대한 존경, 내가 살아온, 지과위무(止戈爲武)가 아닌 강자존(强者存)의 강호… 내 눈은 여러 가지 것들에 의해 가려져 있었고, 그것은 사형도 마찬가지였을 게요."

무(武)라는 말은 지(止)와 과(戈)가 합쳐져 만들어진 글자라고 한다. 말 그대로 전쟁을 멈추게 하는 것이야말로 무의 본질이라는 뜻이다.

하지만 강호는 지무위과를 논하는 동시에 또한 강자존을 따른다. 역설이라면 역설이라 할 수 있을 것이다.

"물론 나도, 사형도 사리를 분별하지 못한 것이 아니었소. 무엇이 옳은지는 우리도 알아. 굳이 변을 하자면, 우리는 현실을 알고 그에 발을 맞추었다 할 수 있을 거요. 하지만 진 대협은 다르더구려. 그거 아시오? 당신은 너무 맑아. 그리고 너무 맑은 물에는 물고기가 살 수 없는 법이오."

"……."

"우리가 진 대협을 불편해한 까닭도, 부러워한 까닭도 그래서였을 것이오. 무창의 목공이라… 그래, 소박한 촌부(村夫)의 시선으로 보면 풍진강호 따위 번잡스러운 소란에 불과했겠지. 어찌 보면 그대야말로 도사에 어울리는 것일지도 모르겠소."

"어디에도 머무는 바 없이 마음을 내어라[應無所住而生其心]……."

조용히 운송자의 이야기를 듣고 있던 소량이 무심결에 중얼거렸다.

운송자가 의아한 얼굴로 소량을 돌아보았다.

"그게 무슨 소리요?"

"어디에도 머무는 바 없이 마음을 내라는데, 내 마음은 항상 머물러 있었소. 조모님을 찾으러 강호에 처음 나왔을 때는 고향에 머물러 있었고, 세상을 알게 되었을 때는 그에 머물러 있었지. 강호에 들었음에도 무창의 목공임을 고집했던 것 역시 마음이 그에 머무른 탓일 거요. 알고 보면 난 당신들이 부러워할 사람이 못 돼."

운송자의 표정이 기이하게 변해갔다. 소량의 마음을 알 것도 같고, 모를 것도 같은 것이다.

소량이 말을 이어나갔다.

"하지만 이제는 얽매임 없이 마음을 낼 수 있을 것 같구려. 이제는 구분하여 피하기보다, 온전히 받아들이고 소요(逍遙)하고자 하오. 이제 나는 무창의 목공인 동시에, 강호의 무인이오. 나는 가족들과의 해후만을 꿈꾸던 작은 사람인 동시에……."

소량이 진무십사협의 위패로 시선을 돌렸다.

"뒤늦게 죽은 자와 친구가 되기를 바라는 아둔한 사람이오."

소량이 눈을 지그시 감고는, 자리에서 일어나 술병을 위패 앞에 내려놓았다.

"…죽은 자의 얼굴은 산 자들의 빛이 되게 마련이지."

운송자가 이해할 수 없다는 듯 소량을 바라보았다.

위패 앞에 어깨를 늘어뜨린 채 서 있는 소량의 뒷모습은 차분하고 또한 고요했지만, 운송자가 보기에 그것은 폭풍전야의 고요와 비슷했다.

그가 한 걸음을 내디디면 세상이 뒤집어질 것 같았다.

"진 대협, 도대체 무엇을 하시려고……."

"당분간은 강호에서 중요시하는 가치를 한번 좇아보려 하오. 오래도록 무창의 목공임을 자처하였으니, 한동안 강호의 무인에 비중을 두는 것도 괜찮겠지."

소량이 몇 마디를 중얼거렸다. 알고 보면 그것은 운송자에게 하는 것이라기보다는, 스스로에게 하는 말이라 할 수 있었다.

천존의 경지에 오른 자가 강호의 논리를 좇는다면 어떤 일이 벌어지겠는가! 운송자는 등골에 소름이 오싹 돋아 오르는 것을 느꼈다.

소량이 바랑을 챙겨 들고는 물끄러미 운송자를 돌아보았다.

"부디 무탈하시오, 운송 도장. 무운(武運)을 빌겠소이다. 다음에 만나거든……."

동료들의 죽음을 뒤로하고 살아남은 두 사람이었지만, 그것이 끝을 의미하는 것은 아니었다. 살아남은 자들은 다시 전장 속으로 향해야 했고, 각자의 장소에서 빚을 갚아야 했다.

운송자는 한 점의 다른 마음도 없이 소량의 무운을 빌었다.

"다음에는 제가 한잔 사지요. 무운을 빕니다, 진 대협."

소량이 가볍게 묵례해 보이고는 성큼성큼 걸음을 옮겼다.

운송자는 그 뒷모습에서 오래도록 시선을 떼지 못했다.

3

소량은 다시 한 번 태룡도법의 묘리를 신법에 적용했다. 소량의 신형은 여전히 그 자리에 있건만, 그를 의식하는 사람은 아무도 없었다.

소량은 성큼성큼 당가타 밖으로 걸어 나갔다.

'반선 어르신은 기왕이면 소란스레 오라고 하셨지.'

소량은 조용히 허공을 바라보았다.

변한 것은 수도 없이 많지만, 변하지 않은 것도 있다.

그가 강호로 나온 이유가 무엇 때문이던가? 할머니를 찾기 위함이었다. 긴 세월이 지난 지금도 그것만은 변하지 않았다.

하지만 그곳까지 가는 길은 스스로가 정할 생각이었다.

소량은 어떤 길로 향할지 이미 정해둔 바가 있었다.

'그래, 누구보다 소란스레 가리라.'

소량은 당가타를 벗어나 상통의 저잣거리를 지났다. 굳이 경신의 공부를 펼치지 않는데도 소량의 신형은 구름을 밟는 듯 쾌속하기만 했다.

범인의 보보가 아니라 천존의 보보인 것이다.

하지만 성도를 벗어나 관도로 향하자 소량의 걸음이 다시 느려지고 만다. 제법 그럴 듯하게 꾸며진 관제묘(關帝廟) 앞에 한 명의 여인이 서성이고 있는 것을 발견한 것이다.

다름 아닌 제갈영영이었다.

"아아!"

소량이 작게 탄식을 토해냈다.

며칠간의 짧은 휴식은 진무십사협의 위패 앞에서 끝이 났다. 해야 할 일을 다 했고, 만나야 할 사람을 모두 만났다는 것을 본능적으로 깨달은 소량은 지체 없이 길을 나섰다.

그러나 출행(出行)의 시작은 제갈영영이 될 줄은 소량도 미처 알지 못했다.

'만나면 헤어지게 마련이고, 떠난 자는 돌아오게 마련[會者定離去者必返]이라던가?

소량은 제갈영영의 모습에서 작게나마 천기를 느낄 수 있었다. 이번 출행의 끝이 생일지 사일지는 모르겠으나, 무사히 돌아오게 된다면 틀림없이 그녀에게로 돌아오리라.

소량이 희미하게 웃으며 모습을 드러냈다.

"어깨는 괜찮은 거요, 영 누이? 아직 돌아다닐 때는 아닌 듯한데."

"진 가가?"

제갈영영이 깜짝 놀란 얼굴로 소량을 바라보았다.

분명히 아무도 없었는데 마치 귀신이 튀어나오듯 소량이 나타났으니 놀라지 않을 도리가 없다. 마치 하늘과 땅이 그를 숨겨두었다가 갑자기 내어준 것 같았다.

제갈영영이 눈을 끔뻑이며 멍하니 대답했다.

"견딜 만해요. 걸을 만도 하고요. 와, 놀래라."

어깨부터 왼팔의 끝까지 붕대로 칭칭 감아 고정해 둔 제갈영영이었다. 붕대 탓에 근 일 년 만에 입은 비단 궁장도 그리 빛을 발하진 못했다.

제갈영영의 어깨를 물끄러미 훑어보던 소량이 '괜찮은 것 같긴 하구나' 라며 고개를 몇 번 끄덕이고는 한숨을 푹 내쉬었다.

“호위조차 없이 홀로 나온 것을 보니 몰래 나온 모양이로구려. 그러지 마시오, 영 누이. 아버님이 아시면 영 누이뿐만이 아니라 나도 호되게 혼이 날 거요.”

“에이, 진 가가가 왜 혼이… 어? 혹시 우리 아버님 만나셨어요?”

소량의 말에서 무언가를 짐작한 제갈영영이 눈을 휘둥그레 떴다.

소량이 실소를 머금으며 말했다.

“대백부님을 뵐 때 같이 뵈었소. 영 누이가 나를 따라 청해까지 왔다고 못마땅해하시더구려. 어찌나 식은땀이 나던지… 민망해 죽는 줄 알았소.”

제갈영영이 ‘전부 내 잘못인데 진 가가를 혼내다니, 아버지가 주책을 부렸다’ 고 중얼거리며 공연히 허공을 노려보았다.

잠시 뒤, 제갈영영이 호기심 가득한 얼굴로 소량을 바라보았다.

“그래서, 어땠어요?”

“뭐가 말이오?”

“우리 아버님 말이에요. 좀 괴팍하신 데가 있지요?”

제갈영영이 은근히 아버지의 흉을 잡았다.

“허! 아버님께 괴팍하다니. 나는 나중에 딸 낳지 말아야겠소.”

농담을 건넨 소랑이 천천히 걸음을 옮겼다. 먼 길을 나서는 걸음이라기보다는 산보라도 나온 듯한 걸음이었다.

제갈영영이 그 옆에서 나란히 걸음을 옮겼다.

"자세히 뵌 것은 아니지만, 언뜻 보기에도 영 누이의 아버님께서는 좋은 분인 것 같았소. 나는 도리어 내가 너무 무례하지 않았는지 걱정하고 있다오. 보는 눈이 엄하시던데……."

"진 가가야 자로 잰 듯이 반듯하니 염려할 것 없어요."

소랑은 또다시 웃음을 터뜨리고 말았다. 소랑이 웃거나 말거나, 제갈영영은 '아버님께서 헛소리를 하신 건 아니겠지'라고 불안해할 뿐이었다.

소랑이 희미한 미소를 지으며 말했다.

"영 누이는 참 신기한 사람이오."

평소엔 막내 유선만큼 발랄하다가도 어느 순간에는 영화보다도 지혜로운 면모를 보이는 제갈영영이었다.

생각해 보면 마음이 흔들렸을 때마다 그녀가 곁에 있었던 기분이 든다.

그렇게 조금씩, 조금씩 마음을 파고들어 온다.

제갈영영이 의아한 얼굴로 소랑을 바라보았다.

"뭐가 신기한데요?"

"모든 것이."

소랑이 어깨를 으쓱해 보였다.

제갈영영이 긴가민가한 표정을 지었다.

"…그거 칭찬 맞죠?"

소랑이 미소를 지으며 고개를 끄덕였다.

제갈영영이 입술을 비죽였다.

"에이, 칭찬을 뭐 그렇게 해요? 칭찬도 여러 개가 있잖아요. 머리가 좋다거나, 발랄하다거나, 어여쁘다거나……."

"어여쁘오."

소랑이 고개를 돌려 제갈영영의 눈을 주시하며 말했다.

"내 눈엔 누구보다도 어여쁘오."

제갈영영의 얼굴이 순식간에 달아올랐다.

과거 무림맹에서 그러했듯이, 소랑의 눈을 보자 가슴이 쿵쾅쿵쾅 뛴다. 제갈영영이 발그레한 얼굴을 감추며 걸음을 재개 놀렸다.

한동안 두 남녀는 대화 없이 걸음을 옮겼다. 소랑은 그저 흘러가듯 느긋하게 걸음을 옮길 뿐이었고, 제갈영영은 부끄러운 마음에 고개만 푹 숙이고 있을 뿐이었다.

그렇게 얼마나 걸었을까.

내내 부끄러워하던 제갈영영의 표정이 어둡게 변해갔다.

'이 이상 따라갈 수는 없겠지.'

이미 환골탈태를 겪고 천존의 경지에 이른 소랑이었다. 소량을 따라가고 싶은 마음은 굴뚝같지만, 지금 자신이 따라간다는 것은 짐짝을 하나 덧붙이는 것 외의 의미는 없으리라.

시무룩하게 고개를 숙인 제갈영영이 조금은 뜬금없는 소리를 중얼거렸다.

"돌아오실 거지요?"

제갈영영이 애절함이 숨은 눈으로 소량을 돌아보았다.

소량은 대답하지 않았다.

제갈영영은 소량을 독촉하는 대신, 물끄러미 그를 주시할 뿐이었다.

하지만 그녀의 눈빛은 수백 마디의 말보다도 많은 의미를 전하고 있었다.

잠시 뒤, 제갈영영이 재차 질문했다.

"무사히 돌아오실 거지요?"

소량이 눈을 지그시 감았다.

혈마의 무공이 어느 경지에 올라 있는지는 모르겠지만, 적어도 자신의 아래가 아니라는 것만은 분명했다.

아무리 천존의 경지에 올랐다고 해도 승패를 가늠할 수는 없으리라.

아니, 그뿐만이 아니었다. 생각해 보면 하늘 끝은 집착과 미련을 버려야 닿을 수 있는 곳이 아니던가! 반선 어르신은 아들에 대한 미련조차 끊어내려 했었다.

소량은 눈을 천천히 뜨고는 다시금 제갈영영을 바라보았다. 수많은 감정을 품은 제갈영영의 눈빛이 여전히 자신을 주시하고 있었다.

그 눈빛 때문이었을까?

소량의 입에서 생각과는 다른 말이 새어 나왔다.

"돌아오겠소."

안도한 탓일까?

제갈영영의 눈에 눈물이 몇 방울 고였다. 제갈영영은 소량의 말이 거짓말인지, 참인지 확인하는 것처럼 그의 눈동자를 번갈아 바라보았다.

"반드시 돌아올 거요. 그러니……."

소량이 제갈영영의 입가에 손을 가져가더니, 입꼬리를 살짝 들어 올렸다.

언젠가 그녀가 장난처럼 그러했던 것처럼 말이다.

"웃으시오, 이렇게."

제갈영영은 마음 한구석이 주저앉는 기분을 느꼈다.

웃으라고 입꼬리를 올려주는데, 도리어 눈물이 새어 나왔다. 제갈영영은 눈을 질끈 감고 눈물을 참았다.

그 순간, 따스한 시선으로 제갈영영을 내려 보던 소량이 고개를 숙였다.

제갈영영의 입술에 보드라운 무언가가 와 닿았다.

감촉은 일어났던 것만큼이나 빠르게 사라졌다.

제갈영영이 감았던 눈을 다시 떴을 때는 관도에 아무도 없었다.

달빛 아래 제갈영영 홀로 남아서 눈물을 흘리고 있을 뿐이었다.

"아아……."

문득 지독하리만치 시린 외로움이 찾아들었다.

第十章

협객불망원(俠客不忘怨)

1

소랑이 당가타를 떠난 날로부터 한 달여의 시간이 흐른 뒤의 일이었다.

당금 천하대란의 흐름을 정리하면 어떻게 될까?

보는 관점에 따라 수많은 이야기가 나오겠지만, '무림맹의 대처가 늦어도 너무 늦었다' 는 것에는 대부분 공감할 터였다.

감숙에서 혈수인의 흔적을 발견했음에도 불구하고 무림맹은 그를 제대로 조사하지 않았던 것이다.

혈마곡이 발호하여 남궁세가와 곤륜, 화산파가 화를 입은 후에도 마찬가지였다. 알고 보면 '천하 각지에 눈을 두고 있다' 던 무림맹의 호언장담은 허언이나 다름없었다.

그 뒤로 적지 않은 중소문파들이 혈마곡의 습격을 받았는데도 제대로 대처를 하지 못하였으니, 무림맹으로서는 무능하다 욕을 먹어도 할 말이 없는 셈이었다.

무림맹이 뒤늦게 중원 내의 혼란을 수습하는 사이 혈마곡은 청해를 완전히 장악하는 데 성공했고, 진무십사협의 첩혈행로가 시작될 즈음에는 사천에까지 손을 뻗기 시작했다.

금협이 재주를 불려 자금줄을 끊어놓지 않았더라면, 혈마곡은 무림맹이 도착하기도 전에 사천을 온전히 장악했을지도 몰랐다.

지금은 사천을 두고 무림맹과 혈마곡이 힘겨루기를 하는 상황이었다.

아직 전면전이 벌어지지는 않았지만, 사천의 각지에서 소규모의 국지전이 벌어지고 있었던 것이다.

달리 귀곡(鬼谷)이라 불리는 혈마궁의 작은 방을 서성이던 귀곡자가 손톱을 물어뜯었다.

"이상하다, 이상해……."

"뭐가 그리 이상하단 말입니까?"

자색 장포를 입은 청수한 인상의 중년 학사가 오만상을 찌푸리며 귀곡자에게 질문했다.

아까부터 작은 방을 이리저리 돌아다니는데, 가만히 앉아 있는 자신이 다 정신이 없을 지경이었다.

"응, 보고가 올라온 것들이 다 이상해. 혹시 내가 잘못 읽은 걸까? 아니야, 아니야. 몇 번이나 읽었는데도 똑같아. 왜 중로(中路)에서 이런 보고들이 올라오는 걸까?"

손톱을 물어뜯던 귀곡자가 서류가 산을 이루고 계곡을 이룬 곳으로 달려가더니 종이 뭉치 몇 개를 꺼내 들었다.

중년 학사가 귀곡자의 등에 대고 물었다.

"중로라면… 아미산을 기준으로 남, 북방을 나눈 것 말씀이십니까?"

"으응, 그거 맞아."

"그렇다면 별로 이상한 일이 아니지 않습니까? 아미산을 기준으로 남동쪽은 무림맹이 강세요, 북서쪽은 우리가 강세이올시다. 자연히 그를 나눈 중로는 혼란스러울 수밖에요."

"아니야, 이 바보야. 너는 멍청해."

귀곡자가 서류 뭉치를 흔들며 말했다.

"우리가 북서에서 강세를 띠고 있기 때문에 무림맹은 그쪽을 향해서 칼날을 휘둘러야 해. 중로 아래쪽은 오히려 손이 덜 가게 되어 있단 말이야. 중로를 이용해서 성동격서의 계책을 꾸미거나 양동계(陽動計)를 펼치자고 해놓고 벌써 그걸 잊었어?"

중년 학사가 미간을 찌푸렸다.

"허! 귀곡자의 말씀이 옳구려. 그렇다면 놈들이 건곤일척의 승부를 펼칠 곳으로 중로를 택했다는 뜻입니까?"

"그것도 아니야, 이 멍청아."

귀곡자가 지도로 다가와서 한 지점을 가리켰다.

"멍청이가 아니라면 건곤일척의 승부를 벌일 곳으로 중로를 지정하지 않아. 그리고 제갈군은 절대로 멍청이가 아니지. 아마 그 녀석은 나와 같은 생각을 하고 있을걸? 여기, 금천(金川) 부근이 일차 격전지가 될 거야."

귀곡자가 지도에서 손가락을 떼고는 콧방귀를 흥, 뀌더니 다시 서류 뭉치가 있는 곳으로 걸어갔다.

꼽추인 탓에 걸음걸이 자체가 느릿하고 또한 기괴했다.

중년 학사의 안색이 창백하게 변해갔다.

"그, 그럼 제갈군이 우리가 준비한 성동격서나 양동계를 미리 알아챘다는 뜻……."

"응, 맞아. 그렇게밖에 설명할 수 없어. 하지만 그것도 완벽하지는 못해. 지금 들어오고 있는 보고에 따르면 놈들은 전선이 고착되기 전, 그러니까 한 달 전부터 중로를 틀어막기 시작했어. 어떻게 그럴 수 있었을까? 그때는 아무런 징조도 현상도 없었는데."

이해할 수 없는 현상을 만난 귀곡자가 다시금 손톱을 잘근잘근 씹기 시작했다.

제갈군의 머리가 이토록 좋을 리가 없다. 아니, 이건 머리가 좋고 나쁘고를 떠나서 미래를 읽고 온 사람인 것 같지 않은가.

귀곡자는 그 사실을 인정할 수 없었다.

잠시 뒤, 귀곡자가 물어뜯은 손톱을 퉤퉤 뱉었다.

"이건 나도 알 수가 없어. 화제를 돌리지. 삼천존은? 삼천존은 어디에 있지?"

"송구하오나 아직 그들의 종적을 찾아내지 못했습니다."

귀곡자가 이미 짐작하고 있었다는 듯 고개를 끄덕였다.

그리고는 공연히 마존들을 탓하기 시작했다.

"쳇! 십이마존(十二魔尊)이니 뭐니 해도 다 별것 아니야. 천애검협을 죽이러 간 일곱 명의 마존 중에서도 살아남은 건 셋뿐이잖아. 삼천존 중 한 명도 죽이지 못했고 말이야."

이제는 삼천존의 위치조차 알 수가 없다.

다만 짐작할 수 있는 것은 진무신모가 그러했던 것처럼 삼천존 역시 혈마를 요격하기 위해 궁으로 오고 있을 것이라는 점뿐이었다.

"그리고 천애검협은… 쳇! 이게 다 천애검협 때문이야."

천애검협을 죽이기 위한 귀곡자의 계책은 완벽했다. 적의 심계를 조금의 틀림도 없이 읽어내었으니, 어떤 신산귀계(神算鬼計)보다 완벽했다 자부할 수 있었다.

그러나 목표였던 천애검협이 변수가 되어버렸다. 그때에

천애검협이 일어날 줄은, 그것도 천존의 경지에 이를 줄은 상상조차 하지 못했다.

'나는 천명을 믿지 않지만, 만약 그것이 존재한다면 천애검협이야말로 혈마곡의 대적자일지도 몰라.'

귀곡자가 중년 학사를 바라보며 말했다.

"천애검협의 위치는 파악했어?"

"당가타를 떠났다는 것만 겨우 알아냈을 뿐입니다."

"으이그, 이 멍청이들!"

귀곡자의 분노가 폭발했다.

"다 멍청이들뿐이야! 중로가 막힌 이유도 밝혀내지 못하고, 삼천존의 위치도 모르고, 천애검협의 위치도 몰라! 다 죽어버려야 돼! 차라리 논밭의 거름이 되는 편이 나아! 으이그!"

중년 학사가 긴장한 얼굴로 주춤했다.

"다, 다만 오늘 들어온 보고에 따르면 도강언(都江堰) 북쪽에서 허름한 마의에 낡은 철검을 든 무인을 발견했다고 합니다."

"그건 나도 읽었어!"

귀곡자가 중년 학사를 노려보았다.

"일단 주시하라고 하긴 했지만, 허름한 마의와 낡은 철검만으로는 천애검협이라 특정 짓기 어려워! 나는 좀 더 정확한 정보가 필요해. 요즘 금협의 얼굴 봤어? 제 형이 살아났다는 소식을 어디서 들었는지 거만해졌어! 금협을 빨리 죽이고 싶은데, 너희들 때문에 시간을 낼 수가… 잠깐, 도강언 북쪽?"

귀곡자의 움직임이 멈추었다.

내내 고함을 지르던 귀곡자가 목소리를 거두자 작은 방에 낯선 침묵이 감돌았다.

잠시 뒤, 생각에 잠긴 듯 눈동자를 데구루루 굴리던 귀곡자가 허겁지겁 사천 전도로 달려갔다.

그를 의아하게 바라보던 중년 학사가 뒤따라 전도 앞으로 걸어왔다.

"주, 중로에 일차로 진입한 자들은 어디에서 소식이 끊겼지?"

귀곡자가 더듬더듬 질문했다.

"쌍류현(雙流懸) 부근, 명산으로 향하는 길입니다."

"그래, 명산행로… 이차로 진입한 자들은?"

귀곡자가 사천의 지도에서 쌍류현 쪽을 쿡 찍으며 말했다.

중년 학사가 지도를 들여다보며 대답했다.

"대읍을 지나기 전에 소식이 끊겼습니다."

"대읍! 대읍!"

잔뜩 흥분한 귀곡자가 비명처럼 고함을 질러댔다. 당황한 것인지, 아니면 분노한 것인지 귀곡자의 얼굴은 잔뜩 일그러져 있었다.

"그다음은 청성산이야. 그다음은 도강언! 도강언 북쪽에서 발견된 무인은 천애검협이 확실해. 이 미친놈… 이 미친놈이 감히! 당장 마존들과 노옹(老翁)을 불러와!"

"송구하오나 저는 귀곡자께서 무슨 말씀을 하시는지 모르겠습니다."

중년 학사가 다시 지도를 바라보았다.

귀곡자가 짚은 길을 아무리 훑어봐도 중년 학사는 이상한 점을 찾아내지 못했다. 그 길이 왠지 모르게 익숙하다는 점을 제외하면 말이다.

"단애곡을 넘은 천애검협은 석웅(石熊) 부근에서 구출되었어. 그를 구출한 정도 무림인들은 청성산으로 그를 데려갔고. 석웅에서 청성산으로 가는 길에 뭐가 있지? 도강언이 있어!"

"그건 저도 알고 있습니다. 하지만 그게 무슨 상관이란 말입니까? 설마 천애검협이 혼자서 중로를 틀어막기라도 했다는… 엇?"

인상을 찌푸리며 귀곡자를 돌아보았던 중년 학사가 움직임을 멈추었다.

마치 목각 인형이라도 된 것처럼 삐걱대며 고개를 돌린 중년 학사가 다시 지도를 바라보았다.

진무십사협은 흑수촌의 백성들을 보호하여 단애곡을 넘었고, 석웅에서 구출되었다. 그들은 도강언을 지나 청성산에 당도한 후 잠깐이나마 안전을 보장받을 수 있었다.

훗날 혈마곡의 습격을 받자, 정도 무림인들은 천애검협을 보호하여 대읍 방향으로 피난하였다. 그리고 그곳에서 재차 습격을 받자 명산행로로 향했다…….

"이, 이건 중로를 틀어막은 게 아니라……."

중년 학사는 이제 천애검협이 어디로 향할지 짐작할 수 있었다.

도강언을 지난 천애검협은 그가 구출되었던 석웅으로 향할 터였다. 석웅에서 진무십사협이 목숨을 잃었던 단애곡으로, 단애곡에서 백성들이 목숨을 잃었던 흑수촌으로!

"그래, 천애검협은 중로를 틀어막은 게 아니야. 자신이 떠났던 길을 고스란히 거슬러 올라오고 있을 뿐! 협객불망원(俠客不忘怨), 협객은 절대로 원한을 잊지 않는다!"

귀곡자가 새된 목소리로 고함을 질렀다.

"이 미친놈은 지금, 혼자서 진무십사협의 복수를 하고 있는 거야!"

지도에 적힌 단애곡이라는 글자를 바라보는 귀곡자의 시선이 파르르 떨려왔다.

2

귀곡자가 뒤늦게나마 소량의 행적을 알아챘을 무렵이었다.

서늘한 바람이 불어와 이름 모를 강가를 스치고 지나갔다.

도강언과 가깝고 민강(岷江)에 가까운 탓에 바람 속에는 습기가 묻어 있었다.

아니, 바람 속에 어린 것은 습기뿐만이 아니었다.

그 안에는 혈향(血香)도 함께 어려 있었다.

"……."

바람이 머물다 지나가자 소량의 옷깃이 한 차례 펄럭거렸다. 옷깃을 파고드는 생경한 공기 속에서 조용히 서 있던 소량이 감았던 눈을 뜨고는 다시 걸음을 앞으로 내디뎠다.

"커헉! 쿨럭, 쿨럭!"

소량의 좌측에서 답답한 신음 소리와 억눌린 기침 소리가 들려왔다. 좌측에는 어느 이름 모를 마인이 무릎을 털썩 꿇은 채 연신 피를 토해내고 있었던 것이다.

"이제야… 이제야 알겠다."

검붉은 살점을 토해낸 마인이 희미한 시선으로나마 주위를 바라보았다.

소량의 주위는 그야말로 난장판이 되어 있었다.

무려 육십여 명의 마인이 쓰러져 있는데, 서너 명은 아직 숨을 내쉬고 있었지만 대부분은 단말마조차 없이 절명한 채로 바닥에 널브러져 있었던 것이다.

마인의 입가에 자조 섞인 미소가 떠올랐다.

"너는 소검신 진소량이었구나……."

처음 소량을 보았을 때 육십여 명의 마인은 실소를 금치 못했다. 패검을 하긴 했으나 그뿐, 낡은 마의에 단출한 바랑을 멘 것이 영락없는 강호낭중처럼 보였던 것이다.

마인들은 '간만에 손맛이나 보자' 며 소량에게로 달려들었다.

그 순간, 소량의 기세가 바뀌었다.

군림보(君臨步)라 해야 하는가?

단 한 걸음 만에 모든 마인이 무릎을 꿇었다.

두 번째 걸음과 동시에 검이 발출되었고, 주군을 향해 절하듯 부복하고 있던 마인들이 동시에 뒤로 튕겨났다. 무공이 고강한 탓에 빠르게 소량에게 근접했던 자들은 그 순간 절명했고, 경지가 부족하여 뒤쪽에 있었던 자들은 극심한 내상을 입고 널브러졌다.

세 번째 걸음과 함께 하늘에서 한 자루 검이 벼락처럼 날아와 바닥에 꽂혔다. 소량은 그저 냇가에 돌멩이를 던지듯 가볍게 던진 것이었으나 그 결과는 결코 가볍지 않았다.

창천존이 직접 펼친 지희(地喜)처럼, 무형지기가 그들을 내리눌렀던 것이다.

마인의 입가에 자조 섞인 웃음이 떠올랐다.

"진정으로 천존의 경지에 올랐구나."

태산은 그저 그 자리에 머물러 있을 뿐이지만, 그를 마주한 자는 웅혼하고 거대한 기세를 느끼지 않을 수 없다.

알고 보면 소검신의 기세가 그와 같았다. 기세가 변한 것이 아니요, 원래부터 그러했던 것인데 자신들이 알아보지 못했을 뿐이었다.

마인은 숨을 거두는 순간까지도 자조(自嘲)했다.

"크흐흐! 눈이 있어도 보지 못하였으니 목숨을 잃어도 할 말이 없……."

한 번쯤 돌아볼 법한데도, 소량은 마인을 돌아보지 않았다.

묵묵히 걸어가던 소량이 한 손을 가볍게 내뻗자 바닥에 꽂혔던 검이 스스로 날아와 손아귀에 빨려 들어왔다. 걸음을 옮기며 자연스럽게 수검한 소량이 물끄러미 정면을 바라보았다.

'민강의 지류인가?'

소량의 앞에는 폭이 삼 리(里)는 족히 될 법한 강이 흐르고 있었다. 강 위에는 어린교(魚鱗橋)라는 다리가 놓여 있었는데, 나무와 돌을 이용한 것이 제법 튼튼해 보였다.

이곳을 지나 사나흘을 더 가면 석웅이 보이리라.

'사십여 명… 아니, 오십여 명.'

강의 너머에서 오십여 명은 족히 될 듯한 인기척이 느껴졌다. 두려운 기색은 있으나 은연중 살기를 품은 것이 마인들이 분명했다.

적의 숫자를 확인했음에도 소량은 걸음을 멈추지 않았다.

"귀, 귀하는 소검신 진소량이 아니오?"

강가 너머에서 고함 소리가 들려왔다. 혹시 모를 위험을 피해 제각각 숨었기로, 소량의 눈에는 그저 나무가 바람에 일렁이는 것만 보였을 뿐이었다.

소량이 대답하지 않자 나무 틈에서 다시 고함이 들려왔다.

"귀하가 대읍과 도강언을 지난 자라면 소검신 진소량이 분명할 터! 어찌하여 대답을 하지 않는단 말이오? 귀하에게는 스스로의 정체를 밝힐 용기가 없소이까!"

소량은 이번에도 대답을 하지 않았다.

나무들의 틈에서 불쾌한 음성이 들려왔다.

"흥! 끝까지 대답하지 않겠다면 좋소! 어디, 귀하에게 이곳으로 건너올 용기가 있는지 지켜보겠소이다!"

소량이 어린교를 흘끔 바라보았다. 강가 건너편의 마인들이 두려운 가운데 살기를 품고 있는 것은 이 다리에 무언가 함정을 꾸며놓았기 때문일 것이다.

만약 그렇다면 어린교를 피해 돌아가는 것이 옳다.

'무엇을 준비했는지 한번 보지.'

함정임을 짐작했거니와 적이 다수임을 확인했음에도 소량은 어린교로 향할 뿐이었다.

흑수촌에서 수많은 마인을 상대할 당시, 소량은 죽음을 각오한 얼굴로 적을 맞이했었다. 삼후제와 비견할 만한 경지에 이르렀으나 소량이 감당하기엔 적이 너무 많았던 것이다.

하지만 천존의 경지에 오른 지금은 이야기가 다르다.

이제 죽음을 각오해야 할 것은 소량이 아니라 혈마곡의 마인들이었다.

"……."

소량은 마치 산보라도 나온 사람처럼 어린교를 걸어갔다.

폭이 일 장에 가깝고, 거리는 삼 리에 가까운 어린교다. 대부분은 나무로 기틀을 잡아두었지만, 대목에는 돌기둥이 서서 다리를 지탱하고 있었다.

소량이 어린교의 중앙에 이르렀을 때였다.

강가 건너편에서 짧고 단호한 외침이 들려왔다.

"지금!"

콰콰콰쾅!

소량의 발치에서 한바탕 폭음이 울려 퍼졌다. 그와 동시에 눈이 멀 것 같은 백광이 일어나더니, 곧이어 화염이 파도처럼 일어나 소량을 덮쳤다.

폭발은 소량의 발치에서만 일어난 것이 아니었다.

서너 군데에서 폭음과 백광이 일어나더니 마침내 어린교가 와르르 무너지기 시작했다. 마인들은 소량을 죽이기 위해 무림맹을 기습하기 위해 설치한 벽력탄을 사용했던 것이다.

'살 수 있겠느냐, 소검신?'

나무들 틈에 은신하여 다리를 노려보던 마인들의 눈이 충혈되기 시작했다. 보통이라면 벽력탄으로 천존을 죽이지 못하겠지만, 제 발로 함정의 한가운데로 걸어온 지금은 다르리라.

"허, 헉?"

그 순간, 화염 속에서 소량이 모습을 드러냈다.

불길을 헤치고 지나왔는데도 불구하고 소량의 마의에는 조금의 불꽃도 묻어 있지 않았다.

심지어 보보마저도 이전처럼 여유로웠다. 강물로 우수수 떨어지는 어린교의 잔해를 하나하나 밟아 내려오는데, 마치 느긋하게 계단을 밟고 내려가는 듯하다.

"어, 어떻게……!"

마인 한 명이 경호성을 터뜨리다 말고 입을 꾹 다물었다.

아무리 천존의 무위를 뽐낸다 한들, 물속에서까지 그렇겠는가? 수공(水功)을 익힌 자들을 배치해 두었으니 강물에 떨어지는 순간 물고기 밥이 되리라.

그러나 이번에도 마인의 기대는 배신당하고 말았다.

"등평도수(登萍渡水)!"

소량은 물에 빠져드는 대신, 물 위에 서서 건너편을 향해 달려오고 있었다. 마인들로서는 꿈에도 상상하지 못할 전설 속의 경지가 몇 번이나 모습을 드러내고 있었다.

심지어 패검하였던 검을 뽑아 들기까지 한다.

"엎드려—!"

콰콰콰콰—!

소량의 검에서 형태조차 없는 용이 나타나 강을 건너가기 시작했다. 용은 흉포한 이를 드러내며 강가 건너편에 있는 나무들을 물어뜯기 시작했다.

소량의 검에서 태룡과해가 펼쳐진 것이다.

태룡과해의 초식이 끝나자마자 소량은 검으로 수면을 한 차례 내려쳤다. 그리고는 그 결과조차 보지 않고 수면을 박차고 하늘 높이 뛰어올랐다.

콰쾅!

검환과 맞닿은 수면에서 물기둥이 솟구쳐 올랐다.

"꾸르륵!"

수공을 익힌 마인들이 물 위로 떠오르더니, 기이한 신음을 토해내다 말고 다시 가라앉았다. 알고 보면 수면을 내려친 소량의 검로에는 태룡치우의 묘리가 숨어 있었던 것이다.

쿵!

찰나의 순간에 태룡과해와 태룡치우를 연달아 펼친 소량이 강 건너편에 착지했다. 파편으로 변해 날아가 버린 나무 틈바구니에서 겨우 몸을 일으키던 마인들이 눈을 부릅떴다.

이미 열 명 정도는 나무들과 함께 육편이 되어 사라져 버린 후였다. 옷에 물 한 방울 묻히지 않은 소량이 주변을 흘끔 돌아보았다.

“컥, 크흑!”

그 순간, 소량의 태룡과해를 피해 겨우 목숨을 건진 사십여 명의 마인이 몸을 파르르 떨었다. 모두 검기성강의 경지에 이른 고수들이었으나 소량의 기세를 견뎌내지 못했던 것이다. 마인들 중 한 명이 내력을 끌어 올려 견뎌내며 이를 뿌드득 갈았다.

“거, 검신……!”

숨 한 번 쉴 시간이 지나자 열다섯 명이 견디지 못하고 털썩 무릎을 꿇었다. 그만한 시간이 한 번 더 흐르자 열 명 남짓한 마인이 더 무릎을 꿇는다.

그동안 명령을 내려왔던 마인의 경우에는 그보다 오래 버텼다.

“명산행로에서 대읍으로, 대읍에서 도강언으로, 그다음은… 크윽! 다음은 석웅일 테지. 지금쯤이면 본궁에도 정보가 전해졌을 터… 아무리 천존의 경지에 올랐다고 하지만, 행적을 들키고도 버틸 수 있을 것 같소?”

소량이 마인을 흘끔 돌아보며 중얼거렸다.

“…바라던 바다.”

“뭐라고?”

끝까지 버티던 마인이 눈을 부릅뜨며 털썩 무릎을 꿇었다.

행적이 드러나게 되면 적이 대비할 것은 당연지사, 상식이 있는 자라면 행적을 감추거나 위험을 피해 돌아가려 할 것이다. 하지만 천애검협은 자신의 행보를 굳이 감추려 하지 않았고, 행적이 들킨 이후에도 길을 돌아가려 하지 않았다.

이는 곧 혈마곡의 마인이 몇이 오든 상관하지 않겠다는 뜻…….

"놈! 네가 감히 혈마곡을!"

마인은 등골에 소름이 오싹 돋아 오르는 것을 느꼈다.

혈마곡은 태허일기공의 전인을 죽이기 위해 수도 없이 많은 시도를 했다. 무창에서 그러했고, 유영평야에서 그러했으며, 흑수촌과 청성산에서 그러했다.

하지만 앞으로는 그러한 시도를 할 필요가 없으리라.

이제는 천애검협이 혈마곡으로 오고 있었다.

"네, 네놈이 혈마곡을 감당할 수 있을 것 같으냐?"

마인이 두려움을 감추려 애쓰며 외쳤다. 천존의 경지에 이른 자, 그것도 검신의 무학을 이은 채로 천존의 경지에 이른 자다. 그의 보보가 노도(怒濤)와 같을 것임을 짐작할 수 있었다.

소량이 나지막한 어조로 중얼거렸다.

"피를 흘려 길을 찾았고, 목숨을 바쳐 길을 뚫었지. 죽은 자와 산 자가 나뉘었고, 산 자는 죽은 자에게 진 빚을 갚지 못했다."

협자의 꿈을 꾸었으나 원래 소량의 근본은 사기(史記)에서 논한 바에 있었다.

그러나 강호의 협자는 그에 더해 맹자가 비판한 면모를 포함하고 있다. 강호의 협객은 명예를 중시 여기며, 부당한 일을 참지 아니하고, 그와 같은 일을 당하면 반드시 복수한다.

그리고 소량은 한동안이나마 무창의 목공보다 강호의 무인으로 살겠다고 결심한 바 있었다.

"네놈은……!"

마인이 눈을 부릅뜨며 중얼거릴 때였다.

"…나는 아직 진무십사협의 얼굴을 잊지 못했다."

서걱!

소량이 한 차례 검을 휘두르자 대경한 눈으로 소량을 바라보던 마인이 풀썩 쓰러졌다.

아니, 그만 쓰러진 것이 아니었다.

마흔 명 남짓한 마인이 동시에 바닥에 널브러진다.

그 가운데 홀로 오롯이 서 있던 소량은 조용히 검을 수검했다.

'행적이 밝혀졌다면 석웅에서부터가 시작인 셈이겠구나.'

지금까지 혈마곡이 소량의 행적을 몰랐다면, 이제부터는 다를 것이다. 그가 어디로 올 것인지 알게 된다면 할 수 있는 모든 것을 다 준비할 것이 분명했다.

하지만 길을 바꿀 생각은 없다.

'할머니, 진승조, 진태승, 혈마곡, 진무십사협, 복수, 협로(狹路), 하늘 끝[天涯]…….'

소량이 다시금 걸음을 옮겼다.

'그렇다면, 간다.'

소량의 안광이 기묘한 빛을 발했다.

지금은 아니지만, 석웅은 원래 곰이 많이 사는 곳이라 했다.

자연히 곰이 사람을 습격하는 일도 잦았는데, 훗날 어떤 고승이 찾아와 '돌로 큰 곰을 세우면 습격이 멎을 것' 이라 알려주었다고 한다.

사람들이 그 말에 따라 돌로 된 곰을 만들어 세우니, 과연 곰의 습격이 멎어 사람이 살 만한 곳이 되었다고 한다.

물론 지금은 곰도, 석상도 없다.

그저 석웅이라는 이름만이 남았을 뿐이다.

지금의 석웅은 수림과 작은 평야로 이루어진 한적한 고을이라 할 수 있었다.

소량은 석웅을 지나 청해로 향하는 길목에 접어들었다.

운송자와 제갈영영, 흑수촌의 백성들이 청성파의 구원대를 만난 평야를 지난 소량은 수림 안으로 걸음을 옮겼다.

첩혈행로를 걷던 겨울의 기억이 문득 떠올랐다.

"이, 이런! 괜찮으시오, 천애검협?"

소랑이 내상을 입어 피를 토해냈을 때였다. 운현자가 다급히 달려와 그를 부축했다. 마인들이 달려오는 것을 본 소랑은 '곧 따라갈 테니 어서 가라' 고 운현자를 밀어냈었다.

그래도 운현자는 쉽게 자리를 떠나지 못했다.

"잠시만 버티시오! 곧, 곧 도우러 오겠소!"

곧 도우러 오겠다며 떠났던 운현자는 다시 돌아오지 못했다.

소랑은 저도 모르게 주먹을 꽉 쥐고 말았다.

피가 안 통할 정도로 움켜쥔 탓에 손이 하얗게 변해갔다. 그렇게 걷다 보니 기억 속에 있는 풍경이 보였다.

소랑은 부러진 나무 한 그루를 발견하고는 그 앞으로 걸어갔다. 종리혜가 바로 이 나무에 등을 기대고 누워 있었다.

그로부터 몇 발자국 떨어진 곳에는 화살 일곱 개가 박힌 운현자의 시신이 있었다.

운현자의 시신은 종리혜 앞에 무릎을 꿇은 채 고개를 꺾고 있었다.

"나 역시 도우러 오고 싶었소, 운현 도장."

운현자의 시신이 있던 곳을 바라보던 소량이 조그맣게 중얼거렸다. 운현자에게서 조금 떨어진 곳에는 현무당원 유현승의 시신이 있었다.

왼팔이 잘리고, 옆구리에 구멍이 뚫린 유현승은 마지막까지 어느 마인의 다리를 붙잡고 있었다. 자신이 죽어가면서도 종리혜에게 다가가지 못하게 막았던 유현승이었다.

유현승은 마인의 다리를 붙잡은 채 목이 잘려 죽음을 맞았다.

"…나 역시 도우러 오고 싶었어."

소량이 나지막한 어조로 같은 말을 읊조렸다.

흑수촌에서처럼 분노에 취해 살기를 일으키는 수도 있었지만, 소량은 그렇게 하지 않았다. 그들의 슬픔을 온전한 슬픔으로 받아들일 수 있었던 까닭이다.

"편히 쉬시오."

하지만 슬픔으로 모든 것을 끝낼 생각은 없었다.

음마존을 제압한 이후에 무어라 생각했던가? '슬픔을 슬픔으로 받아들이는 대신, 내가 할 수 있는 일은 모조리 다 하겠다' 고 생각했었다.

소량은 다시 걸음을 옮기기 시작했다.

그렇게 얼마나 걸었을까?

한 식경 가까이 걷다 보니 늘어진 산맥 사이로 어두컴컴한

동굴이 하나 보였다.

소량으로서는 처음 보는 동굴이었다. 운현자와 운송자, 제갈영영과 유현승이 흑수촌의 백성들을 데리고 동굴을 지나는 동안, 소량은 음마존을 피해 산을 타 넘어야 했던 것이다.

저 동굴을 지나면 단애곡이 보이리라.

잠시 그렇게 서 있던 소량이 다시 발을 뗄 무렵이었다.

스으으—

어디선가 짙은 안개가 피어올랐다. 자연적으로 피어오른 안개라기보다는 인위적으로 일어난 안개, 아니, 오직 스스로의 마음속에서 일어난 안개라 할 수 있었다.

'…진법?'

소량이 발동을 느낀 것과 동시에, 본격적으로 진법의 효용이 드러나기 시작했다.

희미하게 일어났던 안개가 순식간에 사방을 뒤덮었다.

드드드—

소량이 서 있는 곳의 땅이 파르르 떨리더니 이내 진흙처럼 변해갔다. 물컹물컹해진 땅은 급기야 모래 늪처럼 변하여 소량의 신형을 빨아들이기 시작했다.

일촉즉발의 상황인데도 소량의 표정은 태연했다. 신형이 유사에 빨려 들어가고 있었지만 그것이 환각일 뿐이라는 걸 누구보다 잘 알고 있었던 것이다.

'천원사원지술(天元四元之術), 아니, 천원사원지술의 역인가? 구궁팔괘를 거꾸로 펼친 듯하다.'

할머니께 주역을 배워 진법의 원리를 어렴풋이나마 알긴 알지만, 어렴풋이 아는 것만으로는 진법을 파훼할 수 없었다.

물론, 그렇다고 진법에 휘말린다는 뜻은 아니었다.

'고작 이 정도인가?'

소량이 가볍게 검을 뽑아 들더니, 역수로 쥐어 좌측을 푹 찔렀다. 좌측에 숨어 있던 마인이 단말마의 비명을 터뜨렸다.

"큭!"

소량은 좌측을 돌아보는 대신, 다시 검을 수검했다. 늪지에 빠진 듯 몸이 무거웠지만, 소량이 가볍게 기세를 일으키자 진법의 영향이 사라지고 만다.

소량은 산보라도 나온 듯 앞으로 걸음을 옮겼다.

불현듯 허공에서 목소리가 들려왔다.

"생각보다 무모하군그래. 생로와 사로를 구분하지 아니하는가?"

마치 전설에나 나올 법한 육합전성처럼, 사방에서 목소리가 들려왔다. 그 기세가 어찌나 웅혼한지, 범인이었다면 목소리를 듣는 것만으로도 내상을 입고 말았으리라.

물론, 그것 역시 환상이었다.

소량은 목소리가 들려오는 방향, 즉 우측을 바라보았다.

'헉?'

목소리의 주인은 그만 대경하고 말았다. 아무리 천존의 경지에 올랐다고 해도 진법의 영향을 받은 주제에 자신을 똑바로 바라볼 줄은 몰랐던 것이다.

목소리의 주인은 본능적으로 들고 있던 도를 들어 올렸지만, 소량이 다가오거나 하는 일은 없었다. 소량은 다시 앞으로, 동굴을 향해 걸어갈 뿐이었다.

'생로는 동굴로 가는 길뿐… 역시 진법의 영향에 걸려든 것이었군.'

목소리의 주인이 희미하게나마 미소를 지었다.

하지만 아직 안심할 때가 아니었다. 상대는 천존의 경지에 이른 자. 지금은 잠시 진법에 현혹되었을지 모르지만, 앞으로도 계속 그럴 것이라는 보장은 없다.

목소리의 주인은 진법 너머에서나마 물끄러미 소량을 바라보았다.

문득 그의 얼굴이 씁쓸하게 변해갔다.

"나는 자네를 이해하네."

목소리의 주인은 일월신교 출신으로, 한때 소량과 남궁세가에서 싸웠던 혈살금마 윤소천처럼 복수를 위해 혈마곡에 든 자였다. 복수에 대한 것이라면 그 역시 잘 아는 셈이었다.

허공에서 다시 한 번 목소리가 들려왔다.

"진무십사협의 복수는 어찌 보면 당연한 일이겠지. 생각해 보면 이 역시 은원(恩怨)의 고리인 것을……."

소량이 잠시 걸음을 멈추었다. 범인이었다면 시각과 청각, 후각은 물론 기감마저 막혔겠지만 소량은 그중 어떤 감각도 잃지 않았던 것이다.

검기성강의 경지에 오른 무인 일곱 명이 자신을 향해 달려들고 있었다.

콰아앙—!

소량이 가볍게 진각을 밟자 굉음이 일어나더니, 사방의 풍경이 물결에 비친 것처럼 일그러졌다. 현실이 아니라 진법이 일으킨 환각인 탓에 벌어진 기사라 할 수 있었다.

"커허억!"

그와 동시에 일곱 명의 마인이 피를 뿌리며 뒤로 튕겨났다.

목소리의 주인은 조금도 놀라지 않았다. 천존의 경지에 오른 자이니 이건 당연한 일에 불과하다. 오히려 진법의 효용이 통한 것이 기이한 일이라면 기이한 일이다.

"일월신교를 믿은 사람들 중에는 소박한 사람들이 많았네. 학문을 모르고, 정치를 모르고, 상계를 모르고, 무공을 모르는 이가 대다수였어."

소량이 다시금 걸음을 옮겼다.

여전히 그의 걸음은 동굴을 향하고 있었다.

기이한 것은 목소리의 주인 역시 동굴로 걸어가고 있다는 점이었다. 소량보다 동굴에 가까이 있었으므로, 동굴에 먼저 당도한 것은 목소리의 주인이었다.

"하지만 조정은 한 점 망설임 없이 그들을 핍박하고 죽였다네. 내 부모님, 내 형제들도 그렇게 죽었어. 나는 자네의 심정을 이해할 수 있네, 소검신. 이해할 수 있어. 진무십사협의 핏값을 받고 싶겠지?"

"……."

"나 역시 마찬가지네. 세수 백세를 바라봐도 그 마음은 사라지지 않더군. 나는 무슨 일이 있어도 정도 무림과 조정에게서 복수를, 핏값을 받아낼 생각일세."

동굴에 당도한 목소리의 주인이 그 안으로 걸어 들어가며 말했다.

그리 오래 지나지 않아 소량도 동굴 앞에 당도했다.

"복수의 대상이 틀렸소."

"뭐라?"

동굴에 들어섰던 목소리의 주인이 눈을 부릅떴다.

소량의 시선이 정확히 자신을 향해 있었던 것이다.

소량은 어울리지 않은 검은 무복을 입은 자그마한 체구의 노인을 물끄러미 바라보았다. 소량은 자그마한 체구의 노인이 다른 마인들과 다르다는 것을 알 수 있었다.

적어도 살귀(殺鬼)는 아니었다.

"소박한 사람들이 일월신교를 믿었다는 이유만으로 목숨을 잃었다는 것은 알고 있소. 나 역시 그들을 애도(哀悼)하오."

"너, 너는 진법의 영향을 조금도 받지 않았구나!"

노인이 일그러진 얼굴로 외쳤다.

소량이 물끄러미 그를 바라보며 말을 이어나갔다.

"하지만 나는 일월신교를 배신했다는 이유만으로 죽어갔던 소박한 사람들 역시 알고 있소. 그들을 죽인 자들은 바로 혈마곡이었지. 나는 그들을 지키려던 사람들의 얼굴을 잊지 못했소."

말을 마친 소량이 노인에게서 시선을 떼어 뒤를 바라보았다.

동굴로 향하는 길은 완벽하게 운무에 가려져 이제 보이지도 않았다.

소량은 검을 뽑아 들고는 정면을 가리켰다.

"후우—"

소량이 작게 호흡을 내쉬더니 느릿하게 검을 우측으로 그었다. 소량의 검이 움직이자 천지간의 기운이 그에 호응했다.

콰콰콰콰콰—

대기를 헝클어뜨리고 지기를 엉망으로 꿰어 감각을 혼란시키고 급기야는 죽음으로 몰고 가던 진법이 굉음을 내며 깨어지기 시작했다.

운무에 가려져 있던 수림이 물결처럼 일렁이더니 쩌저적 금이 간다.

"소, 소검신!"

노인이 눈을 부릅뜨며 외쳤지만 소량의 검은 멈추지 않았다.

'혀, 혈마곡이 너무 큰 대적자를 만났구나.'

천애검협의 행로를 알게 된 귀곡자는 석웅에서 단애곡, 단애곡에서 흑수촌에 이르는 길을 면밀하게 봉쇄했다. 천존의 경지에 오른 이를 상대하는 것이니만큼, 귀곡자는 추호의 방심도 하지 않았다.

귀곡자가 준비한 것들을 본 노인이 '천애검협이 사지로 걸어 들어오고 있구나' 라고 생각할 정도였다.

하지만 소량의 무위를 보자 생각이 달라진다.

이건 그야말로 압도적이지 않은가! 어쩌면 천애검협이 사지로 걸어 들어오는 것이 아니라, 자신들이 천애검협을 막기 위해 사력을 다해야 하는 것일지도 모른다.

바야흐로 역습이 시작된 셈이었다.

"흐읍!"

노인이 재빨리 몸을 돌려 동굴 안쪽으로 달려가기 시작했다. 소량의 무위를 알아내었으니 한시라도 빨리 기관을 발동해야 했다.

콰아앙!

소량이 검로를 마치자 장내가 쑥대밭이 되었다. 진법의 요소요소에 숨어 기회를 엿보던 혈마곡의 마인들은 물론, 멀쩡하던 수림까지 뒤집어진 것이다.

고작 일검으로 진법을 깨어버린 소량이 다시 동굴을 바라보았다.

"핏값을 받고 싶냐고 물었소?"

동굴이 함정이라는 것은 이미 알고 있었다. 그 안에 들어선 상태에서 동굴이 무너진다면, 보통의 경우엔 생사를 장담하기 어려우리라.

하지만 소량에게는 조금의 머뭇거림도 없었다. 자신의 무위가 어떠한지, 자신이 무엇을 할 수 있는지 아는 까닭이었다.

"그래, 핏값을 받겠소."

소량이 동굴 안으로 걸어 들어가며 읊조렸다.

정도무림의 누구도 모르는 곳에서, 전설이 시작되고 있었다.

『천애협로』 9권에 계속…

이제부터 전자책은

이젠북

www.ezenbook.co.kr

새로운 세계가 열린다!

김재한 『성운을 먹는 자』
니콜로 『마왕의 게임』
이경영 『그라니트:용들의 땅』
탁목조 『일곱 번째 달의 무르무르』
강성곤 『메이저리거』
철백 『대무사』
가프 『궁극의 쉐프』
문용신 『절대호위』
천지무천 『변혁 1990』
SOKIN 『코더 이용호』

이름만 들어도 황홀할 정도의 별들의 향연!

이들의 "유료연재"가 시작됩니다!

검색창에 **이젠북**을 쳐보세요! ▼

초대형 24시 만화방

신간 100%, 샤워실, 흡연실, 수면실(침대석), 커플석, 세탁기 완비

▪ 광명 광명사거리역점 ▪

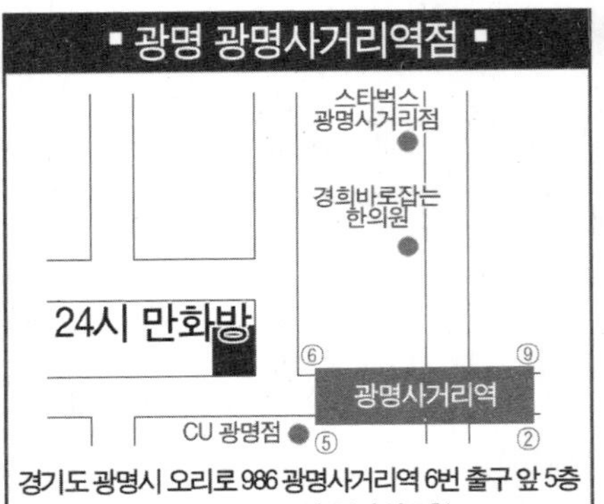

경기도 광명시 오리로 986 광명사거리역 6번 출구 앞 5층
02) 2625-9940 (솔목타워 5층)

▪ 강북 노원역점 ▪

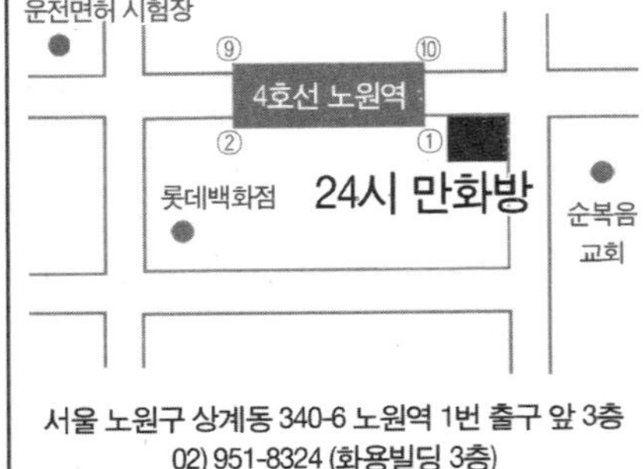

서울 노원구 상계동 340-6 노원역 1번 출구 앞 3층
02) 951-8324 (화용빌딩 3층)

▪ 일산 정발산역점 ▪

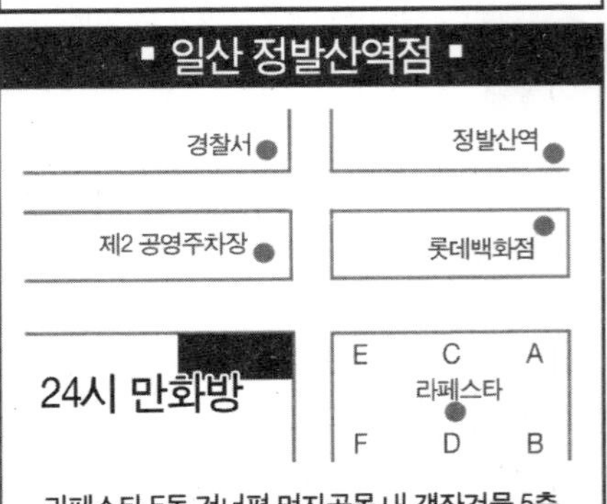

라페스타 E동 건너편 먹자골목 내 객잔건물 5층
031) 914-1957

▪ 일산 화정역점 ▪

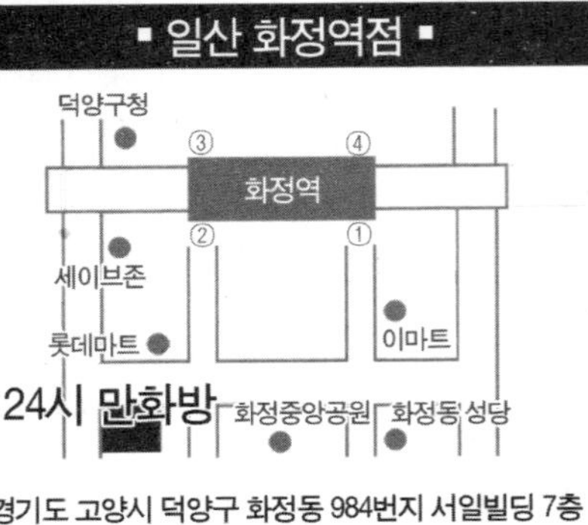

경기도 고양시 덕양구 화정동 984번지 서일빌딩 7층
031) 979-4874 (서일사우나 건물 7층)

▪ 부천 역곡역점 ▪

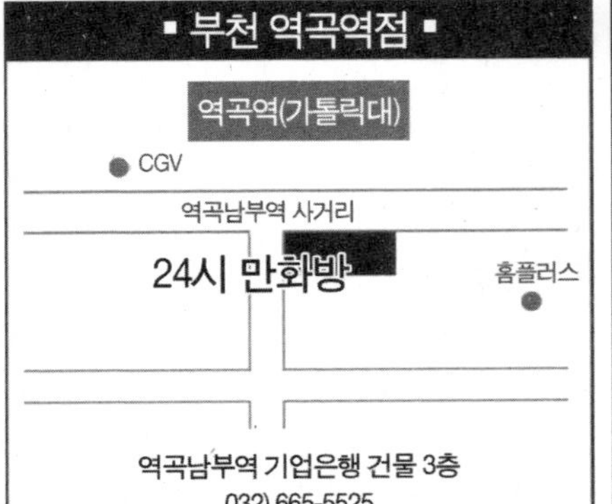

역곡남부역 기업은행 건물 3층
032) 665-5525

▪ 부평역점 ▪

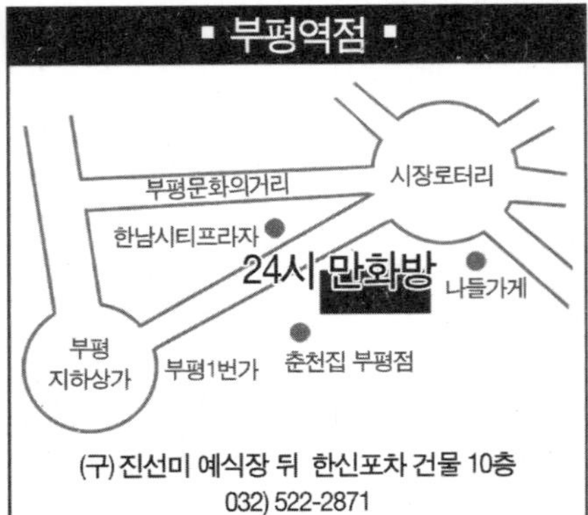

(구) 진선미 예식장 뒤 한신포차 건물 10층
032) 522-2871